用文字照亮每个人的精神夜空

微信｜微博｜豆瓣　领读文化

漫说文化丛书·续编

闻乐观风

陈平原 李 静 编

湖南人民出版社 · 长沙 ·

● **如何收听《闻乐观风》全本有声书？**

① 微信扫描左边的二维码关注"领读文化"公众号。
② 后台回复【闻乐观风】，即可获取兑换券。
③ 扫描兑换券二维码，免费兑换全本有声书。

● **去哪里查看已购买的有声书？**

方法 ①

兑换成功后，收藏已购有声书专栏，
即可在微信收藏列表中找到已购有声书。

方法 ②

在"领读文化"公众号菜单栏点击"我的课程"，
即可找到已购有声书。

总序

陈平原

　　三十年前钱理群、黄子平和我合编的"漫说文化"丛书前五种由人民文学出版社推出；两年后，后五种刊行时，我撰写了《漫说"漫说文化"》，提及作为分专题编散文集的先行者，我们最初只是希望有一套文章好读、装帧好看的小书，可以送朋友，也可搁在书架上。没想到书出版后反应很好，真可谓"无心插柳柳成荫"。十三年后，复旦大学出版社（2005）予以重印。又过了十三年，北京时代华文书局（2018）重新制作发行。

　　一套小书，能一而再再而三地刊行，可见其生命力的旺盛。多年后回想，这生命力固然主要得益于那四百多篇精彩选文，也与吹响集结号的八十年代文化热、寻根文学思潮以及"二十世纪中国文学"的视野密切相关。时过境迁，这种小里有大、软中带硬、兼及思考与休闲的阅读趣味，依旧有某种特殊魅力。有感于此，出版社希望我续编"漫说文化"丛书。考虑到钱、黄二位的实际情况，我改变工作方式，带领十二位在京工作的老学生组成读书会，用两年半的时间，编选并导读改革开放以来四十多年的散文随笔。

当初发给合作者的编选原则很简单：第一，文化底蕴（不收纯抒情文字）；第二，阅读感受（文章好读最重要）；第三，篇幅短小（原则上不收六千字以上的长文）；第四，作者声誉（在文坛或学界）。依旧不是梁山泊英雄排座次的文学史，而是以文学为经、以文化为纬的专题散文集。也就是《漫说"漫说文化"》说的："选择一批有文化意味而又妙趣横生的散文分专题汇编成册，一方面是让读者体会到'文化'不仅凝聚在高文典册上，而且渗透在日常生活中，落实为你所熟悉的一种情感，一种心态，一种习俗，一种生活方式；另一方面则是希望借此改变世人对散文的偏见。让读者自己品味这些很少'写景'也不怎么'抒情'的'闲话'，远比给出一个我们自认为准确的'散文'定义更有价值。"

考虑到初编从1900年选起，一直选到20世纪80年代中期，续编从改革开放起，一直选到2020年，中间几年重叠略为规避即可。两个甲子的风起云涌，鸟语花香，借助千篇左右的短文得以呈现，说起来也是颇有气势与韵味的。参与其事的都是专业研究者，圈定范围后，选哪些作者，用什么本子，如何排列组合等，此类技术问题好解决，难处在入口处——哪些是你想要凸显的"文化"？根据以往的阅读经验，先大致确定话题、视野及方向，再根据选出来的文章，不断调整与琢磨，最终成了现在这个样子。

初编十册分别题为《男男女女》《父父子子》《读书读书》《闲情乐事》《世故人情》《乡风市声》《说东道西》《生生死死》《佛佛道道》《神神鬼鬼》，而续编十二册则是《城乡变奏》《国学浮沉》《域外杂记》《边地寻踪》《家庭内外》《学堂往事》《世间滋味》《俗世俗民》《爱书者说》《君子博物》《旧戏新文》《闻乐观风》，略为比勘不难发现二者的联系与差异。

既然是续编，自然必须与初编对话。明显看得出承继关系的，有《城乡变奏》之于《乡风市声》，《爱书者说》之于《读书读书》，不过前者第二辑"城市之美"从不同层面呈现了当代中国城市的多彩风姿，以及后者第三辑"书叶之美"谈封面、装帧、插图、毛边书、藏书票等，与初编的文风与趣味还是拉开了距离。《家庭内外》的第一、第三辑类似《父父子子》，而第二、第四辑则接近《男男女女》。《域外杂记》与《国学浮沉》隐约可见《说东道西》的影子，但又都属于说开去了。至于《世间滋味》仅从饮食入手，不再像《闲情乐事》那样衣食住行并举，也算别有幽怀。所有这些调整，不管是拓展还是收缩，都源于我们对四十年来中国文化思潮及文章趣味的体验与品味。不再延续《世故人情》《生生死死》《佛佛道道》《神神鬼鬼》的思路，并非缺乏此类好文章，而是觉得难以于法度之中出新意。

另起炉灶的六册包括《边地寻踪》《学堂往事》《俗世俗民》

《君子博物》《旧戏新文》《闻乐观风》，其实更能体现续编的立场与趣味。没有依傍初编，不必考虑增减，自我作古的好处是，操作起来更为自由，也更为酣畅。《边地寻踪》和《俗世俗民》两册，有些话题不太好把握与论述，最后腾挪趋避，处理得不错。最为别出心裁的，当数《旧戏新文》与《君子博物》——实际上，这两册的确定方向与编选过程最为曲折，编者下的功夫也最多。最终审稿时我居然有惊艳的感觉。

比较前后两编，最大的感叹是：前编多小品，后编多长文；前编多随意挥洒，后编多刻意经营；前编多单纯议论，后编多夹叙夹议；前编多社会人生，后编多学术文化；前编多悲愤忧伤，后编多平和恬淡——当然，所有这一切，与社会生活及文坛风气的变迁有直接关系。至于不选动辄万言的"大散文"，以及遗落异彩纷呈的台港澳文章，既是为了跟前编体例统一，也有版权等不得已的因素。

十二册小书，范围有宽有窄，题目有难有易，好在各位编者精诚合作，选文时互通有无，最后皆大欢喜——做不到出奇制胜的，也都能不负众望。作为一个集体项目，能走到这一步，已经很不容易了。

身为主编，除了丛书的整体设计，也参与了各册题目及选文的讨论。至于每册前面的"导读"文字，则全靠十二位合作者。选家大都喜欢标榜公平与公正，可只要认真阅读各册的"导读"，你就会明白，所有选本其实都带个人性情与偏见。十二篇随笔性质的"导读"，或醇厚，或幽深，或俏皮，或淡定，风格迥异，并非学位论文，不妨信马由缰，能引起阅读兴趣，就算完成任务——毕竟，珠玉在后。

2021年2月19日于京西圆明园花园

导读：那些如雪泥鸿爪的声音

李　静

　　我们生活在一个充满声响的世界。这些声响，或刺耳，或和谐，或让我们烦躁，或给我们安慰。除"天籁""地籁"之外，我们最熟悉的就是人创造出来的各种"声响"。传统儒学解释这些人类声响的来源时说：物感人心而动，心动而有情，情之发之于外，就会形现于"声"，而各种"声"组织起来，文采彰明，就形成了"音"，"音"能涵括天地之有德有序者则被称为"乐"。所以，人创造出来的各种"声""音""乐"就反映了人之各种情绪和认知。同时，"声""音""乐"作为外物，又会反过来影响人心，形成风化，影响政教，所以《礼记·乐记》中说："声音之道，与政通矣。"因此，"闻乐观风"，"乐音"是我们理解这个世界、理解他人的有效途径。

· 声音与时代

　　这本音乐随笔集，首先以"声音与时代"开篇，算是这本
小书的"纲目"。一时代有一时代之乐，有识之士往往能在音
符与歌词之间窥见时代的脉动。王蒙的《歌声涌动六十年》算
是一个文化人对中华人民共和国成立后六十年的音乐潮流所做
的小小总结。杨燕迪的文章则是以专业音乐家的身份与使命
感，直面时代与文化的提问，探讨中国音乐的未来走向。李皖
的《满街都是寂寞的朋友吗？》将目光投注在流行歌曲的"歌
词"上，在与文学作品的交叉联络中，勾勒出那个时代的失意
与彷徨——"这种'失恋'就不光是王杰的，而是一群人'集
体的失恋'。而失恋又不光是爱情之论，也是际遇之论。"二十
多年之后，李皖又写了一篇《流行音乐为什么不流行了》，还是
以其一贯的洞察力分析了这个时代"价值多元化后，焦点的崩
散"。从流行音乐的流行到不流行，李皖通过音乐为我们揭示中
国二十年间文化的改变、社会心态的迁移，令人有一种沧海桑
田之感。颜峻的《"愤青"来到新世纪》本就是一部中国摇滚
乐及其受众的发展小史，为我们描绘出那个时代流行之外的另
一群人的另一种表达。文章的最后，作者不无遗憾地指出："摇
滚乐让人们激动，这是真的，但在中国，它主要还是让人们通
过想象来激动。人们并不真的了解摇滚乐，也不见得愿意去了
解。"这篇文章发表于2003年，十六年之后，2019年一款偏摇滚

的音乐类节目《乐队的夏天》火爆全网。节目不但让台下的观众与网上的受众跟着新老摇滚乐队嗨翻天，还穿插着基本乐理与音乐风格概念的普及讲解，张亚东甚至还在现场教大家怎么正确地跟着节奏打拍子、甩头。不知道颜峻看到此处是多多少少有点安慰，还是继续苦涩。

在大时代的背景下，编者还希望读者能在这一辑中看到那些具有时代烙印的具体的"人"和具体的"事"。肖复兴的《毕业歌》是普通人努力用音乐记录某些人某些事的淡淡挽歌；王安忆的《我的音乐生涯》"大煞风景"，"音乐"从"阳春白雪"的定位中降落，被工具化为摆脱实际生存境遇的手段。

这一辑文章是按照首次发表的时间来排序的，读者在阅读这一辑时，可能会有时光错乱之感。但是编者希望这种无意为之的时光"蒙太奇"的效果，恰恰可以让读者在感受到声音的多样性与时代变迁流转之间的应和之外，理解"声音"可以超越时代的那些"本质"特征，并期待我们能在没有边界也不会封闭的可能性中相遇。

· 音乐与生活

我自己和音乐的相遇是比较随性的。上大学之前，我所受到的音乐教育很有限。我的妈妈喜欢评剧，经常在家里一边干活一边唱《花为媒》的选段。初中的时候，港台的流行歌曲已经风靡大街小巷。我和几个要好的女同学都有一个歌本，里面抄录着我们喜欢的歌词，课间，我们就聚在一起唱那些我们共同喜欢的歌。我就是李皖说的那种"满街都是寂寞的朋友"。上了大学，偶然间参加了学校的学生合唱团，我才有机会比较系统地学习乐理、发声以及合唱作品。同时对我产生影响的还有跟着合唱团里的好朋友通过光碟一起欣赏国外音乐会的时光，那个时候西方古典音乐才真正进入我的生活。后来机缘巧合，结识了古琴演奏名家林友仁先生和他的女儿林晨女士。在林先生的帮助下我买了古琴，这是我人生的第一件乐器。后来又有机会和李凤云老师学了一段时间古琴。记得那时候已经是硕士，每周一次坐高铁到天津去学习。火车在轰鸣中经过广阔的华北平原，也是一段难忘的时光。

所以，当听到有人心虚却强硬地说自己不懂音乐，或者小心翼翼地问，应该如何欣赏音乐的时候，我总会觉察到自己"无知无畏"的幸运。虽然我承认音乐之品性有所谓"高下之分别"，但是却认为欣赏音乐本身没有所谓"正确与否"。喜爱一段旋律，有人是因为那首歌让他联想起自己曾经的遭遇，也有的人可能只是因为那段旋律悦耳动听而已。有人偏爱传统而和谐的曲调，有的人却更容易接受各种声响的探索。所以，音乐往往会牵动一己之爱憎，而我们往往会在这爱憎之中"见到"一个人。因此，在"声音与时代"之后，有了"音乐与生活"这一辑。

除了"时代的洪流"，每个人的生命和日常生活，仍然是鲜活和有意义的。在其中，音乐的角色是什么？音乐能怎样地参与我们的生活呢？也许是在养病的间隙听听莫扎特（宗璞《药杯里的莫扎特》），也许是黑暗中的慰藉（赵丽宏《无形的手指》），也可能是千古的思乡之情在音乐中一遍一遍地被表达（李皖《我要回家》）。最有趣的两篇是辛丰年的《文人与乐》和余华的《音乐影响了我的写作》。辛丰年的文章想讨论"自从近代以来，中国文人是不是'非乐化'了"的问题。转过来，余华就分享了音乐对他写作的影响。不过，更令人着迷的也许是这一辑中那些人在某一地和某一种音乐突然的邂逅和恍惚，如赵鑫珊在故宫里听到《平沙落雁》，如张承志在草原上听到《黑骏马》，如陆文夫在深巷里听到的琵琶声。环境、音乐和人，三者奇妙地交织，有形的空间、流动的时间与站在时空之中的人相遇，这微妙的组合又仿佛发生在时空之外。我们在具体之中，仿佛又借由音乐走向了一种永恒和超越。

在这一辑里，我们只是给出了音乐与人的浮光掠影。相信在这万千世界之中，音乐与人的故事应该是随时随地在发生。但是，我们却可以在这雪泥鸿爪之中见到音乐给我们的人生带来的种种安慰。这种安慰可以来自中国，也可以来自西方；可以来自雅乐，也可以来自民间。我们无须给自己设定什么门槛，对音乐的体味是人人可得的，如果有人以为自己"不懂音乐"而放弃音乐对人生的安慰，似乎只是因为他们还没有找到自己心灵中各自的琴弦，这不免让人感到遗憾与惋惜。这样的读者也许可以看看《我为什么听音乐》以及《"门外"的"内行"——记辛丰年》两篇文章以增加自己的勇气。也许过去，也许现在，也许未来，希望我们的读者都会在自己的生命中与音乐相遇，并经历自己的音乐故事。

· 中乐西乐

到了博士阶段，因了之前和音乐的那些机缘，我的导师夏晓虹老师鼓励我将博士论文的选题定为"学堂乐歌"。她说："选择题目，最好是能把个人兴趣与研究对象合一，这样，论文的写作会成为一种很愉快的经历。"我后来的研究经历果然印证了老师的先见之明。在我的博士论文《乐歌中国——近代音乐文化与社会转型》出版之后，2016年我和北大校友合唱团在北大图书馆举办了一场"学堂乐歌中的少年中国"讲唱会，导师和中国音乐学院的张静蔚先生都来捧场，百年前的歌声再次飘荡在校园里，我终于完成了自己的一个心愿。从爱好到研究，音乐与我的生命似乎越来越紧密。

后来在学校里教书，有一门课是中国经典研读，我就带着学生们逐字逐句地读《礼记·乐记》。当我讲到"情深而文明，气盛而化神，和顺积中而英华发外"的"雅乐"时，学生们在神往之余常常问我：老师，我们今天应该听什么样的音乐呢？什么样的音乐才能算是这个时代的雅乐呢？

这其实是一个难以回答的问题。我们今天对"雅乐"的理解或定义首先需要接受"古今中西"的诘问。到了今日今时,"淬厉其所本有""采补其所本无"(梁启超语)是每个现代国人应该采取的文化策略。而"音乐"亦是"文化"之一种,理应如此照办。所以,这本小册子接下来的两个选辑是中西并进的路数——"读曲听心"收录的是有关"中国音乐"的文章,而"西乐东渐"收录的则是有关"西方音乐"的文章。

中国古代雅乐流传下来仍然具有生命力的当以"琴曲"占半壁江山,"琴棋书画"作为文人雅士的修养,也是以"琴"为首。千年之前"琴瑟友之"即是人与人之间情感最真挚的表达。所以"读曲听心"中的文章许多都和琴有关,既有琴人的演奏心得(林晨《源于古老的相遇——写在〈良辰美景:古琴与南音的对话〉之后》),也有听众的观赏心得(资中筠《今夕何夕?有缘千年古琴》);有关于斫琴的文章(王风《大匠必以规矩——记张建华斫琴》),也有琴器的考订(林晨《被镌刻的历史记忆——记青岛市博物馆藏"幽涧泉"琴》)。《读曲听心声》以讨论《梅庵琴谱》开篇似乎亦可算在此列。

因为戏曲的部分已经分割出去,另集收录,所以这一辑中的文章,除了古琴之外,零散点缀了四篇文学家(汪曾祺、刘心武、贾平凹、王安忆)的音乐心得。中国古代"诗""乐"不分,文章也讲究音韵的平仄转折。所以用汉字来书写的文学家应该都对中国的音韵与音律有更多深切的体悟。贾平凹的无弦之琴颇有魏晋名士的风度，汪曾祺讨论歌曲演唱中的句读和气口问题，揭示出歌曲旋律与歌词断句之间的难题。这个问题在西方音乐与歌曲进入中国之初，赵元任先生也曾讨论过。《牧童短笛》从意象出发，探索了传统诗乐题材参与现代表达的可能性。王安忆的文章干脆把戏曲、流行乐、民乐、西洋乐放在一起说，展现了当代中国音乐环境的丰富性。在阅读这些文章时，读者可以欣喜地发现，传统的乐音仍然有着鲜活的生命力。与此同时，外来之西方音乐正在逐渐成为中国人生命以及文化中的组成部分。这就是第四辑——西乐东渐。

西方音乐是一个十分庞大的主题。从哪里开始谈起呢？编者选了赵鑫珊的文章《音乐·文学·哲学——读〈十九世纪西方音乐文化史〉》作为开篇。虽然文章的主题讨论的是十九世纪西方的浪漫派音乐，但是文章中强调的"音乐决不是一串孤立的音符，而是一种文化现象。要了解、把握某个时代和某个民族的音乐，就必须把它放在那个时代的整个文化背景中去做有机的、多维的（立体）考察"，似乎可以为我们理解、欣赏西方音乐定个基准。他的另一篇文章将贝多芬比喻为音乐领域的西西弗斯，在聆听音乐之外，探讨了生命的内在向度问题。选文中最喜欢的是余华对肖斯塔科维奇的解读，那是一个深负洞察力的文学家对一个音乐家最富有感情的书写。也许读者读到"战争的到来使苏联人意外地获得了一种悲伤的权利"时，会和编者一样动容与心惊。可惜为篇幅所限，这是一篇节选。刘雪枫的文章也很好看，嬉笑怒骂之间观点也许值得商榷，但是价值观清晰，读起来也是痛快。与之相对，马慧元的两篇文章则温情许多，特别喜欢那一句"当天气、温度、心情、生活压力等等恰好到达预定的参数值的时候，我知道该听古尔德了"。读者读到此处，应该有会心一笑。我们不是去听某种音乐，我们其实是与我们自己久违的那颗心相遇。资中筠的文章介绍了自己弹莫扎特的心得体会，我们仿佛可以看到她在通过音乐与一个忘年伙伴相遇。古人讲"尚友古人"，于音乐中也可以如此吧。

这一辑的选文，编者希望能够尽量多地涵括西方音乐巨擘的名单，巴赫、莫扎特、贝多芬、德彪西、李斯特、瓦格纳、普契尼、肖斯塔科维奇、古尔德……这些名字，国人已经不再陌生，他们的音乐作品常常在不知不觉中渗透进了我们的生活。同时，编者也选了一篇关于女性音乐家的文章。音乐是无国界的，同样也应该不分性别。喜欢音乐的人应该有更广阔的胸襟去理解接受更多元的文化，我们只需问"美，还是不美"，无须在意"他／她是谁"的问题。我想这大概是西方音乐带给我们的音乐之外的收获。

编辑这本小书，着实给我带来许多收获，比如文章中提到的乐曲，如果是不熟悉的，我就会找出相关作品听一听。文章中许多睿智的思考，也常常令我深思，比如资中筠在文章中说，人到渐入老境时适宜弹从未老过的莫扎特的曲子。这观点一开始着实令我惊讶，但是在细细品读之后，又不禁对资先生的意见深表赞同。这些文章中的观点颇有参差，各个作者对音乐的态度也不尽相同。有的喜欢民乐，对西洋乐没什么感觉；有的文章却展现出作者对西方音乐精深的理解。王安忆会批评有人把音乐当背景音乐听，但是赵园却偏偏喜欢在做"别的事"的时候打开音响。既有人给音乐以无上崇高的地位，也有把音乐当成知青回城敲门砖的时代故事。余华写自己曾经被不登大雅之堂的简谱深深迷住，颜峻却痛斥了摇滚乐中那些虚伪的愤怒，李皖的文章揭示了现代人借助于流行歌曲所表达的时代感伤以及这些感伤的垮掉……这一切都丰富了我自己对音乐的理解，我想这些文章也应该带给读者同样的收获。

在读完这本音乐随笔集的时候，读者大概可以了解编者的趣味，那就是将音乐作为一种"文化"、一种"生活"来看待。音乐固然有其专业性，但是对于普罗大众来说，它所承载的"文化"与"生活"才是更能打动人心的东西。在这本文集中，出现了形色各样的人，他们有的是作曲家，有的是演奏者，有的只是聆听者。但是，他们都在音乐中交付了自己某一部分的生命，而正因那一部分生命的参与，那时的音乐才更加动听。

在编辑这本随笔集的过程中，我可以看出一些当代中国音乐环境的问题。比如谈西乐的文章更好搜罗，哪怕是单编一册关于贝多芬的散文选，似乎都不是什么难题。这多多少少反映了当代国人精英阶层的音乐品位和选择，也衬托出这百多年来西风东渐中，国乐失其固步，西乐不断繁兴的态势。不过俱往矣，中国的现代化还在路上，文化的更新与重生更需要时间的凝练。我们所需要做的就是打开心扉，不自我设限。

两千多年前，孔夫子闻听韶乐的时候不禁感叹："不图为乐之至于斯也！"（《论语·述而》）两千多年后，我为女儿取名"闻韶"。音乐的美好是超越时空的，而对美好的希冀与追求会一直是人生中那一抹亮色。

目 录

辑一　声音与时代

辑四　西乐东渐

辑一 声音与时代

我的音乐生涯

王安忆

音乐于我，总是和实际的生存问题联系在一起的。最初的习琴，是在"文革"初期，母亲生怕我们姐妹在家寂寞，又生怕我们出去闯祸，就从旧货店里买了一架手风琴，找了个朋友教琴。在学琴的过程中，姐姐的态度一直比我实事求是，一步一趋，从不好高骛远，已掌握的技巧则很胜任。而我总是性急，超前地去攻克难度高的技巧，效果倒不如她好。有一次，姐姐问我：当你练琴的时候，你想的是什么？我说，我想的是，很多朋友在欣赏我演奏的情景。姐姐却说她仅仅是想听自己悦耳的琴声。从这时候看，她是比我更适合搞演奏的。因演奏是一条很现实的道路，必须一步一个脚印地走；从艺术的目的来看，她也比我更接近艺术的初衷。后来她之所以没有继续学琴而我却继续了，原因只是她插队后不久便被招到城里工作，而轮到我时，招工却冻结了，被推荐上大学的可能又极小，于是，手风琴便成为我离开农村的唯一出路了。

使我想到这条出路的，是有一次，在县积代会上，我大出了一记风头之后，就传来县文工团要招收我的消息。这文工团原是个泗州戏的班底，这时又演一些样板戏的片段，自有上海知青插队此地之后，就一直在物色知青中的人才。已被招收的几名上海学生，穿扮整洁、面色白皙、姿态高傲地从县城的石板路上走过，总会引来许多欣赏和忌羡的目光，比分在商业局、手管局、工业局以及更大批的尚在农村的同学相比，他们无疑是这县城里最幸运的人了。而我从下乡的第一天起，就在苦闷着如何离开农村。这消息便使我非常冲动。无奈家里极力阻拦，因这县文工团是集体的性质。从集体单位转向全民单位，是比从农村到城市更不容易，其间的沟壑比城乡差别还要不可逾越。这县文工团是万万去不得的，是要贻误我一生的。但这却提醒了我和我的家长们，对我的前途便多了一种设想。从此以后，我就开始过着一种到处投考又到处碰壁的生活，练琴则成为我的日常的功课，而且是一份极严肃的功课，它关系到我的生计和前程。

那时候，全国无论是军队还是地方的文艺团体，都在学习样板戏，于是都面临着扩大乐队和演员队编制。似乎百业萧条，唯有文艺团体一枝独放。由于上海是一个较早接受西方文明的城市，不少孩子从小就接受了音乐教育。因此，这时节，上海就涌满了各路招兵买马的文艺团体，以及回城谋考文工团的知识青年，同时也出现了一种颇似于经纪人的人物，他们一方面了解和掌握了许多文艺人才，另一方面也和许多文艺团体有联系，从中起着牵线的作用。不过，充当这些角色大多是出于兴趣，并无实利可图。当时，我就是经常地奔跑于各个考场之间，其余的时间则用来练琴。手风琴的需求量是极少的，一个团体往往只需一个，不像管弦乐，是多多益善，而我的技术又只居中流，因此，碰壁的事情是经常发生的。一个炎热的夏天，我到苏州去考文工团，当着一整个排练厅的老师以及看热闹的花枝招展的男女演员的面，又热，又累，又窘迫，又紧张，再加上不熟悉琴，竟连一个曲子也没凑合下来。乘在夜间的回沪的火车上，心中的沮丧是无法言说和忘怀的。几经曲折，后来终于考上了江苏省徐州地区文工团。于是，我也成为令知青伙伴们羡慕的人了。由于样板戏的背景，文艺团体在当时地位极高，待遇唯优。因此，在城市里，许多孩子从小就开始习琴，为了避免日后的插队和失业。于是，乐队里几乎每个人，都带有一群学生，他们恭恭敬敬地喊我们老师，逢到年节假日，便纷纷拉我们去吃饭。而我们则把从自己老师处得来的一套，原封不动地塞给他们便完事了。然而，无论如何，这确是一次管弦乐的大普及运动，在那些偏僻的小城里，几乎一夜之间响起了小提琴、大提琴、黑管、长笛的声音。

我们的文工团也正在草创时期，管弦乐队编制不齐，所以不久，我便被安排去"速成"大提琴，进入了乐队的低声部。

真正被音乐所激动，而非吃饭问题的激动，是在我坐进乐队的时候。当各声部携起手来，乐器奏出奇妙的音响，心确实被震颤了。这几乎是每一个演奏员都经历过的感觉。无论多么调皮、多么不负责任的演奏员，在这一刻里，都不会开溜的，谁都不会愿意在这美好的声响中缺席，都希望在其中担负一份劳动，这犹如一种极大的享受，谁能够放弃呢？尤其是演奏好的作品的时候。坏的作品总是激起演奏员不讲情面的嘲骂，会遭到怠工。演奏员凭了经验与演奏的本能，总是能基本正确地鉴别出作品的优劣。好的曲子会使演奏那样愉快，那样兴奋。有时候，没来由地，指挥或者队长会突然地召集乐队演奏一遍《采药歌》或者《雪山上的好门巴》或者其他一些什么，这绝不会遭到反对。乐队排练不仅使乐队自己快乐，也使演员们以及别的无关的人快乐。当我们演奏时，排练场外常常围了人，静静地聆听着。合唱队或舞蹈队逢到与乐队合乐的日子，也都欢欣鼓舞，如过节一般。而在我想家或苦闷的时候，乐队的排练或演出也或多或少替我排遣了许多。当乐声奏起的时候，当你的那一小点声音融入整个巨大而美妙的交响，成为其中不可分离的一部分的时候，你好像参加了另一个世界，那世界比较的抽象，因而也比较的纯净，比较的没有忧虑，比较的快乐。

人心总是不足，离开农村不久，我又计划向上海接近。接近的手段还是音乐，但比当年多了一件大提琴。于是就又开始了漂泊的、投考文工团的生涯。我瞒了自己的团，沿了京沪铁路线，往南逼近。回上海已成妄想，向上海靠近一步也是胜利。我非常固执而又错误地，将时代与社会的不幸，以及个人青春时期的许多苦闷，都推委在了与上海的距离上，以为回上海便可解决一切似的。实际上并非如此，这是多年之后才觉悟过来的。在有一年的春节里，我趁了假期，抱了琴坐船去南通考试。坐在黑压压的五等舱里，困顿又无聊，且前景茫茫。幸好边上是一个投亲南通插队的青年，一路聒噪，念许多谜语给我猜，打发了一个夜晚。天亮时分，船抵码头。我到南通文工团时，才知他们也值假期，一周以后才上班。那几天，我晚上住在父母的老战友家，白天就在空荡荡的歌舞团练琴。歌舞团在一座天主教堂内，有高高的钟楼。一日，碰巧遇到一个拉小提琴的女孩来团里拿东西，我们曾在省调演中见过面，彼此虽叫不出名字，却还面熟。她很热情地让我用她的在钟楼上的琴房。第二天，我去她琴房时，见她留给我字条，说水瓶里有热水，琴盒里有松香，任何东西我都可以使用，千万不要客气。经历了那几日的孤寂，这温暖的情义使我流下了眼泪。后来，我终于也没有被任何南方的文工团接纳。到了1978年，随了大回城的潮流，我终于回到上海，凭的是父母身边无成年子女照顾的理由，回来后也没去文艺团体，而是凭了那两年在报刊上发表的一些小文，进了《儿童时代》杂志社。我的音乐生涯就此结束了。

回到上海的日子里，我再没有拉琴，甚至家中也没有保留任何一架琴。我不常听音乐，尤其受不了现代高级音响里的管弦乐，我觉得高级音响是和爵士、摇滚联系在一起的，这是一种机械和电子的产物，而音乐当是和人、人性、人的劳动联系在一起，所以我家也没有高级音响。而我更不喜欢餐厅、酒吧，或者客厅里的背景音乐，我觉得这声音假惺惺的，有一种伪善和矫情的气息。偶尔我还去去音乐厅，熟悉的曲目，我觉得听和不听都一样，不熟悉的作品，第一遍则难以进到心里，于是，音乐会也不热心了。弄到后来，我发现自己其实是不喜欢音乐的，之所以会和音乐打那么多年的交道，实是出于生存的需要。这些年过去，对音乐逐渐淡了，只是有一样东西是听不得的，那就是演奏前乐队的定音，那一声双簧管的A音具有极强的穿透力，然后，各色乐器从四面八方向它靠拢集合，这使我想起了我一整个少女时代的快乐和苦闷。

（原载1990年第5期《音乐爱好者》）

满街都是寂寞的朋友吗？

李 皖

　　毋须特别留意就可以发现，我们处在一个被情歌包围的年代。空中飞来飞去的电波充斥着流行歌曲的旋律，它的主题十之八九是关于爱情，并且是带着蓝调子的爱情。"爱情是蓝色的。"这个说法从美国飘到中国，从七十年代飘到九十年代，结果依然成立。如果对中国流行歌坛略加观察，我们会发现在近十年的流行中，有一些自始至终受欢迎、出片特别频繁（一年两三张）的人却几乎从未改换过形象，其中最突出的莫过于王杰的"心痛"和姜育恒的"感伤"。这真是一个不大不小的奇迹。

　　江念庭在一首歌中唱道："满街都是寂寞的朋友吗？"

　　真的，我们不禁要问：满街都是寂寞的朋友吗？

　　T.S.艾略特曾用一首诗挪揄商业文化下城市人的千篇一律。他说："《波士顿晚报》的读者们，像一片成熟了的玉米地在风中摇晃。"对于商业性爱情歌曲，我们大可以也用这种挪揄将之轻轻一笔带过，但这同时却可能带去一些"有意味"的东西。

我曾经说过，流行音乐是社会的晴雨表。满世界泛滥的爱情歌曲，同样在无意中泄露了这个时代的秘密。

从1987年出道至今[①]，王杰大概出了十四张专辑。十四张专辑几乎张张只唱爱情，而且是只唱失恋的爱情。对这个痛不欲生、哭哭啼啼、痴情得一塌糊涂的男人，每出一张这样的"新"作，同样众多的人却照样去捧场购买、一哭百应。

一首歌可以作为王杰的自画像："阳光之中找不到我，欢乐笑声也不属于我。从此我只有独自在黄昏里度过，永远没有黎明的我。"（《没有黎明的我》）王杰的歌从总体上凸显出一种失败，有一种"抓不住"的特征。就像刘恒小说《虚证》里的主人公，所有的闲碎都被最后走上自杀之途的主人公，作为一次次证明与他的"命"联系起来——"我这个人，命不好。"当王杰唱着爱情失败的闲碎时，则无不暗含着对整个生命"注定心痛"的说明。

为了爱，梦一生。这是疯狂还是缘分？爱你有多深，就是苍天捉弄我几分。（《为了爱，梦一生》）

流行音乐一半完成于音乐工厂，另一半则完成于市场间嗷

---

① 时间截至作者撰写该文章的1994年。

嗷待哺的听众行为之中。王杰用失恋主题一再完成了这一个完整的循环圈。当王杰的"心痛"被滚烫的市场反复咀嚼，这种"失恋"就不光是王杰的，而是一群人"集体的失恋"。而失恋又不光是爱情之论，也是际遇之论。

与王杰相若，姜育恒的成功同样超出了流行音乐制作中仅仅是产品定位的那点准确。

一曲《一如往昔》可作为姜育恒的自画像，歌曰：

> 一如往昔，天已微明。一如往昔，寂寞冷清。一如往昔，我没有你。有泪、有酒、有我自己。

酒气弥漫了姜育恒的每一张专辑，酒的意思是不如相忘。钮大刚给他写的词真是不错的概括："但愿长醉，忘了我是谁。"（《但愿长醉》）但愿长醉，这是姜育恒在上百首歌曲中一再表达的态度。

从《孤独之旅》到《驿动的心》，从《一个人》到《旅》，姜育恒一直"在路上"。听众们跟着他走呀走，从俗世的失意一直走到形而上的忧愁。

流浪，是姜育恒歌曲中同义反复的一个巨大现象。就像"失恋"是王杰的同义反复一样。纵观每年出产上千首的流行歌曲，没有承诺，身不由己，等候、错过、疏离、去留，则是另一些同义反复的巨大现象。这些爱情中的低回之处恰似现代人精神上的低回之处，只是对象不同罢了。爱情不光有这些特征，但现代的情歌却几乎都是这些特征。就在这样一些歌曲的这样一些片段反复吟唱之际，这不同的对象也转化了。形为爱情的际遇，却能形而上地表现出现代人精神上的深刻失落感。如，你单独听这句："你的泪一颗颗坠落，落入我的手，又从手中轻轻溜走。"（伍思凯《等你缓缓靠岸》，厉曼婷词）再这句："整个世界的寂寞，像个影子跟着我，我不愿再停下来等候。"（伍思凯《整个世界的寂寞》，陈家丽词）这种失落感深不深刻？

事实上，正有越来越多的情歌从文本本身就在走向形而上。八九十年代出现了越来越多试图造永远的情歌，而多位歌手都程度不同地出现了从俗世爱情渐渐走到非俗世爱情的情形。这是最有意味的。七十年代末邓丽君式的爱情小调正在转成八十年代末齐秦式的爱情大调。过去那两个人间私下里的海誓山盟，现在正变成面向整个世界的《爱情宣言》。

一直在生命的荒原里踽踽独行的狼，它是孤独的、迷惘的、找不到方向的。当它找到了什么的时候（或者说不得不权且找一个什么的时候），它找到了什么呢？

1991年，《爱情宣言》之后，齐秦推出了《柔情主义》，封套里写着这样的题词："柔情也是主义，爱情总是红艳似血。"在这首同名歌曲中他进一步唱道："我不知不觉、无可救药地为爱感伤……柔情是我们的主张，我们说着千篇一律的地久天长。"（王念慈词）在题词的结句齐秦高呼："柔情主义万岁！"

齐秦结束"狼"之生涯后的皈依使我想到了一个"同构"——诋毁和调侃了一切价值的王朔，独独没有诋毁爱情。爱情是他最后一个憩所，在那里他倾倒了自己的感动和脆弱。

回家的人都在向同一个方向走去。在读者中一度极有市场的琼瑶、三毛也是同构：琼瑶的死去活来，对应了王杰；三毛的两大话题——流浪和爱情，刚好也是姜育恒的话题。周围是一片贫乏的精神世界，与之相反，爱情却被琼瑶、三毛提升到人类历史上从未有过的高度。"你知道人为什么活着吗？"琼瑶答，"为了——爱人和被爱。"（见《月朦胧，鸟朦胧》）在今天的流行情歌里，我们听到了愈来愈升华的爱情之音。它们将爱情或处理得永远，以获得一种依靠，所谓《青鸟》（伍思凯）、《一生守候》（陈淑桦）、《天变地变情不变》（张学友、伊能静）；或处理得遥远，以获得一种追求，所谓《蝶恋》（文章）、《一世情缘》（童安格）、《你是我永远的乡愁》（费玉清）。它们显示的是：在没有信念的时代里，爱情被升华成了一种信念、一种理想。这是中国台湾人民的深刻，也是经济发展到一定高度、社会问题被浮华掩盖殆尽时必然产生的一种深刻：精神世界贫乏得美好得只剩下风花雪月了。走情歌路线的人物中，周治平是最自觉、最深入地触摸到这一深刻的歌者：

　　他们说过去已过去不会再来，他们说岁月一天天不断地更改。因为流行的爱情里没有海枯石烂，那些古早的誓言早已不存在。他们说春天的花会谢了又开，游戏的规则里没有伤心无奈，新潮的诗句不需要缠绵的爱。为了什么？亲爱的我不明白。明天会是怎样的一个未来，他们像是孩子似的满心期待，但是原谅我悄悄地走开，因为我把心遗落在1989。（《我把心遗落在1989》）

同王杰和姜育恒相比，周治平的坚持是端庄的，是带着抒情的批判的。从这些歌曲，我们能够多么清晰地看到现代人一次次被空虚和改变袭击时的躲闪。当没有什么可以坚持时，坚持的态度本身也成了一种崇高。现代人那光裸殆尽的精神在寻求遮蔽和安慰时，往往选择爱情作为坚持的代用品，几无例外。应该看到，爱情并非天生造就的流行素材，也不是唯一可以流行的素材，但现代的唱片商选择畅销素材时，他们却居然都选定了爱情，这一点在各发达国也几无例外。遍寻世间物，好像也只有爱人可以相依了，也只有爱情还有些说头，可以借此说说痴话。

由此我们可以推断，爱情成为普遍的话题并非偶然，而且它愈来愈有条件成为一个"通用货币"。当社会走向平稳、走向城市、走向经济，城市人在理想失落的基础上，又日渐沉重地背上了匆忙、疏远、物化。一个事实也许没有引起我们足够的重视：在长长的一生中，人未必有信仰的需要，却不能缺少抒情的需要。他需要一件贴身的抒情媒介，在脆弱时抵挡人生的寂寞无依。这媒介前几千年是书画、戏和宗教，这一百年更多是影视，是歌，这是一种更快速、更便捷、更随时的抒情，除了技术的进步，这里面与生产方式、生活方式有某种对应。

为每一个人抒情，这是情歌的另一层妙用，以此来化解越来越深的冷漠和异化。张洪量对此曾有十分深刻的表达。面对电脑管人的世界，张洪量唱我们"有种"，生物和人的那个"种"。爱情的冲动、本性和纯真，特别有涤荡以规范、功名、老成、金钱为特征的"异化"的虚伪面目的作用。《有种》专辑里用了近千字的篇幅写了《胡想十八次》，不厌烦碎地摹写了十八种相思之态，好像在为即将成为历史的人之性情做一个标本；题名《纽约》的歌却令人惊异地总共只九个字："破吉他，烂城市，想回家。"

情歌，就拖着这些潜在的景物，一天天地在城市上空飞翔。还有其他风景，比如结构过于紧锢的婚姻，社会变动过快里容易错位的家庭（城市情歌），比如青春期的白日梦（偶像情歌）。从音乐本身来说，姜育恒音乐中一支口琴、一把二胡、一把小提琴，颇具中国文人气质的空灵而饱满；周治平繁茂的和声配合气度雍容的旋律，衬出一片深情郑重；王杰作品中配器的细密丰厚，也都是流行的重要理由。

1993年，娃娃带来新专辑《我对爱情不灰心》，潘越云带来《痴情不是一种罪过》。十分巧合，1992年美国歌手惠特妮·休斯顿以一曲《我将永远爱你》(*I Will Always Love You*)成了流行乐坛的大赢家。她将一首原本十分婉约的老歌唱得激情澎湃甚至近乎庄严，再次给贫乏的现代人以一记沉重的打击。

虽然唱着"平平淡淡才是真"，但现在人多想再被什么痴狂玩一把呵。在爱情的神话和自欺中，他们找到了。辉煌灿烂却透着悲哀。

童安格的《花瓣雨》（王中言词）真是绝妙：

你的谎言像颗泪水，晶莹夺目却叫人心碎。花瓣雨，飘落在身后。

1994年4月3日于武昌

（原载1994年第7期《读书》）

寻访中国音乐之"真"

杨燕迪

瞿小松乐坊多媒体剧场音乐会《秋问》之前，瞿小松打来电话，一再强调，策划和操办这两场音乐会的初衷是"做点小事"，这给我留下很深的印象。后来，瞿小松将《秋问》音乐会的新闻发布会发言稿转交给我，标题居然就是"做点小事"。显而易见，在瞿小松心目中，音乐会的举行（2000年11月13、14日，上海商城剧院）乃至音乐本身都属于人生过程中的平常"小事"，不该刻意求工，也没有必要虚张声势。

正因为"做点小事"的心态，才能戒除心急火燎的浮躁，成就"从容大度、气定神闲"的境界——如瞿小松在节目单前言《就〈秋问〉致观众》中所表露的审美理想。当代社会（包括艺术界），通常所见是"名利场"的纷争硝烟，"名人""大师"头衔满天飞舞，动辄"世界一流"，张口"国际接轨"，很少听到有人心甘情愿静下心来"做点小事"。就艺术圈子而论，我们已经见过太多追求"轰动"的"壮举",但最终留下的印象只是粗陋和狂躁。难怪笔者对瞿小松"做点小事"的表白会产生这许多感慨。

虽是"做小事",但绝不粗糙、匆忙、草率,而是周密计划、全力以赴,从中显现对理想的执着及对艺术和音乐的虔诚。两场音乐会以《秋问》为总标题,大概也是总策划人瞿小松的主意。"秋问"对于这两场音乐会,应是一个极其恰当的冠名。"秋",在中国传统诗文中是一个出现频率极高的意象词,意韵内涵之丰富几乎深不可测——似有些悲凉,但不乏苍劲。"问",细细品味,总好像代表着"现代人"特有的迷惑与求索精神。因此,"秋问"一语,不仅妥帖地反映出这两场音乐会是深秋之际上海第二届国际艺术节的入选曲目,而且也传达出某种别样的"弦外之音"。

曲目的选排也非常有意思。总体原则是将中国古典音乐中的传统保留曲目与新近写作的原创曲目排放在一起,全部作品均由中国本土的传统乐器演奏,不用西方乐器。因此一般说来,这两场音乐会曲目属于"民乐"范畴。但瞿小松有意回避大陆音乐界已成惯用缩略语的"民乐"(中国台湾称"华乐",中国香港称"中乐")一词,着意强调这些曲目是"中国古典(传统)音乐"和"为中国乐器而作的现代室内乐"。其中的要义是——不妨借用瞿小松自己的话,"希望树立当代中国人对中国古典音乐文化的自信……并为当代中国文化回归细腻品位做一点小事"（《秋问》新闻发布会发言稿）。

传统曲目和当代创作的并列，自然而然造成艺术史理论中常说的"想象中的博物馆"的效果。正如美术馆中的展品陈列和布局设计迫使观众在脑海中重构艺术展品间的相互关系，任何音乐会的曲目编排其实都是一种重新解读、重新认识音乐的企图和行为。贝多芬和巴赫排放在一起，与贝多芬和巴托克排放在一起，其间的意义是很不相同的，尽管巴赫、贝多芬和巴托克的音乐本身并没有发生改变。《秋问》音乐会中，传统曲目与当代创作互映，策划人希望听众在两者之间架起想象中的桥梁。当代创作赋予传统曲目以新鲜的光泽，而传统曲目则反衬出当代创作的用意和匠心。说句题外话，至少在国内乐坛（特别是民乐界），如此富于想象力的节目安排实属罕见。

原则既定，随后是具体的音乐抉择。就"传统"而论，这个词几乎已是一个人人耳熟能详的口头禅。但何谓"传统"？何谓"中国音乐的传统"？特别是何谓"中国音乐传统的真髓"？《秋问》音乐会试图触及这些问题。依瞿小松先生之见，半个多世纪以来，出于对西方音乐和中国文化的误解，由于"善良的愿望"和"愚笨的行为"，中国古典、传统音乐已被严重"污染"，"太多的一流古典被改编成二三流的'当代'"。因此，中国古典音乐文艺复兴的第一步是"在当今粗、躁、浮、浅的环境中，呈现洗去污染后的原貌"（瞿小松《就〈秋问〉致观众》）。音乐圈内人都明白，这番听上去不免有些刺耳的话针对的是什么。其间的周折故事和人事纠葛，多少年来的恩怨毁誉，交代起来恐跑了正题。长话短说。瞿小松所要反击的正是二十世纪"五·四"以来，中国乐坛上以肤浅的西方音乐思维方式"改良"中国本土传统音乐的企图——例如用"西式"乐队改编演奏"民乐"独奏曲，以"西式"原则组建"民族管弦乐队"，乃至以"西式"观念改造中国传统乐器，等等。

在多年受到"西式"污染和极"左"思潮的挤压之后，寻访中国音乐之"真"的举动显得格外可贵。瞿小松的反击之所以显得激烈，固然有当下"后殖民、后工业化时代"反抗西方文化霸权的内在动因，固然有目前中国整体社会经济高速发展的外在支持，但也与中国严肃音乐界长期以来缺少道义上和行动上的"先锋"有关。在一些关键的艺术问题认识上，笼罩大陆乐坛的常常是"和稀泥"式的平庸观念。因而不难理解，瞿小松《秋问》中所蕴含的反击必然受到非议。

但引发争议，反过来证明《秋问》音乐会提出了真正有意义的问题，并通过音乐本身启发听者思索中国音乐真正的价值所在。一曲笛子独奏《鹧鸪飞》，是《秋问》两场音乐会的开场曲。没有任何伴奏，一根曲笛，一束灯光，舞台上顿时弥漫清冷和古雅的气氛（显然经过组织者精心的策划）。笛声起，轻吟慢入，逐渐旋律成型，经过灵巧自如地迂回，转至轻快流畅的快板。间或，可听到模拟鹧鸪的清脆啼鸣和振翅欲飞的意图，但绝不是所谓"标题音乐"的刻意写实，而是情趣盎然的自然表露，是中国传统艺术批评中所谓"妙"的意境。和《鹧鸪飞》在艺术品位上属异曲同工的是《寒鸭戏水》。同样是独奏（古筝），同样是若即若离的人与自然（动物）的关系，同样是"哀而不怨、乐而不淫"的含蓄格调。有意思的是，用古筝（原是琵琶曲）表现水光涟漪和寒鸭戏水，犹如用笛子表现鹧鸪飞鸟，均是浑然天成，绝非人工造作，从中可窥见国人特有的朴素而直观的聪慧和才智。在纯粹依靠单线条旋律产生变化的趣味上，在音乐衍展的自如和曲体发展的流畅方面，在速率变化和音色变化的多样性方面，《寒鸭戏水》与《鹧鸪飞》都足以代表中国传统民间音乐最优秀的精华。常言说的"味道"——中国音乐内在的"韵味"和本真的"意韵"，可能正在于此。

与《鹧鸪飞》《寒鸭戏水》《陈杏元和番》（琵琶独奏，原为筝曲）、《行街》（江南丝竹）这几个讲求细腻、雅致的传统"文曲"相对照，《锦鸡出山》和《夜深沉》则颇具"武"风，豪爽痛快，酣畅淋漓，体现中国传统音乐的另一面气质。《锦鸡出山》是湘西土家族的传统打击乐合奏，用双锣、双钹，四个乐手默契配合，节奏拍点时而"犬牙交错"，时而"欲擒故纵"，令人产生神经性和生理性的快意，其情绪的热闹非凡完全不亚于西方交响乐的末乐章或喜歌剧的终场，而其节奏的精美和复杂程度也堪与非洲音乐或印尼的"佳美兰音乐"相比。《夜深沉》原系京剧著名曲牌，有各种演出版本。此次《秋问》音乐会选用一把京胡独奏，配以一面大鼓的"协奏"（因其角色分量之重和功能之全，不能称"伴奏"）。京胡特有的刚劲音色与大鼓雄浑的捶击相辅相成，宣泄出一番豪放、帅气而又略带沧桑感的人生咏叹。经马尾硬弓的强力摩擦，京胡的两根钢弦上冒起阵阵松香烟雾，高亢激越的琴声也随之扑面而至。情绪高涨处，京胡似脱缰的野马，在密集鼓声的不断催促下，以几乎没有句读的、具有强烈即兴感的垛板旋法一口气猛冲到底。突然间，一句"煞声"令音乐戛然而止，似有感慨万千，但却一言难尽。如此刚烈的音色，如此鲜明的性格，以及如此环环相扣的旋律句法，不仅展示了中国音乐最本质的形式特色，同时也揭示出中国传统音乐可能达到的人文精神高度。

毋庸讳言，在这样优秀的传统曲目面前（高水平的、有艺术眼力的曲目选择，为此应向策划人致敬），原创的当代曲目必然承受相当的艺术压力。上述传统曲经多少代艺人口传心授，辗转磨合，称得上经过"千锤百炼"。另一方面，当代曲目凭借的不是"集体的智慧"，而是个体的感悟，尚且未经时间验证，加之音乐语言上具有前卫探索性，因而遭到各种非议是在情理之中。但需指出，这些非议针对的大多是创作家的风格路数（诸如"缺少旋律""音调怪诞"等等），而不是作品本身的人文立意和艺术质量，因而不免有"牛头不对马嘴"的感觉。之所以如此，根本原因是，尽管二十世纪已经成为过去，但二十世纪以来的现代"严肃"音乐在国内乐坛尚未立足，常规音乐会中极少听到现当代的经典作品，探索性原创新作的上演由于缺乏各方支持更是举步维艰。由此形成某种不健康的恶性循环——接触现代音乐越少，对现代音乐的抵触愈甚。不仅一般爱乐者，就是专业圈子里的众多从业人，耳朵的审美定式依然囿于十八、十九世纪，因而很不习惯接受不谐和的音响组合与"奇异"的音乐思维。而《秋问》音乐会中所有的新作曲目无一例外都是二十世纪现代音乐直接影响下的产物，因而迫使听者一方面要在这些新作与中国传统音乐之间架起桥梁，另一方面又要将这些新作放置到现代世界乐坛这个更大的上下文中进行观照。显然，对于当前中国的音乐生活和音乐文化状况而言，这是一个有点过分的要求。难怪有些听众在音乐会后嘟囔着"听不懂"。看来，中国这块土地还需要更多"做小事"的人来认真致力于文化（特别是现代"严肃"音乐）的普及和提高。但事先必须明白，现代的严肃音乐在文化较为发达的欧美诸国也绝不可能吸引"大众"，因而在目前中国的文化环境中，像《秋问》这样的音乐会注定只能是属于"小众"。

不知是出于巧合还是有意安排，在《秋问》两场音乐会中出场亮相的十位当代中国作曲家，出生年代横贯三十年代（高为杰、王西麟）、四十年代（杨立青）、五十年代（瞿小松、贾达群、徐坚强）、六十年代（叶国辉）、七十年代（金望）和八十年代（秦毅、周晴），俨然是"老中青结合"的"三代同堂"，应该可以从某个侧面代表中国当代严肃音乐创作的典型阵容。有趣的是，他们几乎清一色属于"学院派"系统（音乐学院作曲系教师或学生）——只有王西麟先生除外，但他同样毕业于（上海）音乐学院，长期与"学院派"保持着紧密的艺术联系。

这种强烈的"学院"色彩与刚才我们品评过的中国传统音乐的"自然生态"之间，确乎存在强烈反差。所带来的后果也是利弊参半。有利的一面是学院作曲家的写作（与传统民间音乐相比）显然具有更加强烈的自我意识和个人风格，但不利的一面同样显而易见——音乐的自然表露和质朴情调趋于减弱。其间的紧张和矛盾给每位作曲家提出了严峻的挑战。尤其是针对中国传统民族乐器的写作，这种挑战更显尖锐。"民乐器"往往具有根深蒂固的特有性格，与现代作曲技法的匹配常常显得"吃力"。弄不好，常常出现类似于"马褂上穿西装"的别扭效果。

但在具有远见的艺术家手中，上述的窘境可被化为优势。例如杨立青先生的《思》（1997，为五件中国乐器）。此曲因势利导，取用民间音调与现代技法难于融合这对矛盾作为全曲的构思主干，立意之奇让人侧目。作曲家的自述是："试图在纷乱中理出一点头绪。"（《秋问》节目单乐曲解说）全曲从混沌开始，又归于混沌，象征处在"纷乱"大千世界中的茫茫思绪。中段的音乐过程中，不断出现具有典型民间气质的旋律片段——但只是片段，无法最终成为真正意义上的完整主题。这些片段在各个乐器上形成多调性的模仿或发展，但很快失去方向，犹豫、放弃……停滞。于是，又一轮行动鼓足勇气开始，但结果依然如故。民间性的旋律片段似是希望所在，但最终没能在无调性的险恶环境中求得生存。两类截然不同的音乐形态（混沌的散乱无调性音乐与鲜明的民间旋律片段）相互对峙，营造出一种几近"后现代"意味的悲剧色彩。

瞿小松自己是"中生代"作曲家中当之无愧的代表。此次《秋问》音乐会上演了《寂2#——行云》（1995，为四件中国乐器）和《定风波——苏轼词二首》（1998，为人声与三位打击乐手）。前首乐曲算是旧作，笔者此前曾在不同场合听到过不同乐器组合演奏的其他版本，每次都有触动。当代音乐，经得起反复聆听的优秀作品不能算很多，《寂2#——行云》应算一例。瞿小松自己的题解是"云飘云散，音生音逝，唯寂静永在"——这种高度诗意的源泉是东方特有的禅意和中国古老的智慧。音乐结构以近乎完美的方式实现了题意的内涵：简洁、匀称，音符在数量上被压缩到最低限度，但反过来开掘出罕有的质量密度。一个最令人难忘的形式特征是大段大段的休止，（"寂"的音响写真？）充满神秘的暗示和压迫性的紧张，其手法也许类似中国画中的空白处理，但因其是音响艺术，更加具有野性的爆发力。所谓"此时无声胜有声"，看来瞿小松对此话中的寓意是真正心领神会了。《定风波——苏轼词二首》在上海是首演，笔者也是初次聆听，印象之强烈似不能用诸如"不同凡响"之类的套语来形容。这是一首奇异的"音乐作品"，其一，它通篇回避正常乐音（由人声的自由吟诵与打击乐的"伴奏"组成）；

其二，它有意将戏剧性朗诵与音乐会形式相混同。人声吟诵创造性地转化了京剧韵白模式，且由作曲家自己担当（尽管从正宗的京剧念白角度看可能有偏差，但在此很难想象比瞿小松自己更优越的演绎），丝丝入扣地诠释出苏轼词作语言上的抑扬顿挫。打击乐的处理与瞿小松以往的整体音乐风格一脉相承，干练、果断，材料精简，但极富效果。从两首词的选择、次序和性格安排上也可看出作曲家的匠心所在，前一首为《定风波·林中遇雨》，算婉约一派；后一首是《念奴娇·赤壁怀古》，属豪放风格最著名的代表作。两首苏词在情绪和性格上的自然对比为音乐的诠释提供了潜在的可能。但所有这些形式上的创意无不是为了一个根本的目的：深刻而独特地吃透、读解并演绎苏轼这位属于中国历史上最顶尖级的伟大文人的词义。瞿小松在曲目解说中谈到，两首词"起式不一，但都落在空无"，说明他对中国传统文化的理解带有强烈的个人色彩——而这种个人性是当代艺术创造的根本和基石。

"新生代"中最让人耳目一新的作品当推金望的《虚词》（2000，琵琶和古筝）。或许标题本身并不十分切合乐曲真正的意韵，显得有些空而无当。但作品本身由于其立意的清新和色彩的明快脱颖而出。与前辈作曲家似乎背负着"文化""民族""神韵""意境""玄妙""苦难"等沉重的包袱不同，这里洋溢着对生命活力的单纯赞叹、对节奏游戏的尽情把玩和对奇妙音响的由衷欣赏。一个以升 G 为核心的谐趣音调游走于两件同是弹拨性质的弦乐器之间，轻而不浮，媚而不俗，偶尔滑出主线，但很快又回归原路。此曲构思的精巧和材料的简练都令人回想起"简约派"（美术上一般称"极少主义"）的笔法，但其透露出的谐谑情趣又与中国民间音乐和文化直接相关。据闻，金望的作曲指导教师是何训田先生，这里所展开的新颖的审美视野似乎还很少被其他作曲家所窥见，何训田在其中大概功不可没。

《秋问》音乐会上的其他原创曲目的可圈可点之处也不在少。如贾达群先生的《秋三阕》（2000，为九件中国乐器）中对川剧声腔的积极吸收，高为杰先生的《韶 II》（1995，为六件中国乐器）中富于哲思的音高结构布局，王西麟先生的《殇》（1996，为八件中国乐器）中所宣泄出的悲恸哀情，叶国辉先生的《村野》（1993，为四件中国乐器）中的悠远回忆，徐坚强先生的《六幺令》（2000，为八件中国乐器）中的民俗色调，秦毅女士的《真如双解之二》（2000，琵琶独奏）中对音色韵味变化的追求，周晴女士的《燃》（2000，为四件中国乐器）中对多调性主题发展的各种探索，等等。当然，这些作品或多或少都存在不足和缺憾，但这是所有原创性、前卫性探索作品共有的问题。笔者特别感到惋惜的是，所有这些作品在吸收西方现代作曲技术上显得有余，而在理解和发扬中国传统音乐精髓这一点上则显不足。诸如类似中国语言般灵活而自如的旋律句法衍生，充满妙意和活力的节奏感觉，祛除段落痕迹、一气呵成的曲体贯通等等，这些属于中国本土最有意思、最有特点的音乐思维方式似乎并没有在这些新作中得到展现。

《秋问》音乐会与其他音乐会一个很重要的不同点，是在音乐会上播放经过精心构思、拍摄和剪辑合成的有关作曲家的访谈纪录片。尽管播放纪录片本身并不能使这两场音乐会成为真正意义上的"多媒体音乐会"，但由于其中反映出作曲家创作美学观的真实轨迹，因而可以说纪录片是《秋问》音乐会不可分割的一部分。笔者尤其赞同杨立青先生在访谈中那句看似随意的对现代音乐本质的总结概括："现代音乐最重要的因素是'真'，而不是狭义的'美'。"遗憾的是在国内，大多数听众还没有接受这样的共识。其实这种思想早已在海德格尔的哲学中、在昆德拉的文学论述中、在阿多诺的音乐美学－社会学学说中得到系统论证。只有通过"真"，我们才能窥望现代音乐乃至整个艺术的奥秘。《秋问》音乐会所代表的是寻访中国传统音乐之"真"，探寻中国现代音乐之"真"。可以想见，在这个过程中，一定充满迷惑和不测，因为艺术之"真"从来不像科学定理般可以重复验证，也不似社会法规那样可以人为钦定。寻访艺术之"真"，需要悟性、修养、眼光和耐心，也许还需要一点运气。寻"真"是件"大业"，但"平平淡淡才是真"，"真"就隐藏在日常生活的每一个瞬间和每一件"小事"中。因此，回到本文开头，对于艺术家，"做小事"是寻访艺术之"真"的根本路途。这应验了那句老话："大事从来都是从一点一滴做起的。"

2000年12月19日改定于上海音乐学院音乐学系

（原载2001年第2期《读书》）

"愤青"来到新世纪

颜　峻

毛病都是惯出来的。

在8月中旬，云南丽江的雪山音乐节上，从各地赶来的有钱阶层用他们的方式表达了对"摇滚乐"的热爱——在崔健出场之前，对所有其他乐队起哄。他们甚至依靠头发的长短来判断乐队的好坏，甚至根据主唱活蹦乱跳的程度来决定欢呼还是闭嘴，每一支好乐队他们都起哄，每一支做秀乐队和停留在八十年代的古董乐队他们都叫好。完事之后，他们还要对媒体抱怨，说摇滚乐跑得太快了，有点看不懂了，年轻乐队太怪了，崔健以后一切都没劲了。看在他们强劲的消费能力和坚挺的话语权力的份上，媒体也一起抱怨说，干吗弄那么多地下乐队，干吗不叫上"黑豹""零点"、臧天朔，嗯？除了阳光、空气、水和粮食，我们还需要——朋友。"朋友啊朋友……"，这多么通俗、多么煽情，几十年如一日，十三亿人民同唱一首歌，摇滚乐不就普及了吗?

事实上这些人已经很久没有听过摇滚乐了。他们只知道崔健,或者说他们只关心被媒体神化了的崔健,最多再算上青春期崇拜过的长头发吉他英雄。在他们看来,花钱就应该被伺候。而他们的确一直在被伺候,从弱智电视剧到弱智流行歌,什么柿子软就给他们吃什么。现在摇滚乐突然从地下冒出来,他们当然不习惯。

· 摇滚乐属于谁

摇滚乐属于谁?"愤青"还是消费者?还是"愤青"消费者?这件事已经讨论了很久。"愤青"认为摇滚乐是一种"愤青"文化,是批判性的声音,是青少年表达不满的方式,也是他们创造不同于主流社会的自身文化的一种手段。归根结底,它要么音量过大,要么就形式创新,通俗易懂不是它的使命。即使只有少数人分享摇滚乐的秘密快乐,也必须保证这快乐是纯正的、独立的、绝不妥协的。

大众以及大众派来的记者、唱片公司老板和流行音乐同行则认为,"愤青"永远只是少数,而音乐却只有被多数人接受才算成功。推广摇滚乐,让更多的人消费摇滚乐,最终让摇滚乐成为新的经济增长点,反过来也让丰厚的经济利润来培养更好的摇滚乐,这才是正道。而推广摇滚乐的方式,当然是先弄几个"唐朝",哪怕他们十年都不出新专辑,只要保持神秘的、高大的、传奇的形象;再弄几个"零点",哪怕他们其实是勤勉的流行乐队,跟摇滚乐没什么关系;再弄几个"瘦人",只要他们会蹦,会煽动群众;再弄几个"果味VC",只要他们时尚,鼻子上架的是窄墨镜。反正,实在不行还有崔健,那些并不喜欢摇滚乐的人至少会喜欢崔大哥,谁让他有名呢?这推广的重任就落在了老崔肩上……

西方摇滚乐早在七十年代就已经成为主流音乐,在八十年代已经极度商业化,以至于它内部不断发生裂变和离心,无数叛逆的新声一再揭竿而起,在反对主流文化之前先反对了主流摇滚乐。曾经在九十年代风行一时的"另类"(alternative,选择性的、存在于传统或现存体制系统以外的)摇滚,如今已经瓦解了人们对传统摇滚乐的定义,它已经在不断地重组、嫁接、变异和突变中变成了无数可能性。条条大道通罗马,反倒是一上台就甩头发劈叉的传统摇滚乐不再摇滚了。

那么谁是摇滚乐的主人?是创造它、推动它的人,还是消费它、买卖它的人?如果事情都要靠人多势众来发言,那么中国摇滚乐现在应该低头认罪,停止愤怒和创新,回家练习"爱不爱我"才对;如果还让人讲道理,那么摇滚乐属于年轻人,而年轻人有他们自己的文化,即使这种文化在中国还很微弱,但毕竟在疯狂生长。六十年代的美国嬉皮士,今天已经是爷爷、教授、老板和偶像,新世纪的中国"愤青",在"垮掉的一代"、嬉皮文化、朋克文化、背包族、"左派"、Cyberpunk（赛博朋克）以及各种追求自由和独立精神的反文化影响下，刚刚开始建立本土的青年亚文化。既然摇滚乐需要一个土壤，请看，这才是。

那些呼吁摇滚乐"健康向上、拯救人类心灵"的朋友，一定和摇滚乐没有关系，因为摇滚乐的基础，就是质疑健康文明的秩序化生活。它越健康，就越跟写字楼和看守所里的健康不同；它也没法拯救全人类，它只解放自己。你喜欢摇滚乐吗？那就解放你自己好了。

· 朋克大战金属党

在全世界任何一个大城市，摇滚乐都已经分裂为不同的文化。只要有人多事，把朋克和重金属放到一起演出，那么打架就是很平常的事情。而同是金属，说唱金属就很少被重金属主流所接纳，因为他们的另一个名字是"新金属"，是对经典的背叛，没有华丽的吉他独奏，也没有流畅的旋律，更没有丰富的古典和声。那么什么是重金属的主流呢？有人说了：Scorpions（蝎子乐队）啊，Aerosmith（史密斯飞船乐队）啊，Metallica（金属乐队）啊——又错了，今天的重金属，即便在我们这个发展中国家，也已经成了黑金属、厄运金属、哥特金属、死亡金属、撒旦金属、残忍金属等等不吉利的金属的天下。

当然中国依然是发展中国家，朋克还是可以和重金属乐队一起演出，因为他们都是苦孩子，都面临同一个最大的问题——他们自身的文化太过脆弱，他们和他们身边的人既没有经济能力也没有发言权，连服饰和俚语都是最近才成熟起来的；而KTV、春节联欢晚会、张艺谋、"两只小蜜蜂"和广告里的成功人士却茁壮成长，年轻人要么愤怒，要么大学一毕业就放弃一切梦想，加入资本和官僚的机器。

选择吧。

这样的时候，摇滚乐自身的潮流变化着，不为外人所知，其实却已经天翻地覆。

1997年以来，外省乐队开始造音，外地乐手大量涌入北京，激进的形式和明确的反抗意识得到发扬，有人反对传统形式，有人反对社会不公，有人反对北京贵族摇滚。成就不见得多高，但乱世出英雄，两年以后就见了分晓。

1999年，摩登天空公司发表了"Bedhead"四张唱片，包括NO乐队以前在香港发行的《走失的主人》，苍蝇乐队以前在中国台湾发行的《The Fly 1》，胡吗个的另类民谣《人人都有个小板凳，我的不带入二十一世纪》，吉他手陈底里的电子实验《我快乐死了》。北京朋克经过三年的磨炼，已经生根发芽并向其他大城市蔓延——他们迅速而欢快的节奏，他们短促而尖利的喊唱，他们简单而热情的愤怒，他们彻底跟主流决裂的头发和衣服。外省的朋克乐队，却多数跟朋克音乐没有关系，他们实际上只是愤怒，只是迫切需要表达愤怒的手段，后来一旦成熟，就纷纷转向了其他的音乐形式，只有南昌的"盘古"坚持"不搞音乐，只搞革命"，而广州的王磊正在成为最露骨和刻骨的抒情高手。

2000年，聚集在北京郊外的外地乐队逐渐占领了首都。除了低调和迷离的窦唯、毒辣和不恭的诱导社、越来越黑人化的崔健、正在成熟和啰唆之间挣扎的"爻释·子曰"、温情而暧昧的电子乐队"超级市场"，北京最好的摇滚（包括其他新音乐）乐队中间，几乎没有本地土著。"舌头"成为地下摇滚的旗帜和榜样。一场说唱金属的潮流席卷树村、东北旺（外地乐手聚居的地方），重而富于爆发力的形式、批判性的歌词在未来造就了"痛苦的信仰"这样的"愤青"领袖——他们的代表作是《哪里有压迫，哪里就有反抗》——北京兴起"锐舞"热，DJ带动了一小群人的时尚。苍蝇乐队主唱丰江舟成为中国地下电子乐的先驱，他率领更多人投身于激进的电子乐创作。"清醒""新裤子""花儿"这样的时尚乐队，穿越了尖领衬衣和Lee Cooper牛仔裤的丛林，轰炸并勾引了低龄的大城市中产子弟，他们用摇滚乐的形式推广娱乐文化，并被命名为"北京新声"运动。

2001年，更多的摇滚乐队发表专辑，京文公司旗下的嚎叫唱片成为国内第一大摇滚乐品牌，尽管封面设计大多难看得要死，录音质量也差强人意，但总算是靠数量和销售手段，在各地的音像店里渗透进去不多的摇滚乐唱片。NO乐队主唱左小祖咒开始以个人名义发展，并在中国大陆、中国台湾同时发表新专辑《左小祖咒在地安门》，从疯狂的噪音摇滚转变为另类抒情歌手。前鲍家街43号乐队主唱汪峰和前摇滚歌手郑钧也成功进入主流，前者越来越好听，而后者恰好相反，但同样受到欢迎，这充分说明了资本的厉害——大公司的原则就是：名利双收并不断滚动。随着资讯突破封锁、新青年长大成人，中国大陆几乎出现了所有形式的当代音乐。"地下"概念逐渐清晰，它意味着一种自成天地的亚社会体系和对主流价值观的文化对峙。独立厂牌蔚然成风，并通过有限的渠道传播着这些奇怪的、小众的、实验的（当然也有摇滚的）自制唱片。

2002年，中国摇滚乐在商业和愤怒之间继续寻找着平衡，有些人已经放弃了和大众沟通的愿望，但更多的人还在坚持作品纯洁性的同时，调整着姿态——事实上，没有一个乐队因为雪山音乐节是政府主办的、有流行歌星参加的、破坏环境的、拒绝了基层摇滚乐迷的活动而放弃参加的机会。

· **让我们一起……**

自从听说了伍德斯托克，中国摇滚乐迷就没有停止对集体狂欢的向往，仿佛只有举办一次音乐节，才能证明我们有了对摇滚乐的共同享受和对自由快乐的共同追求；当然反过来，各种音乐节的失败，也的确证明了中国摇滚乐的弱小。好大喜功的怪癖不仅仅体现在国家大剧院和上海环球金融中心，它同样毁掉了大连乐舞节和昆明现代音乐节——一般人根本就没听说过这两个活动，因为它们太失败了。北京的"喜力节拍"倒是成功，不过主要是流行乐队和当代爵士。

2002年，摇滚乐的音乐节终于被媒体盯上。先是5月的第三届迷笛音乐节，然后是8月的"点亮长城"和雪山音乐节。迷笛音乐节在北京香山附近的迷笛音乐学校举办，免费，三天，五十一支乐队，有六千到八千人次观众；"点亮长城"备受关注是因为操作成功，有大牌乐队和著名DJ参加，又延续了长城"锐舞"活动的传统，但实际上只有不到四百人参加了这次持续二十四小时、票价二百到三百元的活动；至于沸沸扬扬的雪山音乐节，门票二百八十元，两天，大约二十支摇滚乐队，外带雪山风景和流行歌手献演，据《三联生活周刊》说，有不到一万人次参加，大约二千人购票。

如果做一比较，可以看出其中奥妙——迷笛音乐节花了迷笛音乐学校四万元成本，赔了，但学校每年做这个音乐节都不是为了赚钱。"点亮长城"当然赚了，因为投资小、操作容易、票价高。只有雪山音乐节赔得很惨，不知道是谁预计了二万到三万人的门票，结果被现实扇了耳光，要不是崔健保证了乐队和音响的质量，恐怕会被骂得更惨。

迷笛音乐节是成功的，因为它集中了北京乃至各地的摇滚乐迷，集中了文艺青年，也通过三天的聚会，让这种文化得到鼓舞和传播。虽然他们和他们的生活方式不被承认也不被报道，但他们繁殖的速度却如此惊人，以至于已经遍布全国，潜行于古怪的唱片店、书店和酒吧，通过网络、独立杂志和各种活动连成了一个小世界。他们也让"迷笛2002"成为中国第一个真正意义上的音乐节。

"点亮长城"是成功的，因为它赚到了钱。在摇滚乐没有演出市场的情况下，策划人在老外和资深玩家那里找到了利润，这就和其他买卖一样，想赚所有人的钱是不可能的，摇滚乐作为商业项目，也需要定位，需要稳准狠的销售策略。如果乐队有一定号召力、活动足够娱乐性、宣传做得专业、品质有所保障，那么即使从小众开始，摇滚乐和新音乐也并不是注定要穷下去的。

雪山音乐节也是成功的，因为它煽动了太多的媒体，让公众近十年来第一次面对关于摇滚乐的报道。它同样强硬地把地下乐队推上舞台，让它们遭受多数人的冷漠和少数人的关注，并从此扩大影响。它尤其让不同的观众站在同一个舞台下面，形成一个有中国特色的"大杂烩"场面，虽说没有音乐节的集体气氛，但在分化的人群间建立了沟通的可能。崔健的固执，让摇滚乐走出了自己的世界，和它的敌人一起竞争，分享冰雹和阳光。

摇滚乐当然是集体的事情，而音乐节，本该是同类人聚会狂欢、商人赚钱而乐队扬名的大活动。像美国奥斯汀这样的地方，每年有数千场演出，其中就包括冷血动物和脑浊参加过的春季音乐节，音乐已经成为这个城市的支柱产业。跟中国相比，丹麦、荷兰这样的小国，一个音乐节有几万人参加是家常便饭。

很多人以参加音乐节为生活方式，打工挣够钱就背上帐篷周游世界，在不同的音乐节之间浪游。音乐节已经是当代青年文化的一个重要内容，我们没有伍德斯托克，其实只是因为我们根本还没有青年文化。

"让我们一起飞吧。"舌头乐队在雪山音乐节上如是说，意思是：你可以加入这个正在超越现实的行动，你可以暂时或永远地抛弃枷锁，你可以做一个你一直都想做的人，更重要的是，我们可以毫无理由地相互信任着，一起超越。

摇滚乐让人们激动，这是真的，但在中国，它主要还是让人们通过想象来激动。人们并不真的了解摇滚乐，也不见得愿意去了解——对别的事情也一样。毛病都是惯出来的，我们已经适应了被谎言和垃圾食品所养殖的生活——人们愿意阅读摇滚乐报道和评论，也愿在网络上参加中国摇滚向何处去的讨论，但要改变自己的审美、品位、习惯和生活态度，那又谈何容易。

而这，就是中国摇滚乐仍然保持了罕见的愤怒、原始的冲动的一个主要原因。等公众不再叶公好龙，也开始把摇滚乐当作日常娱乐方式的时候，这种单纯的情感，也就越来越稀有了。这个矛盾是永远不会被平衡的，摇滚乐因此艰辛、危险，也因此充满奇迹。

让我们走着瞧吧。

（原载2003年第1期《读书》）

重新发明

颜　峻

1996年，兰州的退伍军人王凡决定移居北京。他希望在首都找到更多志同道合的创作者，至少，找到一些观念相合的乐手，能够理解并演奏他的作品。在兰州，他只能找到演奏布鲁斯或者鞭击金属（Thrash Metal）的乐手；整个音乐圈最新鲜的事是，有一支乐队在翻唱电台司令（Radiohead）的作品；另外，还有一个人知道约翰·佐恩（John Zorn）是谁。但北京似乎也并没有充满怪人。这一年，王凡只是借住在郊区朋友家，一个人，用松了弦的吉他、可乐罐、电视机和家用磁带录音机创作。他没有听说过别人也这样演奏，而是自己发明了一套新技术。孤独是必不可少的，再加上神秘主义，他创作出长达四十分钟的专辑《大法度》（Dharma's Crossing），它被看作中国第一个实验音乐作品。在中国讨论"实验"，那就是讨论它字面上的意思，因为整个国家都在实验，每个人，尤其是城市人，每一天，尤其是最近十年，都在尝试新的事物。在前奥运时期的北京，每一条路，每个建筑、饭馆、商店、公司、法规，都会随时消失或变形。"一切皆有可能"，广告解释了时代。

向上追溯一百年，中国从来没有停止过革命、变革、冲突、创新、实验。内战结束后的土地改革、文字改革、"文化大革命"、改革开放、政治体制改革、经济体制改革等，无一不是在社会民生的全局进行实验，也因此对个人的心理和群体的文化造成了根本的影响。当代文化充满了激进的精神，"实验"成为一种潜在的政治上的正确。保守的力量总是被夸大，但有脑子的人都知道，像中国这样每天都在变化的国家，其内在，必然也充满了对新世界的想象和需求。

"前卫"是另一个常用词。衣服、语言、室内装修、手机设计，一切都可以被称之为前卫。但没有多少人知道前卫艺术、前卫音乐是术语，而且是有着一百年传统和体系的术语。在中国，前卫是一个形容词，而不是术语。所有的前卫音乐家，都是实验音乐家，也都是自由即兴音乐家……上个星期，我和十多位音乐家参加了关于即兴音乐的座谈会。大家都听德里克·贝利（Derek Bailey），也知道西方人所说的"自由即兴"（Free Impro）是一个严格限定的流派，但这些音乐家和所有的中国人一样，把"自由"和"即兴"理解为它字面上的意思，也就是真正自由地、无限制地创造。这和心灵有关，和西方传统无关。

1993年，南京人左小祖咒在北京组建了 NO 乐队。这是中国最早的地下摇滚乐队之一。他发明了用铁夹子夹住琴弦演奏的方法，也发明了一种混乱、疯狂、充满噪音、后来被称作"无浪潮"（No Wave）的风格。王凡也是地下摇滚圈的一员。事实上所有人都来自这个圈子。在二十世纪九十年代，如果你不是在地下摇滚圈听打口 CD [整个二十世纪九十年代，中国大陆青年得到的百分之九十五的西方音乐 CD、磁带，都是打口品。它们的来源，是因为西方（美国）大型唱片发行公司需要清理仓库，为新的产品腾出空间，因而用电锯破坏这些唱片，作为塑料垃圾卖给回收公司；中国商人大量购买这些垃圾，用来生产新的塑料；它们中的极小部分，被挑选出来，作为音乐的载体，销售到了全国各地。2000年以后，盗版和 MP3逐渐让打口走向没落；而音像制品的进口，至今仍然是被政府严格控制的]。摇滚乐、看盗版 VCD 电影、酗酒、阅读"垮掉的一代"的著作，那么就只能属于沉闷的实利主义社会，一个彻底没有理想和想象力的成人世界。我是说，中国最早的实验音乐家、噪音人、电子乐手、即兴演奏者，全都来自这个圈子。这是一个苦闷、反叛、追求大音量和激进表达方式的世界。

在二十世纪末，更多的人发现摇滚乐并不能满足自己。他们中的少数人听到了灰野敬二、"厌烦"（Boredoms）和"疼痛杀手"（Painkiller），多数人听到了"音速青年"（Sonic Youth）和"天才乐队"（Prodigy），几乎没有人听到阿尔伯特·艾勒（Albert Ayler）和史托克豪森（Stockhausen），但这并不妨碍他们发明自己需要的。杭州的李剑鸿、兰州的"兰州噪音协会"、桂林的周沛（Ronez）、成都的欢庆、山西的周日升，都是这样实验起来的。王凡仍然是最特别的一个。他最早（在1999年前后）开始创作噪音和正弦波音乐，而且不知道别人早就这么干了——那时候他经常找我商量，应该怎样命名最新发明的声音。2002年的时候，曾经被"音速青年"和灰野敬二影响的李剑鸿也拿了一大堆电钻、机器、单块效果器做噪音，他自己都有点吃惊：音乐也可以这样搞！

电子乐也是地下摇滚的分支，1997年，另一支早期地下摇滚乐队——苍蝇乐队的主唱丰江舟受到阿莱克·安皮尔（Alec Empire）的影响，开始创作高科技硬核（Hardcore Techno）作品。与其说它是电子乐，不如说是更加吵闹、独立的摇滚乐。即使是在主流音乐圈，高科技舞曲（Techno）、豪斯乐（House）也是以革命性的姿态进入中国（1996年）。要知道，在中国，1986年才有了摇滚乐，1996年才有了"朋克"。电子乐诞生了，但是没有人会用老式的合成器；"Techno"诞生了，但是没有俱乐部。

在前面，我又制造了术语的麻烦。"电子乐"是指非学院的、流行的、独立的、实验的电子音乐。但我还必须指出另一个词，"电子音乐"。通常，这四个字比那三个字显得更严肃、正式，所以它被用来指称学院派的电子原音音乐。这一历史可以追溯到1984年，教学的开始则在1986年。在一个封闭的权力结构里，电子原音音乐被当作单纯的学术研究，用来证明中国人不比西方人落后，同时也承载着歌颂祖国和探讨传统哲学的功能。直到今天，也只有极少数人有机会接受相关的教育。事实上，最近几年，几大音乐学院之外的大学，也纷纷开设媒体艺术、数字艺术课程，但只有几个老师可以教授数字声音处理和算法作曲，也只有几个老师可以教授流行音乐软件。

还是在2002年，同样在杭州的积木，因为年纪更小，没有在音乐圈里混，所以自己在家用软件做噪音。当时积木以为自己是全中国唯一这样做的人。我们把积木看作第二代，也就是没有太多乐队经历、从软件开始创作的年轻人。他2007年才从中国美术学院毕业。大庆的王长存要比他年长，还有上海的徐程（"折磨护士"）、杭州的金闪和陈维、兰州的杨韬（有过短暂的"朋克"经历）、广州的钟敏杰、深圳的林志英……这些人也可以说是"下载的一代"。他们下载MP3、破解软件和AV电影，以及一切曾经罕见的资讯。因为对乐器缺乏感情，他们很快成为声音本体的探索者，也就是中国声音艺术最早的自觉的创作者。

2002至2004年，中国的宽带用户增长数超过千万，在这个大变革之前，已经有很多人通过网络改变了自己的生活。1998年，来自中国台湾地区、住在美国伯克利的姚大钧，作为乐评人、电脑音乐家、声音艺术家，在sinologic.com网站开设了网络音乐电台，这是对整个华人音乐世界影响深远的一件事。"第二代"就是从这里开始接触到各种非常规音乐的。如果说之前的"打口的一代"依靠本能，追求精神体验，对西方音乐缺乏系统认识，那么，姚大钧就带来了理性、美学和对更广大的音乐世界的认识。一个只存在于网络的场景悄悄诞生，软件带来的可能性，让业余的、自学的年轻人掌握了新的世界。

2003年，姚大钧策划了北京"声纳"国际电子音乐节。它第一次带来了国际一流的艺术家、新技术，带动中国年轻人进入国际场景，更重要的是，它在北京的青年文艺圈里，为噪音赋予了合法性。同年，李剑鸿在杭州举办了第一届"二皮"音乐节，主要是噪音摇滚、前卫摇滚和噪音，它为死去的地下摇滚找到了超度方法——更多的噪音、更勇敢的实验。著名的上海噪音乐队"折磨护士"当时还没有成立，其核心人物"废者"（Junky），就是"二皮"音乐节上最受欢迎的日式"无浪潮"乐队"废场"（Junkyard）的鼓手。他后来每年参加"二皮"，但再也不打鼓，而是制造纯粹的粗噪音，而且也参加每个月定期在上海举办的"NOIShanghai"酒吧系列演出活动。

到2005年的时候，已经无法用"代"来划分。以前玩后摇滚的张安定（Zafka）开始尝试声音艺术。新极简氛围乐队"FM3"发明了"唱佛机"。在北京"声纳"露过面的"八股歌"，已经在视频、声音、媒体艺术、互动艺术、网络艺术等不同领域活跃起来。古琴演奏者巫娜开始在新音乐圈子里活动。北京有了"水陆观音"——每周一次的免费活动，一群文艺圈的核心人物聚集在那里，以在噪音的衬托下开展社交为酷。另一个音乐节

"迷笛"（Midi Festival）也在北京创办，它是中国最大的摇滚音乐节的分支舞台，容纳了从独立电子乐、后摇滚到"笔记本噪音"的各种声音，这也暗示了中国的前卫、实验、即兴和摇滚乐在文化上的关系。这一年，唯一看起来不好的消息是，中国唯一的自由爵士乐手李铁桥暂时搬到了挪威。

越来越多的独立厂牌、网站和小型活动，越来越多的外国媒体和外国艺术家，在几个主要的城市，不时有现场表演可看（主要集中在北京），新的创作者一出现就加入了交流。声音艺术家们发表了一批和田野录音有关的作品，少数人制作装置和视觉作品……在更远的地方，所谓的高处，上海市政府举办了"2007上海电子艺术节"，以国际学院派力量为主要资源，并有奥地利电子艺术节（Ars Electronica）的参与。尽管，正在变成暴发户的中国当代艺术仍然没有对声音产生太多兴趣，但体制和资本在蠢蠢欲动。从来没有支持过当代艺术和年轻人文化的政府甚至设立基金，扶持创意文化产业。2008年的中国，看起来像是在爆炸。

这时候再回头看看中国香港和中国台湾两个地区，这爆炸就显得更加意味深长。

二十世纪九十年代早期，中国香港独立音乐曾经短暂繁荣，李劲松（Dickson Dee）就是那个时候加入国际音乐圈的。他自二十世纪九十年代早期就开始创作工业噪音和拼贴实验，1995年在扎迪克（Tzadik）唱片公司发表过专辑。作为厂牌经营者，他是第一个发布大友良英的专辑的人。最近几年，他成为活跃的笔记本声音表演者，也是唯一的职业艺术家。香港乐评人 Sin:Ned、罗娜录音（Lona Records）唱片公司的老板阿罗克（Alok）等人，则更像是典型的中国香港艺术家，一边上班一边创作电子乐和声音艺术，活动相当低调。二十世纪九十年代的恶搞式噪音艺术家 Xper.Xr. 则已经远去伦敦。像何西蒙（Simon Ho）这样的实验电子乐手，正式身份是流行乐制作人，几乎从不演出。地下文化在这里是没有土壤的，但业余文化却比其他地方都要强盛。

中国台湾地区也是在二十世纪九十年代初进入国际噪音圈。"零与声"基于学生运动、社会运动背景的噪音活动，是"噪音"这个概念最激进的一个体现。王福瑞创办的《噪音》（Noise）杂志，对以日本、美国为主的地下噪音运动进行了大量报道，也出版了一百多件录音作品。二十世纪九十年代中期，疯狂的、草根的、激进的噪音活动达到顶峰，但实验音乐、前卫音乐、即兴音乐却并没有相应的地位。"第二代噪音人"DINO 就在这个时期放弃了摇滚乐队，而专事硬件噪音。中国台湾最近几年的术语变化是："噪音"被"声音艺术"取代，反叛的内涵开始被精英文化取代。体制的影响从当局、大学、当代艺术几个方面同时发出，当局的文化政策吸收了所有的杂音，当代艺术则对声音的其他可能发出了试探。台湾的年轻声音艺术家，多半是从视觉艺术转行而来。而实验音乐则通过"Goodbye Nao！"

以及其他乐队对后摇滚和约翰·凯奇的重新编码，而终于发展起来。

重新发明的故事，其实是社会和文化的秘密。西方人有西方人的事要做，比如说，要去破坏传统，或者发展传统。中国人有中国人的事要做，比如说，要认识西方的传统，要回忆起自己的传统。所以对西方人来说，这些人在重新发明别人已经发明过的声音，而对中国人来说，他们只是在发明自己。

（原载2008年第9期《读书》）

歌声涌动六十年

王　蒙

　　新中国成立以后，各种革命歌曲、其中大量由民间曲调填上了新的政治鼓动内容的歌词，像浪涛、像春花、像倾盆大雨一样地到处汹涌澎湃。

　　其中有一首郭兰英首唱的《妇女自由歌》，给我以深刻的印象，歌者因为演唱此歌，在苏联主导的一次世界青年联欢节上，得了铜奖。

　　　　旧社会，好比是，黑格洞洞的苦井万丈深，井底下，压着咱们老百姓，妇女在最底层……

　　是山西民歌的调子，伴奏让我想起晋剧，悲伤、郁积，像控诉，像哭，闻之怆然。

　　——没有这样的彻骨的悲怆，就没有革命的搏击。

多少年来多少代，盼的那个铁树就把花开，共产党，毛泽东，他领导咱全中国走向光明……

是突然释放的热情，是好不容易搬开了压在头顶上的石头，是成千上万的姐妹们由衷的笑脸，中国的女子有救了，历史从1949年重新书写。

就像另一首歌里所唱的：

铁树开了花呀，开呀嘛开了花呀，哑巴说了话呀，说呀嘛说了话呀……

谁也没有办法否认这样的事实、这样的历史、这样的民心。情是这样的情，理是这样的理，激愤、期待，也充满信任。无怪乎据说一些老解放区的歌唱家聚会的时候，在酒过三巡以后，他们宣告：革命的胜利是从他们的唱歌儿的胜利上开始的。

我想起1949年至1950年苏联协助拍摄的文献纪录影片《中国人民的胜利》与《解放了的中国》，后一部影片解说词执笔人中方是刘白羽，苏方是西蒙诺夫。

也许你可以追溯到蒋的1927年的"四一二"血洗，也许你可以追溯到秋瑾与黄花岗烈士的就义，也许你可以追溯到1840年的鸦片战争，也许你可以追溯到窦娥冤、秦香莲、杜十娘直到黛玉、晴雯、鸳鸯、金钏……也许还应该提到《兰花花》与

《森吉德玛》，应该提到遍布神州的节烈牌坊与牌坊下的冤魂厉鬼。风暴与渴望孕育了几十年、几百年、上千年，点点滴滴、零零星星、血血泪泪，终于汇聚成了改变中国也改变世界的狂风暴雨。只有不可救药的白痴，才在全面小康着的中国冷言冷语："有那个必要吗？""代价太大了啊。""如果没有这一切，一直搞建设多好！"

· 民歌的力量

旧中国城市里的流行歌曲，尽管也颇有可取，如《马路天使》《渔光曲》里的插曲，但同时也确实与旧社会一起透露出了土崩瓦解、鬼哭狼嚎、阴阳怪气的征候。例如1948年流行的《夫妻相骂》，女骂男："没有好的穿呀，好的吃……没有金条，也没有金刚钻。"男骂女："这样的女人简直是原子弹。"邻居骂："这样的家庭简直是疯人院。"

而解放区唱的是"解放区的天是明朗的天""太阳出来了，满呀嘛满山红""东北风啊，刮呀，刮呀，刮晴了天啊，晴了天，庄稼人翻身啦……"

我始终认为这最后一首东北民歌，是土改歌曲，饱含着感情，也饱含着斗争的严酷。它使我一唱就想起周立波的获得斯大林奖金的作品《暴风骤雨》。当然，有的人读了周立波的小说会浑身寒战。正是暴风骤雨式的土地改革使千千万赤贫的农民走上了革命到底之路。正是农民、工人、知识分子的全面革命化，成为中国革命的特点，也成为中国革命必胜的保证。

"庄稼人翻身啦"一句，离开了旋律调性，它是呼喊，是叫嚷，是霹雳电闪，它唤醒了阶级，带着拼却一身热血的决绝。

与旧的流行歌曲相比较，民歌风更刚健也更明快，更上口也更泼辣。五十年代的我们，认定是共产党带来了云南民歌《小河淌水》与蒙古长调，还有四川的《太阳出来喜洋洋》。早在新中国成立前，是地下党接收了推广了并非共产党人的教授老志诚所整理的新疆民歌《阿拉木汗》《喀什噶尔姑娘》，使之成为平津学生大联欢的主唱歌曲。中华人民共和国的一大贡献是开掘了、辑录了也充分使用了如此丰赡的民歌民谣，开掘弘扬了我们的民族民间精神资源。

不知道这是不是意味着我的新疆缘分。在解放头两年的众多的欢庆解放的歌曲里，一首新疆歌儿令我如醉如痴：

　　哎，我们尽情地跳跃在五星红旗下面，我们快乐地迎接着美丽的春天，太阳一出来赶走那寒冷和黑暗，毛泽东给我们带来快乐和温暖……

你觉得这歌声不是从喉咙而是从心底的深处、含着泪又破涕为笑了才唱出来的。人民，只有人民，让我们永远记住人民的支持和信赖、期望和贡献。

这样的歌词与真情千金难换。

老式的唱片上，一面是此首歌，另一面是器乐合奏《十二木卡姆》的一个片段。十二木卡姆也是随着解放才兴旺发达起来的。

1951年，我从一张纸上学会了我此生的第一首维吾尔语歌曲，这张纸抄写了用汉语记录的维吾尔语发音的歌词：

巴哈米兹能巴哈班尼达赫依毛泽东（我们花园的园丁是伟大的毛泽东）。

阿雅脱米兹能甲尼甲尼达赫依毛泽东（我们生活的意志是伟大的毛泽东）。

无论如何，这样的歌词是太可爱了，别具一格。次年，苏联艺术家访华演出，乌兹别克加盟共和国人民演员塔玛拉·哈侬演唱了它，最后一句歌词是一串笑声：啊哈哈哈……她笑得十分出彩。与她笑得一样好的是哈萨克斯坦的哈丽玛·纳赛罗娃唱《哈萨克圆舞曲》。

事实如此，在民歌与流行歌曲较量的过程中，民歌大获全胜。在革命战争中，歌曲属于革命者，属于人民。对立面的窘态之一是无歌可唱。自古中国政治斗争中的失败者的遭遇就叫做"四面楚歌"。

· 我们要和时间赛跑

五十年代初期，一首名为《我们要和时间赛跑》的歌曲打动了国人。一看这个题目，就充满了苏联味儿。古老的中国虽然有"与时俱化""与时俱进"的说法，却没有"与时间赛跑"的豪言。它的词曲作者是瞿希贤，老革命、老作曲家，我早就学会了唱她的"红旗飘哗啦啦地响，全中国人民喜洋洋"。胡乔木同志对她一直是念念不忘，他曾经约我在一个重要的时刻一起去看望瞿老师，因瞿老师不在北京，未能实现。

与此同时，我想起了一大批苏联歌曲。苏联的经济很不成功，政治也好不到哪里去，军事好一点，文学更好一点，歌曲相当成功，体育最成功。当然，这是带有戏言成分的随意之说。

瞿希贤的歌曲使我想起苏联的曾经相当发达的群众歌曲，例如《祖国进行曲》《莫斯科你好》，例如《五一检阅歌》，后者唱道：

柔和晨光，在照耀着，克里姆林古城墙……

雍容、大气、坚强、乐观，你想着的是五十路纵队阔步前进。解放初期的中国，"五一""十一"也有这样的群众游行。瞿的歌曲同样反映了这样的气势。目前仍然被许多歌者喜爱的《莫斯科郊外的晚上》，却给我不同的感觉。这首歌的出现，已经是中苏关系逐渐恶化的时代了。这首歌曲也不像其他歌曲那样富有意识形态的悲壮与锐利。至少对于我个人来说，《莫斯科郊外的晚上》意味着的是某种衰退与淡化。

其实我最最喜爱的《纺织姑娘》的"在那矮小的屋里，灯火在闪着光"，也没有什么斗争意蕴，但那毕竟是民歌，又是五十年代初期传进来的，它给我的感觉是质朴与纯洁。而二战时的苏联歌曲，例如《灯光》，例如《遥远啊遥远》，更能穿透我的心，令我热泪盈眶。

· 李劫夫的歌儿

最受苏联群众歌曲影响的还是李劫夫。特别是至今有人演唱的：

　　我们走在大路上，意气风发，斗志昂扬……

他的旋律有与《莫斯科你好》相衔接的地方。这是一个作曲家最先告诉我的。1965年我到达伊犁的巴彦岱公社，更学会了用维吾尔语唱这首歌：

　　达格达姆哟鲁芒哎米兹……

词与曲都很开阔雄强。一个作过这样的歌曲的人，"文革"中却卷入了他不应该卷进去的事情，他的晚年是并不愉快也不太光彩的，令人叹息。

他的"语录歌"应该说是勉为其难，自成一家，乐段仍然有它的优美与真情。虽然，看到天才的作曲家生产出来的竟然是这样的果实，令人不胜唏嘘。

他的同样一度脍炙人口的歌儿是《社会主义好》，社会主义好，这当然好。他的歌词"右派分子想反也反不了""帝国主义夹着尾巴逃跑了"，相对天真了一些。世界和中国，历史与现实，都比歌曲复杂。至于当今的搞笑段子"帝国主义夹着皮包回来了"，则是另一种头脑简单与判断廉价，如果不说是弱智的话。同时，幽默奇谈的简单化，标志着的正是历史的太不简单，是救国建国的道路的艰难与复杂。多么不容易呀！

· 歌曲与口号

在一个特定的时期，歌词变得完全政治口号化了，这当然很不幸。然而，歌曲总算还有一个好处，它仅仅有了标语口号式的歌词是不算完的，它还得有曲子，它的曲调仍然来自生活，来自音乐传统，来自人民，来自世界，也来自作曲家的灵感。即使政治口号中包含了虚夸与过度，感情仍然有可能引发共鸣，某种情结仍然有它的纪念意义与审美意义，而音乐，一首首歌儿的曲调，是相对最纯的艺术。

"公社是棵常青藤，……社员都是向阳花"，这个歌儿民歌风味，非常阳光，非常诚挚，令人不忍忘却。我的妻子曾经抱着孩子面向阳光照过一张照片，一见这张照片，我就会唱起这首歌来。"革命人永远是年轻，它好比大松树冬夏常青"，也很地道，理想简洁明丽。"毛主席来到咱们农庄"，把人民的爱戴唱得多彩多姿。"共产党领导把山治，人民的力量大无边"，这首歌唱盘龙山的电影插曲，令人想起那火热的年代。我们拼了命，我们发了热，我们是多么急于打造出一个强大富裕的新中国啊——欲速则不达。十年生聚，十年教训，到了新世纪，我们讲科学发展观啦！多少代价，多少曲折，仅仅有热情和决心而没有科学精神科学态度是绝对不行的啊。

《大海航行靠舵手》是一首成功的歌曲，泱泱大度，恢宏壮阔，乘风破浪，勇往直前，至今它的旋律仍然令人神往。至于它被利用到"文革"当中或者说它的歌词中包含有宣扬个人迷信的政治上不正确的成分，责任只能由历史与时代担当。我希望，总有一天，能够荡涤掉某些歌曲上附加的累赘与尘垢，使我们的六十年歌吟行进的过程连贯起来整合起来，而完全不必要搞几次避讳与中断。

正像历史不会是直线发展、金光大道一样，断裂与自我作古，也多半是孩子气的幻想。

· 关于样板戏

有二十年无歌可唱。样板戏的说法小儿科，样板戏的唱词不无庸劣，如李玉和唱完"雄心壮志冲云天"，杨子荣接着唱"气冲霄汉"，"一号"人物都是跟天干起来没完。有些戏词比较好，如"垒起七星灶，铜壶煮三江""一路上多保重，山高水险""穷人的孩子早当家"等。唱腔则很有成绩，我特别喜爱江水英、柯湘、雷刚还有《海港》里的唱段。

京剧是我们的文化财富，"文革"思潮扭曲了京剧包括现代戏已有的基础，民族戏曲与音乐传统又毕竟由于它的根深叶茂、源远流长与群众的喜闻乐见，而具有一种抵抗（急功近利、假大空与瞎指挥）病毒、平衡"文革"污染的能力。文艺说到底仍然是文艺，你再将它们往路线斗争上拉，它们仍然不是诬告信，不是黑材料，不是野心家起事宣言。六十年来的文艺经受了各种局面，经过了许多试炼，它存储了历史的鲜活，它留载了多样的喜怒哀乐，我们当然正视这一切过程与经验，我们却也不因为某些过程与经验的愚蠢与荒谬的方面就抛弃一切，更不可能回到1949年以前——例如张爱玲与刘雪庵代表的大上海。

大声疾呼地催生今天的鲁迅也与催生今天的曹雪芹或者巴尔扎克一样的是十足的外行话。江山代有才人出，各领风骚若干年。

文艺的生活性、艺术性、感情性、创造性与个人的风格性是常青的，也是常变化的。我仍然喜欢唱渐行渐远的"家住安源""听对岸，响数枪，声震芦荡""面对着，公字闸，往事历历……"同时这丝毫也不妨碍我接受舒曼的《梦幻曲》（原名《童年》），虽然后者曾经在我们的一出极好的戏剧里遭到纯朴的却是缺乏音乐熏陶的革命人的嘲笑。

· 绕不开的乡恋

新的历史时期的歌曲并不像原来人们喜欢讲的那样大喊大叫。原来新生事物有的需要或必然大喊大叫，有的则只需要、只能够潜移默化。至今没有一首歌曲叫做"我们一定要改革开放"，或者"改革开放就是好"，或者"现代化进行曲"。当然，也有内容比较全面和正规的《走进新时代》，而在《祝酒歌》中有歌词："为了实现四个现代化，甘洒热血和汗水。"

是的，进入了二十世纪的八十年代，我们的歌曲更丰富也更宽敞，我们的节奏更从容也更正常，我们的生活更美好也更多样，我们的歌声更细腻也更微妙了。

李谷一的《乡恋》所以引起注意，在于她打破了那时邓丽君的独霸卡式录放机的局面，不是靠引进港台，而是我们自己的歌手，带来了久违了的温柔、依恋、沉醉与喜悦。已经习惯了厮杀与冲锋号的人们，对于柔情似水会一时听不惯，以至充满警惕。往后几年苏小明唱《军港之夜》大受争议，有同志提出："水兵都睡着了，谁还来保卫祖国呢？"我乃戏言，文章做全就要唱：有的睡着了，有的值夜岗，吹响起床号，立马跑早操……

此后连续许多年常常听到对于歌星的责备与不忿。他们挣钱太多了？反正现时他们的收入是那时的几十倍，而现在责备的声浪远远比二三十年前小。甚至在第一届中国艺术节开幕式上，当听到用通俗唱法唱《十送红军》的时候，有一位同志不满地叫喊了起来。

不错，中国非常古老，同时中国非常年轻。中国有时候保守，中国有时候又求新逐异，一日千里。

· 歌曲创造了太阳岛

与《乡恋》差不多同时，郑绪岚的《太阳岛上》广泛流传。那种享受生活的情调那时颇为陌生，然而，生活的力量仍然是不可战胜的。直到八十年代中期，我去哈尔滨的时候所面对的太阳岛，仍然只不过是自然形成的几个松花江中的沙洲。到了新世纪，太阳岛公园、太阳岛展览馆已经仪态万方地又是神气活现地出现在松花江上，成为哈尔滨的著名景点了。是这首歌早在二十世纪八十年代初期促景区工程立了项，是歌曲创造了生活。

乔羽作了许多优秀的歌词，他的《思念》却别具一格："你从哪里来，我的朋友，好像一只蝴蝶飞进我的窗口……"有点抽象，有点忧伤，有点怀念，它什么都没有说，它又是什么都说了。

应该提到的歌儿太多太多。《在希望的田野上》《年轻的朋友来相会》，继承着过往的时政主题。而王立平的《红楼梦》电视剧插曲愁肠百结，情深意长。那年我到黄山，看到作为片头用的实景，一块巨石，想起大荒山无稽崖青埂峰，为之肠断……

· **歌声连接着世界**

我必须承认，至少在唱歌的范畴，我已经落伍，人们在议论"80后""90后"，而我是"30后"。在我的孩子们成长过程中，我深深体会到，一个时代有一个时代的歌，我无法让他们与我一样地为那些老歌而涕泪横流，即使我费了九牛二虎之力将他们教会。当然也有积累和传承，会有百唱不厌的歌，正像有百读不厌的诗篇。1986年至1988年，我参与了组织帕瓦罗蒂与多明戈的演唱。我完全倾倒于世界级的男高音的辉煌音质。帕瓦罗蒂告别舞台以后不久就去世了，我相信，上苍降生他到这个世界就是为了歌唱。他为唱而生，离唱而去，他属于意大利也属于中国的听众。他们的到来丰富了中国人民的歌唱生活。

首次在北京亮相后十余年，世界三大男高音再来，已经是很昂贵的商业演出了。

我也看到了人们逐渐见怪不怪的通俗歌星的大行其道。我听到我的孙子在演唱粤语歌曲。我也一度热衷地看过"超女"的歌喉。我为刘若英的《后来》而感动：

> 后来，我总算学会了如何去爱，可惜你早已远去，消失在人海……

在丰富的歌曲的海洋中我感到的是在在生机，处处迷雾。八十年代当中我努力学着用英语歌唱《回首往事》的插曲，影片描写五十年代的麦卡锡、塔虎脱时期美国文艺人中的"左派"人士的经历，由犹太歌星芭芭拉·史翠珊唱红了的这首歌曲，令人神往怀旧。影片结尾处是女主人公仍然在忙着征集和平签名，不由想起难忘的五十年代，同时歌曲达到了高潮。而到了2008年，我以七十四岁的高龄，总算用俄语唱下了卫国战争时期的苏联歌曲《遥远啊遥远》，本来是要在2007年访俄参加中国年的书展活动时学会的，王蒙老矣，一首歌学了三个月。而早在1980年访问德国时，坐在莱茵河的游船上，萦绕在耳边的《罗瑞莱》，也是直到二十多年以后，我终于在王安忆的先生李章帮助下查出来它的歌词全文：

谁知道很古老的时候，有雨点样多的故事……

那么多美丽的歌曲，古今中外，召之即来，唱之牵动肺腑，思之如醉如痴，六十年的歌吟，六十年的合唱，六十年的情怀，自信人生二百年，会当击水三千里，我们举杯！

（原载2009年8月26日《人民日报》）

毕业歌

肖复兴

在二十世纪五十年代中期，我们大院里陆陆续续搬进好多新住户。好多是从农村来的，都是些出身贫寒的人家。租住的房子，是大院里破旧或其他废弃的房子改建的，房租仨瓜俩枣，没有多少钱。那时候，我们大院的房东，心眼儿不错，可怜这些人，旁人一介绍，就住进来了。

那时候，玉石和他的爸爸妈妈住进我们大院，房子是用以前的厕所改建的。我们不论什么时候到他家去，地上总是潮乎乎的，总觉得有股子臭味儿。但是，玉石觉得比他们家以前在农村住的好多了，关键是，离学校近，这让他最开心。他对我说过，在村里上学，每天得跑十几里的山路。

玉石搬进来那一年，读小学六年级，来年就要读中学了。这是他家决心从农村搬进北京城的一个主要原因。如果读中学，玉石就要到县城去，那就更远了。玉石学习成绩好，他爸爸说，就是砸锅卖铁，也要供玉石读中学，然后上大学。那时候，上大学，对于我是一件遥远的事情，但和玉石在一起，天天听他念叨，便也成为我一件特别向往的事情。

玉石的爸爸在村里是泥瓦匠，有手艺，到了北京，很快就在建筑工地找到了活儿。房子虽然是厕所改的，一家人的日子过得其乐融融。

我们大院里好多街坊，都像房东家一样关心玉石家，不仅因为两口子待人和气，关键是心疼玉石，玉石学习确实棒，小学毕业以全校第一的成绩考入汇文中学，更是让人们的心偏向玉石。并且，家家都拿玉石做榜样，催促自己孩子好好学习。我爸爸就是最有代表性的一个，几乎天天对我说：你瞧瞧人家玉石是怎么学的，你得向玉石一样，也得考上汇文！

三年后，我也考上了汇文中学。玉石又考上了汇文的高中。这时候，全院开始以我们两人为骄傲。这是1960年的秋天，自然灾害和人祸一起搅裹，饥饿蔓延，家家吃不饱肚子。冬天到来的时候，玉石的爸爸从工地的脚手架上摔了下来，当场没了气。事后，从玉石妈妈的哭丧中，人们才知道，玉石的爸爸是把粮食省下来让玉石吃，自己尽吃豆腐渣和野菜包的棒子面团子，天天在脚手架上干力气活，肚里发空，头重脚轻，一头栽了下去。

玉石是个懂事的孩子，爸爸走了，妈妈没有工作，他不想再上学了，想去工地接他爸爸的班。工地哪敢要他？背着书包，他不是去学校，而是瞒着他妈妈，天天去别的地方找活儿。一直到我们学校里的老师到家里找来了，是他班主任丁老师，一个高个子教物理的老师。玉石没在家，还在外面跑呢。丁老师对玉石妈妈说：玉石学习成绩一直很好，是个读书的材料，这么下去，就可惜了，您要劝劝他。学校也会尽力帮助的。咱们双管齐下好吗？

玉石妈妈没听懂双管齐下是什么意思，等玉石回来，只是一把鼻涕一把眼泪地对玉石说：孩子呀，你爸爸为啥拼着命从村里到北京来？又为啥拼着命干活儿？还不就是为了让你好好上学？你这说不上学就不上学了，对得起你爸爸吗？说句不好听的，你爸爸就是为了你死的呀！

玉石又开始上学。有一天放学，在学校门口，我碰见了他。他显然是在校门口等我半天了。他要我跟着他一起去一个地方，我虽然很敬佩他的学习，毕竟比他低三个年级，平常很少和他在一起，不知道他要我跟他去干什么。

我跟着他一直走到东便门外，那时候，蟠桃宫还在，大运河也还在，顺着河沿儿，我们一直走到二闸，这是我第一次去这个地方，人越来越少，已经是一片凄清的郊外了。他带着我走到了一个废弃的工地上，这时候，天擦黑了，暮霭四起，工地上黑乎乎的，显得有些瘆人。他悄悄对我说，你就在这里帮我看着，如果有人来了，你就跑，一边跑，一边招呼我！他这么一说，让我更有些害怕，不知道他要做什么。不一会儿，就看见他从工地上拉出好多钢丝，还有铜丝，见没人，拽上我就跑，跑到收废品的摊子前，把东西卖掉。

终于有一天，我们让人给抓到了。虽然是废弃的工地，还有不少建筑材料，也有人看守。玉石拉上我就跑。那人追上我们，一把揪着我们的衣领子，像拎小鸡似的把我们抓到他看守的一间板房里，打电话通知我们学校。来的老师，骑着自行车，高高的身影，大老远就看出来了，是玉石的班主任丁老师。那人余怒未消，对丁老师气势汹汹地叫嚷道：你们学校得好好教育这俩学生，明目张胆地偷东西，太不像话了！丁老师点着头，把我们领走，推着他那辆破自行车，沿着河沿儿，一路没有说话，只听见自行车嘎嘎乱响，我感到我们的脚步都有些沉重。走过东便门，走到崇文门，在东打磨厂路口，丁老师停了下来，对我们说：快回家吧。然后，他从衣兜里掏出了几块钱，塞在玉石的手里。玉石不要，他硬塞在玉石的兜里，转身骑上车走了。走进打磨厂，路灯亮了，我看见玉石悄悄地抹眼泪。

玉石和我再也没有去工地。学校破例给了他助学金，一直到他高中毕业。1963年，他考入地质学院后，和他妈妈一起从我们大院搬走，我就再没有见过他。"文化大革命"中，听我妈说，玉石来大院找过我一次，那时，他大学毕业，在五七干校等待分配。可惜，我正和同学外出"大串联"，没能见到他。后来，我才知道，他来找我，是找我陪他一起回学校看看丁老师。那时候，丁老师被剃成了阴阳头，正在挨批斗。

前不久，我接到一个从西宁打来的电话，让我猜他是谁。我猜不出来，他告诉我他是玉石。他说他后来分配去了青海地质队，一直住在青海。他说他看过我写的关于柴达木的报告文学，也知道我弟弟在青海油田工作过。他说他一直生活在青海，他妈妈一直跟着他，一直到去世。他说他退休后在学习作曲，而且出过专辑的唱盘。他笑着对我说："你觉得奇怪吧？我是学地质的，怎么改行了呢？"我说："我是有点儿奇怪，你是跟谁学的作曲？"他说："我是自学的。但也不能这么说，你知道我读高中的时候，教我们数学的是阎述诗老师。"我问："你跟他学的？我知道阎述诗老师曾经为著名的《五月的鲜花》作过曲。"他笑着说："不是，但是，我想阎老师可以教数学又可以作曲，我为什么不能学地质搞勘探又能作曲？"玉石是一个有能力的人，有能力的人，世界在他面前是圆融相通的。

最后，他告诉我，他学作曲，是想为丁老师作一支曲子。那个晚上，丁老师让他难忘，让他感受到世界上难得的理解和温暖。他说，这么多年，只要一想起丁老师，心里就像有音乐在涌动。

我告诉他，丁老师好多年前就已经去世了。他说："我知道，所以，我想你把我的这番心思写篇文章好吗？我想借助你的文章让人们知道丁老师。过几天，我会把歌寄给你。"

我收到了玉石作的歌，名字叫《毕业歌》。说实在的，曲子一般，但其中一句歌词让我难忘："毕业了那么多年，你还站在我的面前；那个懵懂的少年，那个流泪的夜晚。"

（录自《昔日重现》，民生与建设出版社，2018年版）

流行音乐为什么不流行了

李 皖

刚刚过去的中国台湾金曲奖颁奖，过去得无声无息。除了个别音乐研究者，普通大众甚至包括铁杆的中国台湾歌迷，已经失去了解其"获奖全名单"的兴趣。其他各类音乐奖颁奖，大概也是如此：或者无利可图只好悄悄关张，或者勉力为之但连支撑一场像样晚会的力量都聚不起。

已经有好几年，评委会、专家或者媒体评出的"年度歌曲""年度十大"，基本上没多少人听过；见到榜单，人们也再不像从前那样，听过的高看两眼，没听过的想方设法寻来一听。催爆大众热情的《我是歌手》等电视演唱节目，一时会点燃起一些歌手、一些歌曲的知名度，但是绝大多数歌曲都是往年的流行歌曲，被拿到真人秀的现场再翻唱、再改编、再鼓噪一回，等煽完了旧情，也便曲终人散。

流行音乐不流行。大众流行歌曲不复存在。今天，最大的流行歌手、最大的流行歌曲，无论多大，也不过只在小部分歌迷中流行，顶多算是小众流行歌曲。这样的状况，也已经有好几年。

流行音乐为什么不流行了？这个现象背后，有着时代的某些变化。变化的绝不仅是流行音乐，也不只是各类艺术作品的失焦、失势、失去大众性，变化的是人，是我们的人生以及精神生活的状态。

我们是慢慢走到这一步的。首先是价值多元化后，焦点的崩散。

这个影响非常深远。不同领域、各行各业，都感受到这一巨变，这巨变笼罩下无所不在的支配、瓦解、再造力量。不同领域用不同的名字去称呼它，有时跟它强相关，有时跟它弱相关，有时跟它看似不相关却还是相关，实质内核却只有：分众市场、分众传播、自媒体、定制服务、小而美、去中心、独立制作、自我发行、微信公众号、代沟、"70后""80后""90后""00后"、"部落格"、朋友圈、网格、群……这些不同名称、不同称谓的现象内部，是价值、审美、趣味、道德、生活方式和消费生活的分化。整体不复存在，个性不断膨胀，共性不断摊薄，聚合越来越难。

互联网成为一种载体，唯一的载体，最后整个人类都被其载乘。本来人类被天地、被时空、被城乡载乘，但随着互联网越来越深的演变——门户网、搜索引擎、客户端、数字化、地理信息系统、"天眼"……整个人类所处的时空，变成了无所不在、无所不包的巨大镜像，映射一切，载乘一切。

值得往深里看一看，往广处看一看，看一看这互联网的本性，才有可能真正知道发生了什么。

所有的信息，消失了实体。所有的实体，转化成了信息。衣食、客店、交通、路况、山水、博物馆、人工智能……你的脸、你的行踪……信息化一方面提供各种生活便利，另一方面也使虚拟现实、虚拟生活，越来越具有真实、现实生活的品质——人其实不是在现实中，而是在信息中获得了生活的感觉和实质，网络游戏、VR（虚拟现实）、AI（人工智能）机器人，都不断地在这个方向上提供着新的例证、新的体验、新的感悟。

好像扯远了。不远。我们撤回来，继续说流行音乐。撤回来看这些东西与流行音乐的关联，与创作、艺术、艺术生活的关联，将有助于让你醒悟：以上我们说的这些变化，跟一切的变化或都有关系，而且是至关重要的关系。

失去实体带来的变化有很多。其中一个变化很关键，就是边界的消失。书、专辑，都是一种边界阅读。边界阅读是有限的、容易聚拢心神的阅读。

实体转化为信息带来的变化，也有很多。其中一个变化也很关键，就是稀缺性的消失。拿流行音乐打个比方，过去你要守着电台、等着电视，去坚守某个热爱，否则你就会错过。现在，你要听的、你要看的，都留存为一个地址，你随时可以去访问，去"宠幸"，你有一种无限拥有、尽在掌握、不在话下的幻觉。

互联网带来了无边界、无门槛、无差别、无中心的传播，虽然这中间有种种社会、商业、人为力量干预，可以降低、消减、阻断这无边界、无门槛、无差别、无中心的传播，但无边界、无门槛、无差别、无中心的传播，是互联网本身所具有的本性，深蕴着传播及其背面——获知和欣赏，加速向着"四无"方向发展。由此带来了以下这些广泛而深刻的演变：

——发表门槛降低后，人人都可发声，人人都是作者，创作的高贵性崩散，作者成了真正意义上的几十亿分之一。

——进一步地，作者的重要性，作品的重要性，艺术品的神圣性，崩散。

——互联网广泛的共享、免费欣赏，导致珍贵感的降低、消散。

——海量导致芜杂，成就了多样性、丰富性，但海量也驱逐精品，使精品的信号减弱，作用力降低。这导致卓越的人、物及其关注度的削弱、离散。

——整个信息环境的变化，大众性的崩散，导致持有为大众歌唱信念、为人类写作志向的艺术家，不复存在。

我们回过头去，放眼去看，流行音乐旧有唱片体系的瓦解，客观上彻底阻断了大流行、大歌手创作路向的那种变化，这不过是天网恢恢、疏而不漏的巨变中的一个小小幻影。唯因如此，它也不可能再一时恢复。而回到作品的基本单元——创作、发表、艺术选择权——去观察：前网络时代，是一个艺术的权威体系，由专业渠道筛选，最后选出凤毛麟角进入大众管道；网络时代，是艺术的草野体系，由每个人做出选择，导致了选择分散、标准丧失、时间浪费、赝品横行，优秀的、卓越的、高迈的、超拔的且凝聚着普遍、崇高、美与智慧的东西，反而被淹没其中，难以得到普遍的、一致的肯定。

流行音乐不流行，优秀作品失去大众，卓越创作不再有无上荣光……以及这背后的无边界、无门槛、无差别、无中心的方向，这些状况并非中国独有，全世界、整个人类，都在面对相同的问题。

如今这种现象、形势，并非完全负面，当然也绝非完全正面，还会持续相当长的时间，但它不是永恒的。永恒的还是我们所熟知的那个常情。历史确实深蕴着来回摆动、自我反动、自我修正的力量。原因无他，只因为那些根本的东西从不改变：人生是有限的，现实感、真实感是健康存在的基本品质，社会虽然不断发展，但人性有恒，世界万物与人心中共有着那确实不虚的真、善、美和卓越性是优秀艺术最重要的品质，这才是艺术世界、人类历史变动不居却又如此稳固像一条从古至今滔滔不绝的大河的原因。今天的这似乎颠覆了我们的巨变，无论多巨大，无论多天翻地覆，确实，只会是一个小插曲。

2018年6月24日

（原载2018年7月26日《文汇报》）

辑二　音乐与生活

药杯里的莫扎特

宗　璞

　　一间斗室，长不过五步，宽不过三步，这是一个病人的天地。这天地够宽了，若死了，只需要一个盒子。我住在这里，每天第一要事是烤电，在一间黑屋子里，听凭医生和技师用铅块摆出阵势，引导放射线通行。是曰"摆位"。听医生们议论着铅块该往上一点或往下一点，便总觉得自己不大像个人，而像是什么物件。

　　精神渐好一些时，安排了第二要事：听音乐。我素好音乐，喜欢听，也喜欢唱，但总未能升堂入室。唱起来以跑调为能事，常被家人讥笑。好在这些年唱不动了，大家落得耳根清净。听起来，耳朵又不高明，一支曲子，听好几遍也不一定记住，和我早年读书时的过目不忘差得远了。但我却是忠实的，若哪天不听一点音乐，就似乎少了些什么。在病室里，两盘莫扎特音乐的磁带是我亲密的朋友。使我忘记种种不适，忘记孤独，甚至觉得斗室中天地很宽，生活很美好。

三小时的音乐包括三个最后的交响乐"三十九""四十""四十一"，还有钢琴协奏曲、提琴协奏曲、单簧管协奏曲等的片段。《第四十交响曲》的开始，像一双灵巧的手，轻拭着听者心上的尘垢，然后给你和着淡淡哀愁的温柔。《第四十一交响曲》素以宏伟著称，我却在乐曲中听出一些洒脱来。他所有的音乐都在说：你会好的。

会么？将来的事谁也难说。不过除了这疗那疗以外，我还有音乐。它给我安慰，给我支持。

终于出院了，回到离开了几个月的家中，坐下来，便要求听一听音响，那声音到底和用耳机是不同的。莫扎特《第二十一钢琴协奏曲》的第二乐章，提琴组齐奏的那一段悠长美妙的旋律简直像从天外飘落。我觉得自己似乎已溶化在乐曲间，不知身在何处。第二乐章快结尾时，一段简单的下行的乐音，似乎有些不得已，却又是十分明亮，带着春水春山的妩媚，把整个世界都浸透了。没有人真的听见过仙乐，我想莫扎特的音乐胜过仙乐。

别的乐圣们的音乐也很了不起，但都是人间的音乐。贝多芬当然伟大，他把人间的情与理都占尽了。他的音乐于感动震撼之余，有时会觉得太沉重。好几个朋友都说，在遭遇到不幸时，柴可夫斯基是不能听的，本来就难过，再多些伤心又何必呢。莫扎特可以说是超越了人间的痛苦和烦恼，给人的是几乎透明的纯净。充满了灵气和仙气，用欢乐、快乐的字眼不足以表达，他的音乐是诉诸心灵的，有着无比的真挚和天真烂漫，是蕴藏着信心和希望的对生命的讴歌。

在死亡的门槛边打过来回的人会格外欣赏莫扎特、膜拜莫扎特。他自己受了那么多苦，但他的精神一点没有委顿。他贫病交加以致穷死、饿死，而他的音乐始终这样丰满辉煌，他把人间的苦难踏在脚下，用音乐的甘霖润泽着所有病痛的身躯和心灵。他的音乐是真正的"上界的语言"。

虽然时代不同，文化背景不同，专业不同，但是莫扎特在音乐领域中全能冠军的地位有些像我国文坛上的苏东坡。莫扎特在短促的人生旅程间写出了交响乐、协奏曲、独奏曲、歌剧等许多种伟大的作品。音乐创作中几乎什么都和他有关，近来还考证出他是摇滚乐的祖师爷。苏东坡在处理政务之余写出了诗、词、文、赋等各种体裁的作品，始终是未经册封的文坛盟主。他们都带有仙气，所以后人称东坡为"坡仙"，传说中八仙过海时来了九朵莲花，第九朵是接东坡的，但他没有去。莫扎特生活在十八世纪，世界已经脱离了传说，也少有想象的光彩了。我却愿意称他为"莫仙"。就个人生活来说，东坡晚年屡遭贬谪直到蛮荒之地。但他在被流放的过程中，始终有家人陪伴，侍妾王朝云为侍奉他而埋骨惠州。莫扎特不同，重病时也没有家人的关心，（比较起来，中国女子多么伟大！）但是他不孤独，他有音乐。

回家以后的日子里，主要内容仍是服药。最兴师动众且大张旗鼓的是服中药。我手捧药杯喝那苦汁时，下药（不是下酒）的是音乐。似乎边听音乐边服药，药的苦味就轻多了。听的曲目较广，贝多芬、柴可夫斯基、肖邦、拉赫玛尼诺夫等，还有各种歌剧，都曾助我一口（不是一臂）之力。服药中听勃拉姆斯，发现他的《第一交响曲》很好听。但听得最多的，还是莫扎特。

热气从药杯里冉冉升起，音乐在房间里回绕，面对伟大的艺术创造者们，我心中充满了感激。我觉得自己真是幸运而有福气，生在这样美好的艺术已经完成之后，——而且，在我对时间有了一点自主权时，还没有完全变成聋子。

1993年11月5日至10日

（原载1994年第1期《音乐爱好者》）

我要回家

李 皖

　　1992年底，几乎是同时，有两位大陆歌手不约而同地唱出同一个愿望：我要回家。

　　那一段时间，我因为工作繁忙，整日在长江两岸奔波来去。几次听张楚的《姐姐》都是在路上：汽车爬上大桥又冲下大桥，《姐姐》的旋律一泻而下，将内心深处各味情绪搅得乱七八糟。随着那只拨动琴弦的手，我感到心里有一些又大又重的东西一颗一颗掉下来。

　　从表面上看，《姐姐》只是提供了一个家庭悲剧的粗线条。通篇是一个小男孩的内心独白。他站在街上，等他的姐姐。故事就在这个情境下一幕幕浮现上来：

　　　　这个冬天雪还不下，站在路上眼睛不眨。我的心跳还很温柔，你该表扬我说今天很听话。

我的衣服有些大了，你说我看起来挺嘎。我知道我站在人群里，挺傻。

我的爹他总在喝酒是个混球，在死之前他不会再伤心不再动拳头。他坐在楼梯上面已经苍老，已不是对手。

感到要被欺骗之前，自己总是做不伟大。听不到他们说什么，只是想人要孤单容易尴尬。

面对我前面的人群，我得穿过而且潇洒。我知道你在旁边看着，挺假。

姐姐我看见你眼里的泪水，你想忘掉那侮辱你的男人到底是谁，他们告诉我女人很温柔很爱流泪，说这很美。

歌到这里出人意料地迸现出高潮："哦姐姐！我想回家。牵着我的手，我有些困了。哦姐姐！带我回家，牵着我的手，你不用害怕……"这段喊唱以变奏的方式一遍遍反复，构成一个高潮迭起的华彩段。听着张楚在他声音的极限处激情四溢地嘶喊，一股粘稠的东西呼啦啦从心底蹿上来。

据说，《姐姐》是一个真实的故事。但歌曲的震撼绝非仅仅源于此。用一种稍加分析的观察，我们可以说这则故事通篇是一种触碰：男孩儿始终站在姐姐的目光和人群的目光里，并且敏感地感觉到那目光一下一下打在身上，而父亲、前面的人群、一个男人对姐姐的侮辱进一步构成更实在的深一层面的触碰。一颗幼小但剔透的童心承接着一个个判断，如"挺傻""很听话""这很美"之类，这些判断从这颗心反跳出来而带有了一种复杂意味。我们甚至可以感受到这孩子的不自在和他过早便已学会了审视的可怕的眼睛。歌曲的高潮正是在这来自外部世界的一碰一碰中，在我们一时还未探明的潜台词中进入了它的结局：困了，害怕，想回家。可以说，这是男孩对缠绕着他的外部世界的感受。这种感受跃出了故事本身而带有一种宽泛的意义，它可以涵盖挣世界以及碰壁之后寻求憩所的每一个人。这种困倦和想归家的感受正是我们经常遇到的。

在不长的中国流行音乐史上，"回家"却可说得上是一个非常源远流长的主题了。

较早说起这个话题的是罗大佑。罗大佑留下了多首关于"家"的歌。在他那里，"家"经常地表现为这样一种二律背反：一个过去逃离的地方，一个现在想回的地方。

十四年前，罗大佑首次以一个出门人的口吻说起"家"的故事，这个故事立即打动了中国台湾的很多人。仿佛张楚"带我回家"成于大陆的时机，其时，中国台湾经济风吹正劲。

这个出门人，也正如今天拥挤在南方各大城市的所谓"流动大军""打工族""民工潮"一类。罗大佑颇有心计地把这个人设置在这样一个带有象征性的背景中：住在鹿港小镇妈祖庙的后面，家里开有一间卖香火的小店。这个年轻人怀抱理想闯进大城市，显然已在台北生活有年了。这次，当他路遇一个陌生人并不由自主打开了心扉，他深深地反悔并叹息：

　　假如你先生回到鹿港小镇，请问你是否告诉我的爹娘，台北不是我想象的黄金天堂，都市里没有当初我的梦想。

而被城市所席卷的已绝不仅仅是那些离乡的个人，被出门人所深情守望的家乡又怎样呢？

　　听说他们挖走了家乡的红砖砌上了水泥墙，家乡的人们得到他们想要的，却又失去他们拥有的。门上的一块斑驳的木板刻着这么几句话：子子孙孙永宝用，世世代代传香火。

唱到这一段时，充耳已全是歌手愤激的呼吼。当罗大佑发出那最后一声感叹"啊，鹿港的小镇"，音乐以一种极快速的方式渐弱以至声息全无，而鹿港小镇，也迅速隐没在隆隆巨响的城市化的风景中。

妈祖庙里烧香的人们，早已变成了徘徊在文明里的人们。罗大佑借这首歌写出了他对城市化的极度失望：在发达的同时，城市化是多么无情地摧毁了以纯朴、善良、虔诚为特征的乡村文化和乡村文明。罗大佑几乎是含着沉痛咀嚼着这三个词组：归不得的家园、过渡的小镇、当年离家的年轻人。徘徊游离之中故事主人公对自己现在的生存断然做了否定："台北不是我的家！"

罗大佑的这一命题，被多年之后第一次出道的郑智化再一次撞响了。在合成器奏出的沉重的挖煤声中，郑智化开始给我们讲另一个故事——《老幺的故事》。

> 黑色的煤渣，白色的雾，阿爸在坑里不断地挖，养活我们这一家。骄纵的老幺，倔强的我，命运是什么我不懂，都市才有我的梦。纠缠的房屋，单纯的心，坑里的宝藏不再有，为何我们不搬走？沉淀的悸动，醉人的酒，阿爸的嘴角喃喃地说，这里才有老朋友。

但是，倔强的老幺坚持自己的梦："通往坑口的那一条路，不是人生唯一的方向。"他心向城市，最后终于逃离了家乡。

再次的思索显然已是多年以后：

> 在物质文明的现代战场，我得到了一切却失去自己。再多的梦也填不满空虚，真情像煤渣化成了灰烬。家乡的

> 人被矿坑淹没，失去了生命；都市的人被欲望淹没，却失
> 去了灵魂。

站在城市里的老幺，遥望着那片淹没了祖祖辈辈的矿山，而父亲也已被再一次的矿井塌方永远地埋在里面了，但老幺此时却忽然地悔悟了：

> 成长的老幺，现在我终于知道：逃离的家乡，最后归
> 去的地方。

应该看到，无论是《鹿港小镇》还是《老幺的故事》，在很大的层面上都只是一种抒情。它们是用一种极端的方式表达对城市的批判。既然城市让人失去了精神家园，索性还不如回到虽然贫困但人情济济且不乏寄托的乡土中去，即便这种生活连生存都无法保障！如同郑智化在这首歌的后记中所写的："矿工不一定可怜，可怜的很可能是我们。"

城市化的浪潮不仅冲走了鹿港小镇（旧的生活之所），也冲走了妈祖庙（旧的精神之所）。对城市化的反思，这是关于"家"的第一个话题。罗大佑打开了这个话题却再也没有更深地去碰它，除了在《一样的月光》等歌中偶作点染："是我们改变了世界，还是世界改变了我和你？"后来，罗大佑写下了《家

I》《家II》，乡村背景、乡村情结被远远地撇在历史里了。

　　谁能给我更温暖的阳光，谁能给我更温柔的梦乡？谁能在最后终于还是原谅我，还安慰我那创痛的胸膛？

　　我的家庭，我诞生的地方，有我童年时期最美的时光。那是后来我逃出的地方，也是我现在眼泪归去的方向。（《家I》）

　　每一次牵你的手，总是不敢看你的双眼。转开我晕眩的头，是张不能不潇洒的脸……

　　多年之前满怀重重的心事，我走出一个家，而今何处能安抚这疲惫的心灵浪迹在天涯……

　　给我个温暖的家庭，给我个燃烧的爱情。让我这出门的背影，有个回到了家的心情。（《家II》）

　　背弃，然后向往，罗大佑最经典的"恋家情结"在1984年的这两首歌里达到了顶峰。如果说《鹿港小镇》的主人公还只是一种无意识地离乡（去挣世界？），那么到了《家I》《家II》，它已经演变为有意识地出走，一种义无反顾之后的缠绵踟蹰。罗大佑借此比拟出这个时代人的精神困境：打破了已有的精神家园，一时却并没有新的地方让灵魂栖息。只有破坏而没有建树的二十世纪人，于是只能回望又回望。每听这些歌曲，仿佛都能听到罗大佑将一种感情蕴含了又蕴含，最后终于还是化成了一声长叹。

崔健录过一曲《出走》：

太阳爬上来，我两眼又睁开。我看看天，我看看地，哎呀——

我抬起腿走在老路上，我瞪着眼看着老地方。那山还在，那水还在，哎呀——

多少次太阳一日当头，可多少次心中一样忧愁。多少次这样不停地走，可多少这样一天到头，哎呀，哎呀……

望着那野菊花，我想起了我的家。那老头子，那老太太，哎呀——

还有你，我的姑娘，你是我永远的忧伤。我怕你说，说你爱我，哎呀——

……

我闭上眼没有过去，我睁开眼只有我自己。我没别的说，我没别的做，哎呀——

我攥着手只管向前走，我张着口只管大声吼。我恨这个，我爱这个，哎呀，哎呀……

虽然出走，一切如故。这是一个走在路上的人。有意思的是，此次出走同样有一个二律背反："我恨这个，我爱这个。"值得重视的是：这首歌的音乐远远大出了其字面的含义，数声"哎呀"包容了极其复杂难言的内容。当歌手在前台痛苦地嘶吼时，音乐在背后反向而行走向了另一面。以忧郁起首的萨克斯管，渐至沉思然后升往宁静，宁静之极转向自由和热情，再到一种光明盖顶的感觉。最后，键盘和人声都充满激情地涌入一大片阳光之中。崔健没有沉迷在苦闷之中，表面是走不出、鬼撞墙似的无奈，最终显现的却是对出走的肯定、对到家的信心。一种满足、一种骄傲、一种快乐，崔健以一个成熟的人格做出了灿烂的一笑。

话题回到本文的开头，1992年与张楚一道唱出"我要回家"的另一人是大陆的艾敬（陈劲、黄小茂词）。这首并不自觉的歌说出的几点愿望——有阳光的地方、纯朴的形象、自由的梦想，却也与最初的罗大佑、郑智化略略相通。一面无意的镜子，我从里面看到，城市正迅速向大陆人袭来。

还记得当初他们记录的精神失落、道德退化与城市的关系吗？还记得城市化对现代人无家可归的火上浇油吗？很巧，与张楚、艾敬几乎同时，王杰在海峡彼岸的一首《回家》（刘虞瑞词），成了这年飘荡在街头巷尾的一首热门歌。而早在几年前，这位歌手曾经也有过"家，太远了"的悲叹。

回家的渴望又让我热泪满眶，古老的歌曲有多久不曾大声唱。我在岁月里改变了模样，心中的思念还是相同的地方。

十四年光阴不走，一切仿佛又回到了开头。归不得的家，只能在假想中回去，在记忆里回味了。城市人、现代人，在这残存的余温中温一温你的手吧。

（原载1994年第10期《读书》）

乐音

赵　园

　　人的生命是要由音响伴奏的，无论是否乐音。比如可以是
"市声"，甚至不妨是炊具的碰击。但更好的还是乐音。即使乡
民粗粝的生活中也有乐音的，民歌、地方戏，至不济，也有一
柄唢呐。红白喜事，乡村节日，唢呐实在可称老少咸宜。

　　我的生命或更宜于用二胡、琵琶、筝和箫来伴奏的吧，但
我意识到这一点，却也已在长成了"青年"之后。如果我没有
记错，我的家像是很晚才有了收音机这种奢侈品，似乎是熊猫
牌的，方方的，供在厅里。直到中学毕业那年，惑于电影《甲
午风云》里的邓世昌弹琵琶，竟发愿学起乐器来。到大学，自
然地，就报名加入校文工团的民乐队。到后来才发现，那根本
不是个教人学乐器的场所，乐队成员几乎个个够水准的。我的
被收容，多半因了缺少女性。记得有队上的人到宿舍来看我，
见床头挂着的广东音乐曲谱，神色间就有些不屑，后来我猜，

大概因广东音乐的俗。当时虽不明就里，却也感觉到了什么似的，将那曲谱收了起来。"民乐队"在一段时间里，成了我的大学生活的主要点缀。演出，为外事活动伴奏，更难忘的是"五一""十一"天安门城楼下的狂欢，坐在年轻人围成的大圈中，边演奏边喝饮料边看一天焰火的倏明倏灭，看到、奏到高兴处也不妨起身一舞——何等的快活！

七十年代初下乡时，带了一把小小的柳琴。当地人好"戏"（河南梆子），稍大一点的村子都有业余戏班。这村的戏班里竟有一把京胡，平时演出梆子派不上用场，闲下来，那小乐师就和我在生产大队的广播室里合奏小曲，听村里年轻人的喝彩。只是京胡太浏亮，差不多要把柳琴的叮咚盖过了。过后很久，我还常想起那小琴师演奏时的样子，真是一派严肃，据说是经了专业琴师点拨的，姿势规范，村里人说是"扬头翘尾"（"尾"读如"倚"）。乡村真不缺少人才，只是苦于生计，常常被埋没了。

前几年丈夫特为我从国外带回一台音响，在当时是算得先进的。丈夫对熟人说，赵园喜欢音乐。我却惭愧辜负了这样贵重的东西。我甚至常常没有闲暇听音乐。我习惯于将音乐作为"背景"，让其为我的劳作伴奏。但后来由一本翻译的理论著作中读到，听音乐时是不应做别的事的，即刻想到了自己的粗俗：我通常正是在动手做"别的事"时，才打开了音响。既缺少闲暇，又牢牢记住了该理论家的告诫，于是只好让音响经常地沉默着。当然更主要的原因还是：我不大具备欣赏西洋音乐所应有的修养。音响刚到，和丈夫兴冲冲地赶到音像社，买了一百多块钱一盒（四张）的门德尔松。一百多元在当时还算个数目，售货员说了声"真肯出血"。门德尔松似乎是很激情的，或许因我已老大，有时就觉不大能承受。也因自知不配言音乐，在北京前后住了二十年，竟不曾去过音乐厅，怕假模假式地坐在那儿，有附庸风雅的嫌疑。

但对民乐的爱好，却像是历久未变。听《二泉映月》《良宵》《春江花月夜》，永远如读古诗词，觉得滋味绵长。中国的水与月，似也只能由二胡琵琶谱写吧。也时时记起鲁迅说过的读中国的古书，使人"沉静下去，与实人生离开"。但你有时不正乐于如此这般地"沉静下去"？由文人式的《春江花月夜》，终又爱及市民式的《平湖秋月》，只觉得广东音乐的明亮音色，犹如绸缎似的柔滑。1976年10月，电台播出《旱天雷》，谁人不喜欢？虽则它俗。

已越来越难听到民族器乐曲了，"大众文化"的时代另有其势利。这样说又太像老人式的抱怨。京剧、中国古典音乐，也如古诗词，其不再宜于"伴奏"年轻人的生命，是无须证明的。而年轻人的需求，永远是文化生产的基本动力。你不觉得胡同里那些自拉自唱者的坦然怡然，令人别有一份敬意？你所需要的或更是"文化自信"吧。我不自信能仅据一端而论世运、文化气运的升降。那些大题目还是由别人去作，我且听我的《春江花月夜》。

1993年11月

（录自《独语》，辽宁教育出版社，1996年版）

文人与乐

辛丰年

几年前读了朱谦之的《中国音乐文学史》。书中所谈的文、乐因缘，引起了自己对文人与音乐的因缘这个问题的兴趣。随后又看到《读书》上有一篇文章，所论为"中国文人之非学者化"。忽然想到了一个也许并不能成立的问题：自从近代以来，中国文人是不是"非乐化"了？

自古以来，中国的文学同音乐的关系如胶似漆，几乎到了分拆不开的程度。这当然同文人好乐、知乐的情形是联系在一起的。

这个传统发展到唐、宋是最光华灿烂了。试看一部《全唐诗》中有多少咏乐的诗篇。有些名篇的"绘声"效果简直神妙到了可以令人误信唐乐的作曲与演奏水平真有那么高了！

这是可以思索的一个问题。但是，诗人们的"听功"（范晔语）的高明，"通感"的惊人的发达，那却是"有诗为证"无可置疑的。

其实，唐诗不但是以绘声传达音乐之美而已，它那诗的语言中本身所蕴含着的一种"音乐"，也蕴藏着它的魅力之奥秘。这种同汉语声韵特点相联系也同诗词格律相联系的、诗中有"乐"的微妙现象，要比诗与乐的外在的结合更可玩味！

宋词同音乐的进一步密切，同样是不仅在于外在的结合，而且那语言的内在之"乐"也强化、深化了。如果没有后者，那么，既然词调已经亡失，人们又怎能从读词中感受其美呢？

这当然又证明了两宋词人对于音乐的感受、理解、运用又"上了一个新台阶"。

唐音是那么嘹亮，而宋诗却"字字哑起来了"（朱谦之引朱熹的话，又加发挥）；也许这却可以读出另一种"音乐"，一种有意为之的带酸涩感的不协和。

盛极转衰。诗与乐、文人与乐结缘，相互滋养，自从中世纪以来似乎呈现为一条颓然下降的轨迹。

转眼便到了明、清。词调的音乐已是名存而音亡，虽说有新兴起来的"曲"，而且一度繁荣普及到连贩夫走卒、引车卖浆之徒都能哼它几声，然而，"乾嘉而后，考据之学日进，作传奇者日鲜……道咸以降，文人绝口不谈此事"（魏碱《〈集成曲谱〉序》中的话）。

到了光、宣年间，连文人知道昆曲唱法的也不多了。

那以后，特别是新文化运动起来，情况又如何？

朱谦之在此书一开头便发感慨道："现在（按，此书出版之年是1935年）讲中国文学史的，不管是新旧派，对于音乐文学都没有多大理会"，"以为文学只是文章，是为文不为声的"。

其实岂但没有多大理会，像胡适，竟然力主"废曲用白"，认为"中国戏剧一千年来力求脱离乐曲一方面的种种束缚"，以为这才合于"文学进化观念"云云（见《文学进化观念与戏剧改良》）！还说："今后之戏剧或将全废唱本而归于说白，亦未可知。"（见《历史的文学观念论》）

他一心要提倡新兴的话剧，然而他对于音乐，对于音乐与诗、剧之结合，竟是那样地不感兴趣！（《胡适谈话录》中无一语谈及音乐！）

在致胡适论《尝试集》中新诗的一封信中，梁任公倒是坦白地承认："吾侪不知乐。"

这又未免太谦虚了。《饮冰室诗话》（旧版）中有一篇《从军乐》，用民间小调《梳妆台》的谱填上了新词。它是戊戌政变之后为清留东学生演的一部六幕通俗剧作的插曲。以时世新内容与下里巴人之讴相结合，可见他岂但并非"不知乐"，也重视乐之功用，而且颇有新眼光、新听觉了！

和梁氏同处一大时代而又同音乐有着不寻常的情缘的文人是李叔同。

阅尽繁华之后能自甘清苦，如张宗子；曾经沉酣声色，终乃归心彼岸，则又令人联想到李斯特了。

如今的中、青年即便也爱唱一曲"长亭外，古道边"，可不一定真能尝出其中那种有迟暮之感的、惆怅的中国味了！人们更不大会留意到，此歌之曲调原来是大洋彼岸的西洋调，又经过扶桑乐人改造的。弘一上人妙选了这篇西来之曲，填以自撰的新词，乃使词曲契合，完全地华化了！

李叔同真正的自度曲虽然并不多——太少了！然而他的中西诗乐"嫁接法"却真有不可思议的效果。

例如，李太白的《春思》，他拿来镶配在一首德国家喻户晓的民谣曲上（此调可从勃拉姆斯《学院节庆序曲》中听到）。我辈中国人唱了非但不觉其洋，且觉得诗乐相契，而又古意盎然。本人自从在《中文名歌五十曲》（丰子恺编）上读到这首歌曲以来，不觉已半个多世纪过去了，此种印象至今没淡。

为新诗"扬鞭"前驱的刘半农，不止爱乐，且深明乐理。他从海外拿了顶博士帽归来，带回一架小提琴给他乃弟刘天华，还译了一册《海外名歌选》。他去测定过清宫古乐器的音高。在《四声实验录》中讲了同汉语声调相关的乐理。听过他讲这门课的王力，记得他"由于对音乐的爱好，讲得那样津津有味，以至喧宾夺主"。他同疑古玄同讨论了怎样革新填词的问题。他考虑到利用皮黄调这只"旧瓶"来装新诗之"酒"，主张不妨来写"调寄西皮某板"的新诗。钱玄同则设想洋腔也不妨拿来便用，例如"调寄舒曼钢琴协奏曲"（按，这想来是指曲中的主题旋律？西方也有用器乐曲名作的主题配词成歌的）。他们这想法，一部分李叔同已经试过了。

徐志摩作新诗讲究格律而声韵铿锵，这同他的爱好音乐显然大有关系。新文化文人谈乐的文字寥寥可数（除开丰子恺等为"普乐"而写的），他却有好几篇。他不但自己爱听"贝德花芬"，作《听槐格讷（Wagner）乐剧》的诗，还在授课的讲坛上劝学生们去音乐会，并且教给他们"要综合地听"。

叶绍钧1938年给友人的信中透露："歌曲一道，弟有野心，而迄未动笔。诚以时下流行者固看不上眼，而谋有以胜之。"

假如他的"野心"只是指写作歌词的话，那么，《空山灵雨》《春桃》的作者（许地山）更进了一步。他为许多诗歌作了曲。

也曾动手作曲的文人还有林语堂。他还能弹洋琴。创造社的陶晶孙不仅对弹琴有深嗜，并且写乐评文字。

朱自清对新诗对音乐都"爱得深深的"。他早期的美文中便有这种句子，"光与影有着和谐的旋律，如梵婀玲上奏着的名曲"，"缕缕清香，仿佛远处高楼上渺茫的歌声"。从他欧游中买唱片、赴音乐会，记游文中常写到对所闻的感受，都见出他的乐兴之浓。

这种兴致与体验又反映于他对古诗与新诗的赏析中。在《中国歌谣》中论及诗与乐的关系。在（与叶圣陶合著的）《精读指导举隅》中，提到"自修的时候，尤其应该吟诵"。

从朱自清仔细倾听赵元任演唱、为新诗谱制的艺术歌这件事上，又可想见其对于诗乐结合以推进新诗运动的那种热忱。

像赵元任这样一位中西文化会通的学者，一位在清华研究院同梁启超、王静安、陈寅恪平起平坐的大师，在"五四"风流人物中称得起是唯一的一位真正通晓音乐之道的人，而他的兴致勃勃为新诗同新乐结缘、为创造中华风味的音乐所做的试验，真令我辈爱乐也爱诗者神往而又崇仰不尽！

一部《新诗歌集》中，不但有记录在乐谱上的当年的新声、而今的"Classic"（经典），还留下了他对诗乐结合与音乐民族化、现代化的见解和经验谈。

徐志摩的《海韵》、刘半农的《教我如何不想她》、刘大白的《卖布谣》等早期新诗作品，多亏了他的"音译"，才免于哑然地停留在纸面上，而是"乘着歌之翼"传到了广泛得多的读者口上、心中。

朱自清当年仔细记下了自己倾听赵氏演唱前两首作品的感受："这两首诗，因了赵先生的一唱，在我们心里增加了某种价值，是无疑的。散会后，有人和我说，'赵先生这回唱，增进新诗的价值不少'，这是不错的。"

深可叹惜的是，自那以后，并没有如朱自清所期望的："得多有赵先生这样的人，多有这样的乐谱与唱奏。这种新乐曲即使暂时不能像皮黄一般普及于民众，但普及于新生社会和知识阶级是并不难的。那时新诗便有了音乐的基础，它的价值也便渐渐确定，成为文学正体了"。

古文人好乐的佳话有大量的记述可稽，虽然比较散碎而又语焉不详。现代的这种记载，连简略的资料也看不到多少。这恐怕也正反映出文人们同音乐的确是疏远了。

同以上这一些文人音乐化适成对照的，也有几例引人思索。

茅盾和老舍都承认自己听不懂音乐。

《女神》作者（郭沫若）除了写过对古乐与古代乐人的考证文字以外，文集中看不到什么可以说明他对音乐感兴趣的文字。

鲁迅写了、译了那么多介绍美术的文字，那么热忱地为了开阔美术青年的眼界、提倡新美术而操心，但是全集中涉及音乐的文字不过几篇。其中一篇还是浇向徐志摩头上的一盆冷水，讨厌他把音乐说得玄了。

日记中虽有1923年5月14日往听田边尚雄在北大讲演《中国古乐之价值》的记载，但所记的听音乐会的事只有两次。

一回在1931年6月12日，是去看联华歌舞团的歌舞。对于这个由黎锦晖主持的团体的表演，他也像看电影《诗人挖目记》那回一样，不终场而退了。这又像当年在北京被咚咚喤喤赶出了旧剧的戏园子的重演。

1933年5月20日他去大光明戏院听的那场音乐会，却有值得我们记住的历史价值。试演的是阿甫夏洛穆夫的三部作品。他是一位俄侨乐人，非常热心于中西结合的音乐创作。所演的第一曲《北平之印象》，又名《北平胡同》。这篇管弦乐速写是以高奏皮黄过门的曲调开头的。其中，还可听到旧都的"货声"。第二曲是独唱《晴雯逝世歌》（可能是据《红楼梦》中《芙蓉诔》

谱曲的吧）。第三个节目《琴心波光》，日记中说是"西乐中剧"，其实从别的资料中知道这是一出舞剧。

鲁迅记下的观感是："后二种皆不见佳。"

要做的事太多，而且还"要赶快做"。然而听音乐是一种时光代价很高的事，这也许是鲁迅无心赏乐的缘故之一。

试看："握拨一弹，心弦立应，其声激于灵府，令有情皆举其首。"这何尝像一个对乐无感也无知的人写的。

《秋夜》中也有乐。正似一位善读者拎出的那样，读此文，前半篇中阒然无声。读到"哇的一声……"忽地便众响杂然而鸣。实际上那前半篇中也不是无乐，那正像古今好音乐中用得妙的休止符。

周作人对音乐不止是冷淡而已。尽管他早在1910年写的《文明之基础》中便从古乐之不传、今乐又不可听表示了对中国人的"听觉已钝"的感慨，在另一篇《悲歌当泣》中也明明说音乐乃是艺术中最高的一种，感动力最强，力量超过文字。又在《一岁货声》中惋惜读书人的已经"不会歌唱"。然而他连刘天华革新了的二胡音乐也听了无动于衷。

足可证明他的听觉与乐感绝不"钝"的是，唐宋八大家、桐城派、八股文中包含的某种"音乐性"，他是特别敏感的，而这也加深了他对它们的憎恶。

中国文人自古以来同音乐相亲，何以到近代便疏离了呢？恐怕这同中国音乐文化的盛衰也牵连在一起，而且相互为用——负作用。

原先曾经发达到如此光辉灿烂的中华音乐文化，后来便衰败下来。西风东渐，新乐东来。同中世纪以后有了可惊的发展的这种新声相比，今不如昔的中乐更显得"不可听"了。于是文人或为之惊喜而被吸引过去，或因其难解而敬而远之，但也对相形见绌的中乐更加冷漠。白话文不能像桐城派文章那么摇头摆脑地哼。新诗无法像旧体诗词那样曼声地吟诵。好的新诗无人作谱，其实也不好谱（比如卞之琳的《断章》），谱了也少有传唱的机会。至于大众爱唱的新歌呢，那歌词又难以当成诗篇来单独欣赏，成为新乐府。旧体诗的还潮，固然还别有缘故，但那诗中之"乐"是有作用的吧？

那么，而今之事又如何？

无论是阳春白雪的雅乐，还是下里巴人的俗乐，现在都拥有了熙熙攘攘的文人"发烧友"，那盛况是空前的！那么，文人们将像唐宋文人那样，或西方近代文人那样，真心、严肃地爱乐，从中得滋养，反过来也给音乐以滋养吗？我们的新诗、新乐将因之而开奇葩结异果吗？对诗与乐都感兴趣的人将拭目洗耳以待之！

（原载1996年第7期《读书》）

音乐与人生
——我和古琴曲《平沙落雁》

赵鑫珊

这是有关我的灵魂状态的一则小故事。它没有离奇、曲折的情节，只有揪心动肺的情态。时间是1977年和1978年冬春之交，地点在北京故宫深深庭院。

当时，我正在为调动工作疲于奔命；要告别工作了多年的中国农业科学院调往中国社会科学院，内心既惆怅又激动。因为从今以后我要站在哲学的尊前公开说话，并且决心献身于哲学的智慧。我意识到，这是最后一次自我发现，也是我生命中的最后一个必然。

一个下雪天，我突然萌生独自一人去故宫深院走走的念头。别人游故宫，总爱选择风和日丽的天气，我则喜欢挑一个斜风细雨或纷纷扬扬的落雪天。我的理由其实很简单：雨雪天的气氛，同故宫的建筑场、历史哲学更为协调，更为和谐。

故宫里面游人极稀少。与其说我是在参观珍宝馆和贵妃的起居室，还不如说我更喜欢在小小的极幽静的庭院内徘徊、踯躅和沉思默想。突然，从安装在屋檐下的播音机里放出了古琴曲《平沙落雁》，音量很小，仿佛是随着寒冷的北风，掠过西伯利亚的贝加尔湖、蒙古大草原和长城两千多年的历史山谷，轻轻飘落到皇宫深院里来的。

在这之前，我在音乐厅曾不止一次地听过这首曲子，但都不如这一次感触深。究其原因，不外是我的心境和周围古老建筑场的衬托。其实，人的心境也是一种场。当音响构成的场、人的心境场和周围的建筑场这三者发生共振的时候，旋律和律动才能打进人的内心，才能荡人心魄、顿起波澜。

传说《平沙落雁》的作者是唐朝诗人陈子昂。也有人考证是宋代毛敏仲和明代的朱权。我则倾向于是陈子昂。这是我的感觉透露给我的。我觉得这首古琴曲只能出自陈子昂的手笔。因为他既能写下"前不见古人，后不见来者。念天地之悠悠，独怆然而涕下"的诗句，当然也就能谱出《平沙落雁》。两者都是千古绝唱，是同一境界的两种表述，就像水和水蒸气的分子式相同，形态各异。《平沙落雁》好比是水蒸气，因为音乐是最抽象的艺术，它既无形，也无象，缥缈得很。

设想陈子昂在晚秋的一天，看见远处"山映斜阳天接水"，一群向南飞去的大雁缓缓悠悠地落到沙洲上来歇脚，因触景生情，顿起幽思，便渐渐化成了乐思。整个曲子的基调好像是由两个对立和矛盾着的主题构成的：动与静，有涯的生命与无限的天地，短暂与永恒，善与恶，光与暗，爱与恨，有意义与无意义……

雪仍在下，静悄悄地落在古瓦上，落在古树上，落在贵妃、皇后和太监曾经走过的古道上。《平沙落雁》的古旋律还在周遭回荡着。那么，当年在宫墙内发号施令、享尽人间荣华富贵的皇室成员如今都到哪里去了呢？没有留下他们的足迹。这里只有皇宫建筑师、木匠和瓦匠的作品，只有音乐家创造的旋律，只有大自然的四时代序、冬去春来或叶绿叶黄在依旧运行。唯一遗憾的是，我已有多年没有看到人字形的雁阵从我头顶上空飞过，那可不是大自然的疏忽或过错，而是人破坏生态环境的恶果。我想起一句古人言：人有悖天理之时，天却无绝人之路。

我要感谢故宫，是它的建筑场帮助我听懂了《平沙落雁》。在故宫，只能播放中国的古筝、古琴曲作为气氛和背景音乐，若播放摇滚或美国午餐音乐，就准会砸锅，因为气不通、场不对。

也多亏了我当时的心境，否则这首曲子就无从入手刻画我的波澜起伏的灵魂状态：追求变化，又渴望永恒；想冲决有限，又害怕无限；觉得世界有意义，又没有意义……

（录自《赵鑫珊散文精选》，复旦大学出版社，1997年版）

音乐履历（节选）

张承志

　　蒙古民歌启发了愚钝的我。似乎心里有一丝灵性在生成。几年时光如白驹过隙，终于，我遇上了那首神奇古歌，当然，它就是长调《黑骏马》。

　　至今我依然对这首歌咀嚼未尽。你愈是深入草原，你就愈觉得它概括了北亚草原的一切。茫茫的风景、异样的习俗、男女的方式、话语的思路、道路和水井、燃料和道程、牧人的日日生计、生为牧人的前途，还有成为憧憬的骏马。我震惊不已，它居然能似有似无地、平淡至极又如镂如刻地描画出了我们每年每日的生活，描画出了我那么熟悉的普通牧民，他们的风尘远影，他们难言的心境。特别是，他们中使年轻的我入迷凝神的女性。

　　这支伟大的古歌无可替代。顺便说一句，小说《黑骏马》在改编成电影以后，我一直觉得不好过多议论。如果只说一句，我觉得电影对那首古歌勾勒的基本游牧世界的画面，以及它叙述的那种古朴的生活方式，缺乏神会和探究。自然，耳朵和眼睛都随人而异，也许那古歌能给人不同的印象。它给予我的，是一种异色的诱惑。多少年了，它总是给我不尽的感叹和启迪。已经不能计算有多少次，我从完全不同的角度，一再地对它惊奇不已。

不错，我已经和它结成了一种秘密的授受关系，好比芨芨草丛生的雨季洼地，它常年浸泡般地、徐缓地改变着我。而我，每当我听见了它遥远的流音，我就想竭尽全力喊出一响回声，我总想以它象征的生活本质，批评傲慢而空虚的文化。

歌子促进着语言。岁月推移带来的语言的熟悉，又使我学会了更多的歌子。我没有对证过别的朋友，也许我学的并不算多，不过，我一直在吟味而已。

至于旋律和曲调，至于蒙古民族为什么找到了这种音乐，对于我还是一个深邃的谜。我常常对它依仗着那么简单的因素就能保持的、那么持久的生命力反复地暗叹不已。

唱蒙古歌的要诀是必须骑马。

若是不骑马，无论如何也不会唱得自在。而一旦马儿奔驰起来，身随马，声随蹄，那么无论是谁，又都能倾吐出一串又一串自由至极的、颠簸滑下的长音。歌唱在这个火候上，其实是无所谓好听与不好听的。只有这么唱，才能骑姿和唱势都舒畅，才能使人马世界还有心情，都达到和谐。

在驰骋和呼喊的纵情之中，人痴醉了，有时我真的觉得自己化成了雨点般的蹄音。歌声只是在奔跑中的随地抛洒。盈溢胸膛的，都是日复一日的心事和渴望。在马鞍上，耳边风疾疾呼响，欲望被鼓舞了。旋律话语都不用改变，那种呼啸颠簸之间的心情，和古歌里唱过的毫无两样。

四蹄的敲击密如雨点，体重一压住鞍子，歌声就被颠得破碎，坠跳闪滑着脱口而出。一霎间歌手不敢相信这是自己的声音——唱惯了我就胡乱总结：著名的蒙古长调的自由滑落部分，也许就是这样诞生的。只是，尽管有闪跳而滑落，它的定义仍然只能是"长调"。

什么叫典型草原？也许，只有古歌的描述才最传神。蒙古草原的地理，几乎原封不动地进入了这种歌曲。

和其他民族比较，比如和高山牧场上的突厥游牧民族的音乐比较时，可以看到平坦草原给予古歌的特性。峻峭的森林和冰峰山谷，使得突厥人的弹拨乐就像密集的马蹄。而绵延起伏的地理特点，却夺取了蒙古古歌的主调，赋予了它长慢的旋律、舒缓的节拍。因为，只有辽远地尽着喉咙和呼吸的极限，伸延再伸延，才能够得上这坦荡世界的无限。加上华彩装饰一般的、激烈的跌滑，它描写和抒发了——这无论怎样疾奔驰骤也走不出去的、草之大海里的伤感和崇拜。

当我二十来岁的时候，在世界的一隅，我学会了在六合八方汹涌的草海里，匹马独行，心高气远地歌唱。那时曾是多么痛快呵，我记得那分分刻刻的愉悦，甚至是狂喜和兴奋。

记得那时我得到了著名的白音塔拉的竿子马，它的颜色叫"切普德拉"，即通身红艳，但有银色的鬃尾和白蹄白唇的马。它非常快，飞一样的下坡时人会失重。一夜，我在从一道山梁向下过瘾时身子失重了，瞬时心如开花一样甜甜地醉了，长调脱口而出。我忘情地在高高的音阶上扬落跳转，随着马儿冲下长长的草原。颠簸的、妙不可言的歌唱感觉，伴了我一路。

还有一次，但却是另一匹马：我在同样的发疯般的飞驰放歌中马失前蹄，连人带马翻滚了几圈。正是初春，满地湿雪，我摔了个头晕眼花。但是坐了起来，呆了半晌，用雪胡乱擦着脸上的血迹，第一个念头是——唉！我还没唱完呢。突然我忍不住独自笑了起来。回到家里，和兄嫂额吉们一说，大家又是一阵捧腹大笑。

后来弹指二十几年。

身不由己地，我几次重返过草原。或许，我的目的，就是要把这感觉"放生"么？1985年夏天的一夜，我在蒙古哥哥的长子巴特尔的陪同下串包做客。回家时，抬头看见，正是月上中天的时分。月儿姣好，真的像半个静静的银盘。繁星璀璨，夏夜的草原在暗暗引诱。

我要放纵了。借着满肚子的酒劲，我半是醉了半是有意地、剧烈地在马背上东倒西歪，恣情地把当年的古歌一一吐了出来。马儿冲过呼屏·乌拉，驰过汗敖包西侧的丘陵，巴特尔无奈地紧贴着我，他紧张地随时准备救护，几次企图夺过我的马笼头。而那时他甚至还不算儿童，只是一个虚数才两岁的婴儿。他把奶子叫"乎"而不叫"苏"，光屁股只穿一件连裤的羊皮"格登"。

那是实实在在的、美丽的夜草原，墨蓝的天穹下，只有我们俩骑马飞驰着，穿过一座座毡包，顺着倾斜的山坡，飞奔回家。

马儿驰下山麓，长调激越起来，尖锐的拖音在高扬处还能三折三叠。我兴奋得想哭。在北京，平日里，我哪能这么痛快地大吼大唱呢？后来，巴特尔说我那一夜是完全的烂醉，"aimor（吓人）！"他说。而我明白，我是清醒的。原来自古牧人一旦有了心事，就在马背鞍上，把它缓急轻重地撒掉。我要用草原的夜歌，把心中的堵噎酒吐净。

到了1996年，从我插队数的第二十八个年头，我又一次回到草原。因为额吉逝世了。二十八年过去，世事沧桑，牧区富裕了。家家都端出健力宝和啤酒，我穿着团花的崭新缎子长袍。依然是巴特尔陪同我四处转悠，只不过他不是骑兵护卫而是驾驶员，我坐在他的嘉陵牌摩托后座上，听凭这小子驮着我，以八十公里的时速危险地从山顶笔直冲下。

我忆起十几年前，老人六十一岁的"jil"（本命年）时，我们就在这里，在炉火熊熊的烘烤前，围着她此起彼伏地唱起《乃林古和》的情景。嫂子的破长袍拖到地面，她搅着铁锅里翻滚的奶茶，铜勺不断地朝铁锅流下棕色的小小瀑布。她带头唱起了那首歌唱母亲的古歌，调子起得又高又陡。大家应和着，不知怎么都有些羞涩，因为当着老人动了感情。歌声高锐地拔地而起，久久地缭绕不散。我当然使出丹田之气紧跟。我唱着，也舍不得地注视着。那一夜多么难忘，我们复习古歌和往事，炉火照红了脸庞，长调从半圆的蒙古包天窗扶摇而去。

老人在应该离开的时候离开了，没有拖累和病痛。我虽然因她的逝去而长途奔来，但是我懂得，牧民的习俗中并没有吊孝。我还是只休息身心，半躺着喝奶茶，用蒙语扯家常，在巴特尔陪同下出游。

我和哥哥的话题依旧：孩子、燃料、畜群、羊毛价钱。我们都觉得，彼此谁也没有变。我们避免过多涉及母亲的话题，尽管我们非常清楚，我们都在想着她。

我们都喜欢一面散漫地谈着，一面在营盘左近散步。辽阔的草浪方圆之中，少了的只有一个人，那位生养了他和影响了我的蒙古母亲。草浪在靴子上摩擦，历史就在眼前。一股无声的气氛，莫名地在四周升起，又轻悄悄地四散落下。我感到了古歌在走近，就是它，那音乐和汗乌拉的草海一样浩渺苍茫，它逼近着，我简直就在与它对岸相望。《二十八年的额吉》，突然我想到了一个题目。

那一夜我失眠了。以前我从未在草原上失眠过，而那一夜我满心都是句子、单词、排比和比兴，都是骑手们烂醉地纵马驰过，高喊着我写的歌词的幻境。

一夜过去，我编成了几个半截的句子，几个想用的关键词，几个……一个野心突兀地出现在我的心头。我的心思被它俘获了，我一下子沉浸在对久疏的蒙语的寻词摘句之中。

次日我用纸笔写着想，又多了几个半截句子、几个比喻、几个想法的表达。

次年，我还在对着它发愁。尽管心中反复涌起着一团强烈的堵噎，尽管旋律有时已经轰击和裹挟得自己不能忍受，歌子没有出现，纸上的它，依然还只是一些句子、几个段落、一行行蒙文。

一直到了今年，到了写这篇散文之前我还没有放弃幻想。我想在这一节收尾时使用它。可是歌没有写成。我绝望了：我缺乏足够的修养和才气。

二十八年变成了三十年。尽管我真的从对一种古歌的喜爱，神差鬼使地走到企图写一首如此的歌，但是，万能的造物平衡着人的成败，限制着人的野望。

绝望并不痛苦，它是温暖和深沉的。在计划以后写的散文《二十八年的额吉》里，我会把那几个零散小节和半截句子整理一下，但我已经不会强求了。

也许可以说，在蒙古草原上的日子里，我听见过自己这条生命的、可能的和最好听的歌唱。马和歌，我发觉"这一个我"正合我意。如此一种感觉，决定了此生我的做人与处世，惠与了我以幸福和成功，也带来了我要接受的一些麻烦。无论如何，感激草原，它使我远离了另一种——我想是可怕的存活方式。

如今回顾，何止单单是一时横行的"红文化"，游牧乌珠穆沁和蒙古古歌的履历，拖拽得我如同坠落一般，剧烈地倾斜了自己的选择。

我开始朝着一个魅力世界坠去。一个幽灵已经潜进了我的肌骨筋络。它在我的深处凸动着，催化着血肉的一次次蜕变。直至今天它还在鸣响着、挣跳着，不可控制，重现不已。我不知这是福是祸，我不敢判断究竟该骄傲还是该自省。我只知道它使我此生再无法回头。反正它不会全是坏的，至少，平庸顺从的人生，猥琐喋声的人生，与它赋予我的气质，已经不能协调。

（原载1998年第4期《花城》）

音乐影响了我的写作

余　华

　　二十多年前，有那么一两个星期的时间，我突然迷上了作曲。那时候我还是一名初中的学生，正在经历着一生中最快乐的时光，我记得自己当时怎么也分不清上课和下课的铃声，经常是在下课铃响时去教室上课了，与蜂拥而出的同学们迎面相撞，我才知道又弄错了。那时候我喜欢将课本卷起来，插满身上所有的口袋，时间一久，我所有的课本都失去了课本的形象，像茶叶罐似的，一旦掉到地上就会滚动起来。我的另一个杰作是，我把我所有的鞋都当成了拖鞋，我从不将鞋的后帮拉出来，而是踩着它走路，让它发出那种只有拖鞋才会有的漫不经心的声响。接下去，我欣喜地发现我的恶习在男同学中间蔚然成风，他们的课本也变圆了，他们的鞋后帮也被踩了下去。

　　这大概是1974年或者1975年时期的事，"文革"进入了后期，生活在越来越深的压抑和平庸里，一成不变地继续着。我在上数学课的时候去打篮球，上化学或者物理课时在操场上游荡，无拘无束。然而课堂让我感到厌倦之后，我又开始厌倦自己的自由了，我感到了无聊，我愁眉苦脸，不知道如何打发日子。这时候我发现了音乐，准确的说法是我发现了简谱，于是在像数学课一样无聊的音乐课里，我获得了生活的乐趣，激情回来了，我开始作曲了。

应该说，我并不是被音乐迷住了，我在音乐课上学唱的都是我已经听了十来年的歌，从《东方红》到革命现代京剧，我熟悉了那些旋律里的每一个角落，我甚至都能够看见里面的灰尘和阳光照耀着的情景，它们不会吸引我，只会让我感到头疼。可是有一天，我突然被简谱控制住了，仿佛里面伸出来了一只手，紧紧抓住了我的目光。

当然，这是在上音乐课的时候，音乐老师在黑板前弹奏着风琴，这是一位儒雅的男子，有着圆润的嗓音，不过他的嗓音从来不敢涉足高音区，每到那时候他就会将风琴的高音弹奏得非常响亮，以此蒙混过关。其实没有几个学生会去注意他，音乐课也和其他的课一样，整个教室就像是庙会似的，有学生在进进出出，另外一些学生不是坐在桌子上，就是背对着黑板与后排的同学聊天。就是在这样的情景里面，我被简谱迷住了，而不是被音乐迷住。

我不知道是出于什么原因，可能是我对它们一无所知。不像我翻开那些语文、数学的课本，我有能力去读懂里面正在说些什么。可是那些简谱，我根本不知道它们在干什么，我只知道我所熟悉的那些歌一旦印刷下来就是这副模样，稀奇古怪地躺在纸上，暗暗讲述着声音的故事。无知构成了神秘，然后成了召唤，我确实被深深地吸引了，而且勾引出了我创作的欲望。

我丝毫没有去学习这些简谱的想法，直接就是利用它们的形状开始了我的音乐写作，这肯定是我一生里唯一的一次音乐写作。我记得我曾经将鲁迅的《狂人日记》谱写成音乐，我的作法是先将鲁迅的作品抄写在一本新的作业簿上，然后将简谱里的各种音符胡乱写在上面，我差不多写下了这个世界上最长的一首歌，而且是一首无人能够演奏也无人有幸聆听的歌。这项工程消耗了我几天的热情，接下去我又将语文课本里其他的一些内容也打发进了音乐的简谱，我在那个时期的巅峰之作是将数学方程式和化学反应也都谱写成了歌曲。然后，那本作业簿写满了，我也写累了。这时候我对音乐的简谱仍然是一无所知，虽然我已经暗暗拥有了整整一本作业簿的音乐作品，而且为此自豪，可是我朝着音乐的方向没有跨出半步，我不知道自己胡乱写上去的乐谱会出现什么样的声音，只是觉得看上去很像是一首歌，我就完全心满意足了。不久之后，那位嗓音圆润的音乐老师因为和一个女学生有了性的交往，离开学校去了监狱，于是音乐课没有了。

此后，差不多有十八年的时间，我不再关心音乐，只是偶尔在街头站立一会，听上一段正在流行的歌曲，或者是经过某个舞厅时，顺便听听里面的舞曲。1983年，我开始了第二次的创作，当然这一次没有使用简谱，而是语言，我像一个作家那样地写作了，然后像一个作家那样地发表和出版自己的写作，并且以此为生。

我的写作还在继续，接下去我要写的开始和这篇文章的题目有点关系了。我经常感到生活在不断暗示我，它向我使眼色，让我走向某一个方向，我在生活中是一个没有主见的人，所以每次我都跟着它走了。在我十五岁的时候，音乐以简谱的方式迷惑了我，到我三十三岁那一年，音乐真的来到了。

我心想：是生活给了我音乐。生活首先要求我给自己买一套音响。那是在1993年的冬天，有一天我发现自己缺少一套音响，随后我感到应该有，几天以后，我就将自己组合的音响搬回家，那是由美国的音箱和英国的功放以及飞利浦的CD机组织起来的，卡座是日本的，这套像联合国维和部队的音响就这样进驻了我的生活。

接着，CD唱片源源不断地来到了，在短短半年的时间里，我买进了差不多有四百张的CD。我的朋友朱伟是我购买CD的指导老师，那时候他刚离开《人民文学》，去三联书店主编《爱乐》杂志，他几乎熟悉北京所有的唱片商店，而且精通唱片的品质。我最早买下的二十来张CD就是他的作为，那是在北新桥的一家唱片店，他沿着柜台走过去，察看着版本不同的CD，我跟在他的身后，他不断地从柜子上抽出 CD 递给我，走了一圈后，他回头看看我手里捧着的一堆 CD，问我："今天差不多了吧？"我说："差不多了。"然后，我就去付了钱。

我没有想到自己会如此迅猛地热爱上了音乐，本来我只是想附庸风雅，让音响出现在我的生活中，然后在朋友们谈论马勒的时候，我也可以凑上去议论一下肖邦，或者用那些模棱两可的词语说上几句卡拉扬。然而音乐一下子就让我感受到了爱的力量，像炽热的阳光和凉爽的月光，或者像暴风雨似的来到了我的内心，我再一次发现人的内心其实总是敞开着的，如同敞开的土地，愿意接受阳光和月光的照耀，愿意接受风雪的降临，接受一切所能抵达的事物，让它们都渗透进来，而且消化它们。

我那维和部队式的音响最先接待的客人，是由古尔德演奏的巴赫的《英国组曲》，然后是鲁宾斯坦演奏的肖邦的《夜曲》，接下来是交响乐了，我听了贝多芬、莫扎特、勃拉姆斯、柴可夫斯基、海顿和马勒之后，我突然发现了一个我以前不知道的人——布鲁克纳，这是卡拉扬指挥柏林爱乐乐团演奏的《第七交响曲》，我后来想起来是那天朱伟在北新桥的唱片店拿给我的，当时我手里拿了一堆的 CD，我根本不知道有这么一张，结果布鲁克纳突然出现了，史诗般叙述中巨大的弦乐深深感动了我，尤其是第二乐章，使用了瓦格纳大号乐句的那个乐章，我听到了庄严缓慢的内心的力量，听到了一个时代倒下去的声音。

布鲁克纳在写作这一乐章的时候，瓦格纳去世了。我可以想象当时的布鲁克纳正在经历着什么，就像那个时代的音乐正在经历的一样，为失去了瓦格纳而百感交集。

然后我发现了巴托克，发现了还有旋律如此丰富、节奏如此迷人的弦乐四重奏，匈牙利美妙的民歌在他的弦乐四重奏里跳跃地出现，又跳跃地消失，时常以半个乐句的方式完成其使命，民歌在最现代的旋律里欲言又止，激动人心。巴托克之后，我认识了梅西安，那是在西单的一家小小的唱片店里，是一个年纪比我大、我们都叫他小魏的人拿给了我。他给了我《图伦加利拉交响曲》，他是从里面拿出来的，告诉我这个叫梅西安的法国人有多棒，我怀疑地看着他，没有买下。过了一些日子我再去小魏的唱片店时，他再次从里面拿出了梅西安。就这样，我聆听并且拥有了《图伦加利拉交响曲》，这部将破坏和创造、死亡和生命还有爱情熔于一炉的作品让我浑身发抖，直到现在我只要想起来这部作品，仍然会有激动的感觉。不久之后，波兰人希曼诺夫斯基给我带来了《圣母悼歌》，我的激动再次被拉长了。有时候，我仿佛会看到1905年的柏林，希曼诺夫斯基与另外三个波兰人组建了"波兰青年音乐协会"，这可能是世界上最小的协会，在贫穷和伤心的异国他乡，音乐成了壁炉里的火焰，温暖着他们。

音乐的历史深不可测，如同无边无际的深渊，只有去聆听，才能知道它的丰厚，才会意识到它的边界是不存在的。在那些已经家喻户晓的作者和作品的后面，存在着星空一样浩瀚的旋律和节奏，等待着我们去和它们相遇，让我们意识到在那些最响亮的名字的后面，还有一些害羞的和伤感的名字，这些名字所代表的音乐同样经久不衰。

然后，音乐开始影响我的写作了，确切的说法是我注意到了音乐的叙述，我开始思考巴托克的方法和梅西安的方法，在他们的作品里，我可以更为直接地去理解艺术的民间性和现代性，接着一路向前，抵达时间的深处，路过贝多芬和莫扎特，路过亨德尔和蒙特威尔第，来到了巴赫的门口。从巴赫开始，我的理解又走了回来。然后就会意识到巴托克和梅西安独特品质的历史来源，事实上从巴赫就已经开始了，这位巴洛克时代的管风琴大师其实就是一位游吟诗人，他来往于宫廷、教堂和乡间，于是他的内心逐渐地和生活一样宽广，他的写作指向了音乐深处，其实也就指向了过去、现在和未来。如何区分一位艺术家身上皆而有之的民间性和现代性，在巴赫的时候就已经不可能，两百年之后在巴托克和梅西安那里，区分的不可能得到了继承，并且传递下去。尽管后来的知识分子虚构了这样的区分，他们像心脏外科医生一样的实在，需要区分左心室和右心室，区分肺动脉和主动脉，区分肌肉纵横间的分布，从而使他们在手术台上不会迷失方向。可是音乐是内心创造的，不是心脏创造的，内心的宽广是无法解释的，它由来已久的使命就是创造，不断地创造，让一个事物拥有无数的品质，只要一种品质流失，所有的品质都会消亡，因为所有的品质其实只有一种。这是巴赫给予我的教诲。

我要感谢门德尔松，1829年他在柏林那次伟大的指挥，使《马太受难曲》终于得到了它应得的荣耀。多少年过去了，巴赫仍然生机勃勃，他成了巴洛克时代的骄傲，也成了所有时代的骄傲。我无幸聆听门德尔松的诠释，我相信那是最好的。我第一次听到的《马太受难曲》，是加德纳的诠释，加德纳与蒙特威尔第合唱团演绎的巴赫也足以将我震撼。我明白了叙述的丰富在走向极致以后其实无比单纯，就像这首伟大的受难曲，将近三个小时的长度，却只有一两首歌曲的旋律，宁静、辉煌、痛苦和欢乐重复着这几行单纯的旋律，仿佛只用了一个短篇小说的结构和篇幅就表达了文学中最绵延不绝的主题。1843年，柏辽兹在柏林听到了它，后来他这样写道：

> 每个人都在用眼睛跟踪歌本上的词句，大厅里鸦雀无声，没有一点声音，既没有表示赞赏也没有指责的声音，更没有鼓掌喝彩，人们仿佛是在教堂里倾听福音歌，不是在默默地听音乐，而是在参加一次礼拜仪式。人们崇拜巴赫，信仰他，毫不怀疑他的神圣性。

我的不幸是我无法用眼睛去跟踪歌本上的词句，我不明白蒙特威尔第合唱团正在唱些什么，我只能去倾听旋律和节奏的延伸，这样反而让我更为仔细地去关注音乐的叙述，然后我相信自己听到了我们这个世界上最为美妙的叙述。在此之前，我曾经在《圣经》里读到过这样的叙述，此后是巴赫的《平均律》和这一首《马太受难曲》。我明白了柏辽兹为什么会这样说："巴赫就像巴赫，正像上帝就像上帝一样。"

此后不久，我又在肖斯塔科维奇的《第七交响曲》第一乐章里听到了叙述中"轻"的力量，那个著名的侵略插部，侵略者的脚步在小鼓中以一百七十五次的重复压迫着我的内心，音乐在恐怖和反抗、绝望和战争、压抑和释放中越来越沉重，也越来越巨大和慑人感官。我第一次聆听的时候，不断地问自己：怎么结束？怎么来结束这个力量无穷的音乐插部？最后的时刻我被震撼了，肖斯塔科维奇让一个尖锐的抒情小调结束了这个巨大可怕的插部。那一小段抒情的弦乐轻轻地飘向了空旷之中，这是我听到过的最有力量的叙述。后来，我注意到在柴可夫斯基、布鲁克纳、勃拉姆斯的交响乐中，也在其他更多的交响乐中"轻"的力量，也就是小段的抒情有能力覆盖任何巨大的旋律和激昂的节奏。其实文学的叙述也同样如此，在跌宕恢宏的篇章后面，短暂和安详的叙述将会出现更加有力的震撼。

有时候，我会突然怀念起自己十五岁时的作品，那些写满了一本作业簿的混乱的简谱，我不知道什么时候丢掉了它，它的消失会让我偶尔唤起一些伤感。我在过去的生活中失去了很多，是因为我不知道失去的重要，我心想在今后的生活里仍会如此。如果那本作业簿还存在的话，我希望有一天能够获得演奏，那将是什么样的声音？胡乱的节拍，随心所欲的音符，最高音和最低音就在一起，而且不会有过渡，就像山峰没有坡度就直接进入峡谷一样。我可能将这个世界上最没有理由在一起的音节安排到了一起，如果演奏出来，我相信那将是最令人不安的声音。

1998年12月2日

（原载1999年第1期《音乐爱好者》）

我为什么听音乐

马慧元

我常常没时间听音乐，不过，这倒使我静下心想一想：我为什么听音乐？几秒钟工夫，它就会让我进入另一个世界，与周围截然分开，我有点难为情，觉得自己没有理由超越熟悉的一切。而音乐呢，似乎也不该作为一个孤岛，充满敌意地注视着琐碎的生活。

我为什么听音乐？它可真是门高深的学问，想稍稍懂点儿贝多芬的交响曲，除了听，还得看多少书、多少乐谱（我不曾）？现代社会，音乐还是一种"品味"，音乐厅里坐满了衣冠楚楚的"雅人"，台上有个穿燕尾服、趾高气扬的家伙，左肩扛着个黄色的木头盒子，右手捏着弓，在空中划出道道弧线，身体神经质地晃动，全场都傻看着——这景象，怪好玩的。可是，仅仅因为这些才听音乐么？我并不一定要当个有学问或高雅的人，音乐丰富了人的生活，别的东西也能办到。我为歌剧舞台上豪华的布景惊叹。我被 CD 封面上气质高贵的面孔吸引。我不厌其烦地挑剔音质和演奏家的技术。可有时候，面对音乐杂志的火爆宣传，我感到厌倦。其实，繁忙之中抽空晒晒太阳，比音乐更让人放松。此时，一种温和的寂寞暖着肠胃，我退守到内心最僻静的角落里了。一些被岁月调和得越来越醇厚又散发着忧伤和甜美的情感，迈着朴素的步子走来。儿时，夜晚能听到远方火车的长啸，我那颗小孩心悄悄兴奋起来。可是长夜里只有自己和火车醒着，怪孤单的。夏天的暴雨中，风雨起劲地抽打着玻璃，我有点怕，又欢喜得透不过气，想哭。那种感受，跟现在听贝多芬的《"皇帝"协奏曲》很相似。原来，对音乐的爱，就源于一些最普通的体验，是它唤醒了凡人的诗心。想到这些，我得到了一点抚慰。

饱含着对诗心深深的珍重，我向乐史源头的方向望去。冰冷的教堂里射进片片惨白的阳光，庄重的格里高利圣咏在空气里弥漫，那种从容也许正来自内心的战栗。就是这些歌哭间展现了历史的表情又散发着文化香气的音乐，延续着一颗颗诗心。被多少双长满厚茧的手抚摸过，被多少双疲惫的眼睛注视过，被多少颗沙哑的喉咙赞美过，一部作品负载着一个天才的牵挂，在时间的波涛里沉浮。有些幸运儿未被吞噬，于是，在它骄傲的歌声里，时光的惊涛骇浪在我耳边缄默，而睡在音乐中的山水花鸟苏醒了。人，这"自然的浪子"（尼采所说），在音乐中与天地和解，大地裂开一条巨大的缝，许多可爱的动物钻出来，加入我们的合唱。

熟悉的芳香和色彩慢慢消失，这里是二十世纪的音乐，一座冬天的花园。我胸中带着热气的期待瞬间冻得僵硬，然后被敲得粉碎。谁天生喜欢这儿——土地如此憔悴，枝丫瘦骨嶙峋。初来，我只能局促地望着脚尖儿。渐渐，趟出的足迹几乎沾上体温，我迎着冬天的阳光抬头。空旷的枝条间，天空寂寞而广远，以另一种关怀呼应着我的心灵。我什么也不说，只是枯坐，等待……

读高中时，我几乎每周都去音乐学院学琴。从一间琴房里出来，又路过很多间。楼道里，拥挤着音乐厅里不会有的声音：克莱门蒂、拜厄、车尔尼，或干脆是音阶和琶音。肖邦的吟咏裹在贝多芬的洪流里，李斯特的鬼火在德彪西的月夜里闪烁。也许他们早已习惯了，但我听到后总是十分兴奋。我不会徘徊不去，而只是路过这儿，作为旁观者，咀嚼着一些感慨。孩子们以无价童年作赌注，踏上这条长满荆棘的不归路。围墙内，一个个生命自作土壤，养大一棵音乐之树。多少个月色满庭台的夜晚，你在琴上抚摸着寂寞。观者漠然地说："这不过是森林中的一棵。"但它却是吸吮了你的全部悲喜、劳顿和梦幻才长大的，默默辉映着青春的质地。面对这些普普通通的演奏者，我以真诚的感动猜测着：假如我是职业乐人，音乐的经历该多么刻骨铭心？而它又平凡真实得像条柔软的河，我的想象有多宽，它就有多宽，我的修养和阅历有多深，它就有多深。走出假设，怀着思念遥望音乐的时候，它就是远方的山。我胸中有苍穹，而它昂首天外。

（原载2000年第5期《音乐爱好者》）

深巷里的琵琶声

陆文夫

　　我年轻的时候欢喜在苏州穿街走巷，特别是在秋天，深邃的小巷里飘溢着桂花的香气。随着那香气而来的还有叮叮咚咚的琵琶声，正如白居易在《琵琶行》中所写的那样，是"转轴拨弦三两声，未成曲调先有情"。循着声寻觅，总能在那些石库门中、庭院里、门堂里发现一个美丽的姑娘或少妇，在弹着琵琶，唱着苏州评弹。她们不是在卖唱，是在练习。

　　评弹又称弹词，通称说书，是用标准的苏州方言说唱的一种曲艺。广泛流行于江苏、浙江一带的吴语地区，不管是在城市或农村，几乎是家喻户晓的。

　　早年间，苏州城里和农村的小镇上都有很多书场，农村的书场往往都和茶馆结合在一起。我的上一代的人，特别是姨妈、姑姑和婶婶她们，听书是主要的消遣。当我读书到深夜时，总是听见她们刚从书场里回来，谈论着演员的得失，吃着小馄饨。

当年能够走红的评弹演员，胜过现在的任何一个红歌星，主要是他们和她们艺术生命不是几年，而是几十年，特别是男演员，越老越是炉火纯青。苏州人称评弹演员为说书先生，女的也叫先生。一个说书先生如果能够走红，那就不仅是知名度高，而且能赚很多钱；即使不能走红，混口饭吃也没有问题。苏州的市民阶层、小康人家，如果有一个女孩生得漂亮，聪明伶俐，便会有人建议："让她说书去。"

学说书也不容易，我们在小巷中听到琵琶声时感到很有诗意，可那学琵琶的小姑娘却往往泪水涟涟。荒腔走板要被师父责骂，说不定还要挨几个巴掌什么的，那时的传艺不讲什么说服教育，奉行的是严厉。如果是母女相传的话，打起来要用鸡毛掸帚。

评弹都是师徒相传，这规矩一直沿用到今天。徒弟学到一定的程度，便跟着师父出去"跑码头"，即到苏州农村里的各个小镇上去演出，两个人背着琵琶和三弦，仆仆风尘，四处奔波，在这里演三天，在那里演五日，住在小客栈里，或者就在夜场演出结束之后，打个地铺睡在书场的角落里，够辛苦的。

少数幸运的姑娘或小伙子也能苦尽甘来，在小码头上磨炼出来了，有点儿名气了，便开始进入大码头，在苏州、上海的大书场里演出，如果又能打响，那便是一代风流。

一条小巷里如果能出一个走红的评弹演员，邻里间都会感到光荣，小姑娘们更是羡慕不已。看那红演员进出小巷，坐一部油光锃亮的黄包车，那黄包车有黑色的皮篷，有两盏白铜的车灯，能像手电似的向远处照射着行人。车夫的手边还有一个用手捏的橡皮球的喇叭，坐车人的脚下还有一个用脚踏的像铜壶似的大铜铃。那时候苏州很少见到小汽车，乘坐这种黄包车的人就像现在乘坐一辆奔驰似的。

白天，女演员赶场子，浓妆艳抹，怀抱琵琶，坐着黄包车从热闹的大街上风驰而过，喇叭声声，铜铃叮当，那艳丽，那风采，都足以使路人侧目而视，指指点点。深夜散场归来，小巷空寂，车灯煌煌，喇叭声和铃声能惊醒睡梦中的小姑娘，使她们重新入梦时也觉得自己是坐在那辆油壁香车上。

苏州评弹所以能那样的受人欢迎，那样的深入民间，主要是它的语言生动，唱腔优美，叙事和刻画人物都极为细腻，而且故事的内容很多都与苏州有关系，能把市民生活和市民心理表达得淋漓尽致，幽默风趣。在书场里泡一杯香茶，听名家的演唱，那简直是一种莫大的享受。

近几年因为电视的冲击，评弹的听众越来越少，许多书场都改成了电影院或是什么商店，苏州老牌的苏州书场也是日场说书，夜场变成卡拉OK什么的。主要的原因我看是有三点：一是电视的普及，许多人，特别是老人晚上不愿出门；二是现在的人欢喜快节奏，受不了那评弹的细细道来，也不能保证可以连续十天、二十天地去听完一部长篇；三是"文化大革命"使苏州评弹中断了十多年，这就造成了观众和听众的断层，目前三十多岁、四十岁的人从小未能养成对评弹的爱好，因为他们从小就没有听到。苏州人爱好评弹是从小跟着父母或爷爷进书场看热闹、吃零食开始的，一旦入了门便终身难以忘记。

我相信苏州评弹不会在这块土地上消失，因为我们还有那么多评弹名家健在，还有一个颇具规模的评弹学校在不停地培养人才。有一次我从小巷里走过，看见一位少妇用自行车推着她的小女儿，那美丽的女孩大概只有七八岁，却抱着一个和她差不多高的琵琶，由母亲陪着到少年宫去学评弹。我问那位母亲："你是不是想把你的女儿培养成评弹演员呢？"

那位母亲摇摇头："不一定，苏州的女孩子应该懂得评弹，就像维也纳的人都懂得钢琴似的。"

我听了以后感动得几乎流下眼泪，有文化的苏州人是不会让她的文化传统在她的土地上消失的。

1991年8月30日

（录自《深巷里的琵琶声：陆文夫散文百篇》，上海文艺出版社，

2005年版）

无形的手指

赵丽宏

　　很多年前，我曾经很长一段时间住在一间没有窗户的小黑屋里，我在黑暗中写作，陪伴我的是美妙的音乐。音乐驱逐了黑暗，使我看见了无数在生活中难以见到的光明景象。除了贝多芬和莫扎特，我也喜欢捷克的作曲家德沃夏克。德沃夏克的旋律大多深沉优美，那种辽阔宽广、洋溢着生命力的波希米亚和斯拉夫的气息，让人一扫在狭隘空间产生的局促和郁闷，随音乐展开幻想的翅膀，向往那理想中的神奇境界。那时根本没有什么高级的音响设备，只有一台很简单的录音机，但从那里传出的德沃夏克的旋律一样美妙而激动人心。

　　德沃夏克最著名的作品，当然是 *From The New World*，即《第九交响曲》，也就是人们熟知的《新世界交响曲》。对这部作品，有很多解释，但我听它时，从来不管那些解释，只是用自己的心灵和感情来感受它、欣赏它、联想它。每一次，它都会使我感动不已。我喜欢它的第二乐章，那种浑厚安详、优美悠远的旋律，可以为我展开一片生机盎然的天地。这天地，有时是我曾经游历过的自然景观，有时是我难以忘怀的某个瞬间，这样的瞬间常常交织着欢乐和悲伤，是一种复杂而又微妙的情绪，是对人生的独特深刻的感悟。譬如我常常在《新世界交响曲》第二乐章的旋律中想起我在长江里的一次生死搏斗，这是一次孤独无援的搏斗，我的对手是湍急的江流，江水要把我卷进死神的怀抱，求生的本能使我以超乎常人的毅力游出了险境，抵达江边。当我精疲力竭地躺在江滩上，感觉绿色的苇草轻拂我的肌肤时，心中出现的就是德沃夏克《新世界交响曲》第二乐章的旋律。我从来没有感到这音乐是这样的亲切……

我的情绪一直不为音乐的标题所局限。因为音乐是无形的，它犹如一阵微风，轻轻地从你身边吹过，也像一个看不见的手指，很随意地拨弄着听者的心弦。如果心领神会，那么你可以在音乐中作自由自在的漫游。有的人不为所动，因为他的心中没有那一根弦，或者曾经有过，却因为尘封太久而锈迹斑驳，很难再被拨动。这是多么遗憾的事情！也许，当德沃夏克从遥远的地方突然走到你的身边时，你的难得颤动的心弦会和我一样，情不自禁地发出悠远的共鸣。不信，你可以试一试。

（录自《赵丽宏散文》，作家出版社，2005年版）

"门外"的"内行"

——记辛丰年

杨燕迪

·一

辛丰年先生自谦是音乐的"门外"人。他在《读书》杂志曾开设的专栏便取名《门外谈乐》。所谓"门外",应指身处某个专业行当之外——辛老确乎不是"专业"音乐家,甚至与"门内"的音乐界也少有接触,虽然很多国内乐界的"门内"人(特别是有阅读喜好的音乐人)都知道辛老的大名。曾读到中央音乐学院的吴祖强先生应邀为辛老的书《如是我闻》写序,但吴先生在这篇序文中也坦承他们彼此间素不相识。看来辛老真是"名声在外"——他笔下的音乐文字魅力首先是在"门外"形成口碑,随后这种影响的辐射才逐渐传至音乐界"门内"。

我一直拜读辛老的文章,喜爱辛老的文笔和识见,但最终也与辛老缘悭一面——或许，最靠近"缘分"的一次"神交"是受《音乐爱好者》杂志编辑李章之托。在二十世纪九十年代中叶，我从上海音乐学院图书馆借出美国音乐史家保罗·亨利·朗的代表作《西方文明中的音乐》的英文原著——听李章说，辛老想阅读这部名著，因此想复印了给辛老看。此书是"大部头"，长达千余页，真是像砖头一样重。过了几年，此书的中译本经我组织翻译出版，不久就见到辛老热情洋溢的书评（《辉煌雄辩的大复调——喜读〈西方文明中的音乐〉》），劈头一句是："新近问世的《西方文明中的音乐》全译本，十六开大本，七百页，五斤来重（我忍不住拿到秤上去称了一下），沉甸甸的，令人惊喜。"我记得当时读到这句话时忍不住笑了——我似乎看到了这位老先生爱书乃至嗜书如命的那种赤子神态。随后我也忍不住猜测：辛老拿到李章转交的那本厚厚的、沉甸甸的复印原版书，是否也曾放到秤上去称了一下？

· 二

我总是觉得，音乐界"门内"虽知晓辛老，但好像少有人严肃、顶真地看待和思考辛老的音乐文字——这并不让人感到意外，因为辛老的著述（译）大抵是"赏析"类，归属普及读物，目标读者群也锁定"门外"乐迷，"门内"乐人即便阅读辛老，也是抱着"看着玩"的心态。于是乎，辛老的音乐文字就成为这些年音乐生活中的一个奇特的文化存在——一方面，辛老因谈论和普及音乐（尤其是古典"艺术"音乐）在国内知识文化界中享有覆盖面很广的声誉；另一方面，音乐界（尤其是同样从事音乐文字写作的音乐学界）对于这样一位著名的"门外"写作者却有意无意保持着持续的沉默。

其实，我曾私下与不少国内的音乐学者交换过意见，大家似乎都对辛老的音乐文字表示赞赏——辛老的写作言之有物，文风独特，涉及音乐时左右逢源，知识面开阔，又有丰富而深切的个人聆听体悟作基底，从而达到了富有韵味而难以为人效仿的境界。但毕竟辛老的笔端流露的大多是听乐及阅读的个人心得、感想或体会，一般不具备学术所要求的论述"严谨性"、行文"规范性"和思考"系统性"，议题也比较"浅"，属于随感、随想、随笔式的散文、散论、散议，从某种角度看好像确乎也难以对它们特别当真。

说起来，国内二十余年来流行散文写作，无论是"文化大散文"，还是"性灵小随笔"，似阵阵袭来的风潮，将各种领域的各式话题一并裹挟了去——音乐也不在例外。不过，音乐散文的写作，特别是那些抒发听乐感悟的性灵文字，音乐"门内"人倒是少有参与（"门内"的专业学人至多是撰写一些乐评），大多是有赖于"门外"乐迷的热心。一时间，品味名家名曲，描写聆听感受，介绍唱片版本，评价演唱演奏，追索逸闻趣事，抒发思古幽情，五花八门，不一而足⋯⋯

辛老既是这风潮中的弄潮人，也是这风潮中一个鹤立鸡群的独行者。就我个人的观察，辛老的音乐文字与任何人都不同，也与其他人都不像。在辛老仙逝后，我注意到大家似乎达成了某种共识——在这个时代有关音乐的汉语言说中，辛老的文字将会作为一种标志性的存在，长久地留存于人们的记忆中。这种特殊的品质究竟是什么？它又来自何处？

· 三

《文汇报·笔会》前任主编刘绪源先生在一篇纪念辛老的文章（《今世惟此苦吟才——我所知道的辛丰年先生》）中提到，辛老谈论音乐，一下笔就非常专业，具有内行眼光。

这是非常中肯的看法。而且我以为，这也是辛老的文字与其他"门外"乐迷散文相比最为不同的一个特质——虽身处"门外"，但思考和见识却似在"门内"，并且不仅不输于"门内"人，甚至在很多时候比"门内"人更地道、更内行、更专业。

什么叫"专业"？这个原本是名词但在具体使用中却被当作形容词的说法，在音乐界的使用频率非常高——它指的是某种具有职业水准的质量和品质保证。比如评价某次演出，如果说"啊，非常专业！"——那就意味着高度的首肯和赞赏；反过来，"唉，不够专业！"——那就是说，水平尚没有达到及格的标准。辛老对音乐的见解和见识从一开始就不同凡响，与一般乐迷比较主观和随意的感想拉开距离，正是他有堪称"专业"的底蕴和储备作基础。

显而易见，这来自辛老长时间的认真聆听、阅谱（或许还有视奏？）、读书和积累。一位从未进过"科班"的业余爱乐者，完全出于发自内心的挚爱，硬是通过长期的自学，最终从"门外"跨入"门内"（虽说没有任何正规的认可，只有大家口口相传的"口碑"），这不能不说是一个很不容易的奇迹。要知道，音乐是一门具有很高技术门槛的艺术品种，从某种角度看，在"门外"享受音乐的美并不很难，但要跨入"门内"弄清这种美的内在肌理，却不是一件易事。此外，国内的音乐环境总的来说不比欧美，无论获取音乐资源（包括图书、乐谱和音像）的方便性，还是音乐生活的丰富性，都不尽如人意，加之辛老长期避居南通小城，上述不利就愈发严重——通过辛老的访谈以及辛老公子严锋的转述，我们对辛老自学音乐的种种艰辛和不易略知一二，这让我们对辛老敬佩之余心中又生出一份感动。

· 四

或许应该强调几个重要的事实，以说明辛老不是一般意义上的"门外"乐迷，而是一个已经具备足够资格的专业"内行"。

首先，辛老识得乐谱，而且有长期的阅谱习惯与喜好。且慢！难道识谱有什么了不起？！君不见诸多琴童自幼习琴，虽不谙乐谱中的种种机关奥秘，但识别谱面的音符自是理所当然。这样算来，识谱之人何止千千万！

然而，辛老的阅谱经验和普通的识谱技能不可同日而语。这里有一个重要的差别：辛老阅谱，与一般琴童和音乐学生照谱演奏不同，他往往是在熟听作品之后，受窥探音乐内部奥秘的好奇心驱使，要找来乐谱仔细看个究竟，目的是更深入地认知作品的构造和组织，以获得更大的审美满足。他在《爱乐及谱》一文中专门谈及自己寻访乐谱之不易，以及因痴迷音乐进而喜好阅谱的癖好：

> 自知凡人听乐不可能甚解，但又不甘心只听个"单声道"的旋律美。尤其是有复杂的和声、复调、配器的近代音乐，借助乐谱，以目助耳，为的是不负作者苦心，得更大受用。
>
> 《自新大陆》算得一部最好懂的交响曲了。但听过多遍的人也未必就能将那些隐藏在各个声部中的支声复调都发掘出来。不吃透那些，又何从领略交响性音乐思维的"立体声"的力与美？读谱，以视觉济听力之穷，可以帮助你学会以"多声道"听觉去接收多声部音乐的信息。

辛老在此处讲得很清楚，阅谱的目的是"以目助耳""以视觉济听力之穷"。仅靠听不满足，或者说从听中感到音乐中还有诸多听不清楚甚至听不到的东西，就产生了用"看"来补足"听"的渴求——从某种意义上说，一旦有了这种渴求和能力，就从普通乐迷的"门外"层次跨过门槛到了"门内"。

这里触及认识与理解音乐的一个根本性难题：音乐虽是听觉艺术，其根本性的存在是与聆听相关，但仅凭听觉却又无法全面和深入地把握音乐的内在本质，而必须借助诉诸视觉的乐谱。乐谱本不是音乐，原是为了将音乐固定和记录下来的一种没有办法的办法，但诚如辛老所感喟："……从心里赞叹这人类文明发展到一定程度的产物。如果没有乐谱，多声部的音乐思维又如何记录？如何排练？如何交流？如何向后人传递？"

辛老半自嘲地说："自己读谱能力很低却又喜欢捧着谱子啃……"我猜想，他甚至在六十三岁时买了一架钢琴来自学，其根本的驱动力可能是想在钢琴上读谱，而不是奢望达到什么了不起的钢琴演奏水平。辛老一定是受了大文人萧伯纳的启示（辛老在诸多文章中谈及萧翁），无师自通，听熟了诸多音乐名作，进而自学读谱和弹奏钢琴，为的正是进一步理解和认识音乐——当然，萧翁年轻时还没有出现唱片和广播，这么做也是"被逼无奈"吧！

· 五

乐谱本来的功能是为音乐的表演实践提供系统指示，但随着它的不断完善，它就几乎变成了音乐的一种自足、自主的存在方式，不但继续成为演奏、演唱的指令，而且也成为承载音乐的一种符号，被印于纸本之上，成了一种特殊的"书"，在作曲家身后仍能继续让音乐作品以不走样的方式存在下去，供后人学习、认知和解读。就此看来，读谱就相当于读书——只是这种书有特殊的密码系统，不易为"门外"人读懂。

然而，真正要读懂乐谱之书，仅仅读乐谱书本身却又是非常不够的——因为要看出（乃至听到）乐谱中的"弦外之音"，是需要读者自己的心灵共振和文化共鸣的。这种共振和共鸣的能力哪里来？很大程度上依靠读乐谱书之外的真正的书——文字书。

辛老是痴迷而顶真的读书人。到了晚年，我们得知，他觉得精力有限，想看、要读的书太多，时间来不及，索性大幅度削减了听音乐的时间。辛老的文字写作主要涉及音乐，但他的阅读范围远远超出音乐，而且也很难说是以音乐为中心，凭兴趣，多而杂，毫无外在的功利心，加之自幼就养成读书癖好，如此长时间的积累，知识和见识的储备可以说是很惊人的。我想辛老大概是持续做笔记的，读书每有趣闻和会心处都会记下一笔，因此他的写作中才会每每出现那种左右逢源的率性及让人感到新奇的趣闻。

就对音乐书的涉猎之多和了解之深而论，辛老不仅堪称"内行"，而且我相信超出音乐界的诸多专业人。显然，他的阅读一直与他自己的听乐、爱乐经验直接挂钩，因而阅读的指向也与是否增加了听乐、爱乐的兴味紧密关联。

比如，他通读了现在除了专家恐少有人阅读的王光祈的很多著述（大多出版于二十世纪二三十年代），觉得从中增长了不少音乐知识，但也客气地批评王光祈的某些写作（如《西洋名曲解说》一书）"很不过瘾……三言两语便把一首作品打发了，文字又淡而无味"（《寻找导游人》）。他会深入地细读一本专门论述指挥艺术的有趣的论著——康德拉申的《指挥家的境界》，此书在音乐界内并无多少人注意，未见到有谁写过书评，而辛老则从中读到诸多有关音乐表演的根本性课题的深入洞见，一时大为感叹，惊呼阅读此书"有如倾听一部以诠释艺术为主题的交响音乐"（《诠释艺术的一种诠释》）。甚至，他发现一部完全是为"门内"乐人而写的专业书中，也会有极为吸引爱乐"门外"人的精彩内容，值得再三咀嚼——此书即是柏辽兹的《配器法》（《文如其乐，乐如其心——读柏辽兹〈配器法〉》）。我不知道在音乐专业界中，除了从事管弦乐配器研究和教学的专家和学人，又有谁对此书做过如此仔细的研读？

更多的音乐知识和信息，当然还是要从外文书中找寻——就针对"古典音乐"的论述而言，中文书不论数量还是质量都是远远不够的。在这方面，辛老获取资源的不易和他千方百计四处找寻并痴迷读书的劲头会让音乐界的"门内"人感到惭愧。本文开头的那一幕大约仅仅是辛老众多找书、读书小故事的一例。

他曾借到一本多达一千一百八十七页的英文原版《牛津音乐指南》，因为限期归还，所以"眼馋心急"地做通读，并做了大量抄记，看英语，写汉文（《〈辛丰年音乐笔记〉后记》）。这是一部相当出名的中型音乐辞书——而辞书是用于查阅的，相信很少人会有通读辞书的冲动和经历，由此也可以想象辛老热爱音乐和渴求知识的程度之烈。他还细致研读和摘抄过英语世界（也是所有语种）中最庞大的二十九卷之巨的《新格罗夫音乐与音乐家大辞典》中的很多长条，特别如"贝多芬"词条中的"身后深远影响"一节，因看到国外评论甚高就"一口气读完"（《闲话〈格罗夫〉》）。一些因出版年份较早已不入音乐学界法眼但其实具有真知灼见的原版论著（如英国学人维努斯的《协奏曲》），他也绝不放过（《乐史浮雕——读乐良友〈协奏曲〉摘介》）。他甚至细读过一些专业乐人也难得浏览的专门化论著——如1983年出版的德国学者鲍尔的《瓦格纳作品的舞台设计与制作：从首演至今》（《还是太虚幻境里自在——读〈瓦格纳作品舞台设计〉》），以及英国学人托德于2003年出版的《门德尔松音乐传记》（《书架即景》），等等。

难怪辛老笔下的音乐史实丰富多彩但从不陷入无根无据的

"八卦"传闻。他知道很多,但绝非道听途说。辛老的文字虽是"笔记"和"闲话",但可能比音乐界的某些"专业"论著和论文更值得信赖,更让人放心。

· 六

会读谱,爱读书,懂外文,加上几十年长久不懈的认真积累和深切体验——辛老音乐文字写作的"内行"品质就此得到保障。而所有这些又都经过了辛老自身心智感受的融会、整合和提炼,经由辛老那种带有"民国风"的特殊笔调娓娓道来,于是就出现了一种无人能够模仿但却引得众人一片叫好的"辛式乐话"的文体风格。

这种无法模仿的文风和品格,我想从根本上是来源于辛老无法复制的人生经历和生命态度,他的文风说到底是这种阅历和体验的外化和投射。这样一位爱乐人和读写者,处在中国二十世纪社会文化变动不居的时代风潮中,保持一以贯之的爱乐情怀和赤子情结七十年不变,年逾花甲才突然发力,果然是出手不凡,赢得满堂喝彩,但又并不因此而改变他低调谦逊的为人品格——这本身已经构成某种具有戏剧性的传奇。我们不禁会问,今后,还会出现这样的人与文吗?

辛老站在音乐"门外",但却以"内行"的姿态和资质,致力于打破"门外"和"门内"的壁垒与阻隔。他的个人努力应该被后人铭记——无论"门外"人还是"门内"人。我怀有某种憧憬，这种"门外"和"门内"之间的"门槛"会在某时趋于消失——那当然是"门外"的爱乐人具备了"门内"的内行资质，而"专业"的音乐人又能够以"门外"乐迷感兴趣的方式谈论大家共同关心的音乐艺术议题和音乐文化命题。

我能想到的例证大多来自国外——如德国神学家和医师阿尔伯特·史怀哲的巴赫研究，德国哲人特奥多尔·阿多诺的音乐哲学和音乐社会学论述，美国文化史大家雅克·巴尔赞的柏辽兹研究和音乐文化评论，巴勒斯坦裔的著名文学与文化学者爱德华·萨义德的音乐评论，美国钢琴家兼学者查尔斯·罗森在《纽约书评》中跨越四十余年的音乐专栏写作，以及本文开头提到的、辛老文章中也常常引录的那本音乐文化史名著《西方文明中的音乐》，等等。具体到汉语世界的音乐文字写作，如果要谈论"门外"和"门内"的交汇与弥合，"辛式乐话"毫无疑问会被当作具有中国特色的跨界楷模而成为某种具有时代感的、不可忽略的示范。

（原载2013年第8期《读书》）

辑三 读曲听心

读曲听心声

辛丰年

虽然是迷上了西方严肃音乐的人，从我小小藏书堆中可以找出《梅庵琴谱》，而且有三本。一本印于二十世纪三十年代，一本是1958年重印的，还有几年前重印的一本。如加上化为"文革"劫灰的两本，共有五本之多。

梅庵琴派是继承诸城派的。琴曲文献，卷帙浩繁。《梅庵琴谱》自不算怎么古老，却也受到海内外琴人注目。虽然在"梅庵"派集中的南通，谈起它，倒可能有人茫然。

本人并非操缦之客，也没条件究心琴道，拥有五本《梅庵琴谱》，自有其因缘。第一本到手是1942年的事了。当年我在音乐上刚刚脱盲不久，惊喜于发现了西洋古典音乐这个新天地，也给古琴的磁力吸住了。是少年好胜，还是好奇之故呢？偏不信"古琴最难学"，也不管"天书"（琴谱，贾宝玉说的）古怪难识，靠着一本《梅庵琴谱》、一本王光祈的《翻译琴谱之研究》，听听友人的弹奏，再去借了张笨重而声如木石的新琴，埋头拨弄，渐渐地粗通了它的弹法。琴谱中那些"小品"，如《关山月》《玉楼春晓》，等等，试译为五线谱，可以自弹自赏了。从此便建立了感情，但也再没机会"深造"。四十几年来，越来越醉心西乐。大异其趣的古琴，好像成了"参照系"，让我有可能对两种音乐思维做些比较，对二者都保持一种新鲜感。

每逢爱乐知己，总忍不住要怂恿人家去听琴。总要说：不听古琴，就不知道世界上还有西方管弦乐器不能代替，有其独特功能、个性的奇妙乐器；不听《平沙落雁》等曲，就不知道在西方标题音乐之外，还有这种写意的"音画"；不听《潇湘水云》，就更想不到，远在西方音乐还没从中世纪的冬眠中醒来的八九百年前，中国人竟谱出了如此深沉的"音诗"！

这可不是做广告，推销什么音响商品。《平沙落雁》，明代就收录在琴谱里了。我有机会听过几种不同流派的演奏。《梅庵琴谱》中的一种，最熟，也让我最感到满足。

传统的中乐，只看标题，简直都像"标题音乐"。有的还加上若干小标题，仿佛作曲人真要描一张工笔画。其实，很多是不宜求之过深的，牵强附会更要不得，只可以意听之。

听《平沙落雁》，就从未在想象之中具体描出一幅《芦雁图》手卷。所领略到的是一种恬然自适的意趣。不像那种静止的平面图画，而是静寓于动。在旋律线条的运动中，意象在演进着。很可以比作无心而善变的冉冉春云，舒卷自如，氤氲弥散，化而为寥廓。只觉得空灵澄澈，真似乎"物我相忘"了。至于尾声中有一段拟声的雁叫，别派的传谱中并没有。我则认为不要它可能更符合整体的意境。

读《平沙落雁》品到的韵味，读宋元山水名作也常有感受，但又似有所不同。"外师造化，中法心源"。宋元山水是真正"师造化"的。但由于"心源"的作用，美则美矣，可总是冷冷清清，"高处不胜寒"。纵然是可游、可赏，但又令人不乐居。这同读文艺复兴以来的西方"山水"，感觉很两样。冷暖自殊，恐怕是因为一个出世一个入世的缘故吧。然而《平沙落雁》并无荒寒萧瑟之感。清淡虽清淡，却还蕴含着某种生趣。曲题虽然是"物"，并不把镜头直接对准物象。所咏叹的仍然是那个恬然自适的人，也即作者的眼中之景、心中之境。而这是更需玩味的。因而不知听过多少遍还从未听腻过，那滋味如品佳茗，久而弥醇。

其他琴曲，可惜听得不多。二十世纪六十年代见识了神往已久的《广陵散》。"打谱"这种释读古谱的方法，真能再现原作的真貌和精神？对此不能无疑。就当它是古、今人的集体创作来听吧，听了那慷慨激越的音调，确实非同凡响，我对古琴的表现力有了新的感受。听它，常常会想到贝多芬的《暴风雨》与《黎明》两部钢琴奏鸣曲中的慢乐章。

脱离"文革"苦海，浮沉于乐海之中，过了一番大听西方名曲的瘾，沾沾自喜，以为所饮已不止一瓢水了。哪知一听到《潇湘水云》，又经历到意想之外的强烈"共振"，既惊且喜！

当初听贝多芬的《第九交响曲》，激动得不能自已，可谓相距一个半世纪的"共振"。那么，听《潇湘水云》则是回到八百多年前去听作者交心，效果又是如此的不"隔"，真不知是时光倒流还是时空消失了！

身为中国人，又嗜读宋、明末世痛史，我听《潇湘水云》，感触之深，联想之杂，难以言传。

抗战中曾有幸在"孤岛"上看过史剧《正气歌》。历史感与时代氛围合而为一，至今不能忘。听这首南宋人谱的音诗，历史感犹如电击。"唯乐不可以为伪"！这是乐中之史，而且是"信史"，是南宋人心声的录音。而心理与感情，正史、野史都是无法传真的。

《潇湘水云》那年代，正是大厦将倾、人民受难之时。这音乐好像是把乱世人民的忧愤浓缩了，发而为深沉的浩叹。联想到：一方面是"底事昆仑倾砥柱，九地黄流乱注"，一方面又是"西湖歌舞几时休""直把杭州作汴州"，构成了历史镜头的蒙太奇。我想，作者郭楚望当年既然做过权奸贾似道的门下客，定然看够了"厚黑学"的表演。此际避居到屈子披发行吟之地，家国之痛，都来心上，问天无计，避秦无地，也只有靠七弦上的宫商来倾吐了。这首曲和许多"闲情偶寄"的琴曲是绝不相似的。

中国式的"标题音乐"虽然是写意、寄情，也并非不能唤起具体的联想。《潇湘水云》既是史剧中的"咏叹调"，又使我如见那舞台上的背景：像是董源的《夏山图》。这也正是那有关记载中点出的"舟中远望九疑山（今九嶷山），云水奔腾，感怀而作"了。愁惨的自然之景与景中人悲愤拂郁的情怀互相渗透，环境、心境，打成了一片。说来难信，听时往往真似呼吸到南方山泽地区的湿闷空气。前人听《梅花操》，不也"觉有暗香袭来"吗？倒可证其不诬了。这种心理效应，是可以得到解释的，并不玄虚。

中国历史是一条长河。中国音乐是一条长河。遥听，听到战国编钟的大声镗鞳；近听，听到如怨如诉的《二泉映月》。音乐之流绵绵不绝流淌了几千年。琴曲正是这源流中一股很有生命力的活水。生民多难，古谱失传，害得我们既听不到真正的"风、雅、颂"，汉魏乐府，也听不到唐宋的法曲仙音。好不容易"破译"出的敦煌琵琶谱，至今聚讼纷纭。令人神往的古代乐章，几乎统统哑然无声。真是刻骨的遗憾，徒唤奈何！然而，有百数十种古琴谱幸存至今，保存了为数可观的琴曲。尤其可庆幸的是有一部分是"储存"在各派琴师的心里，手传心授，"薪尽火传"，接力似的传到了今天。其中便有《潇湘水云》这样的伟大杰作，这是何等值得额手称庆的事！

可是我总觉得，古琴并没有得到更多的人倾听，大是憾事！尽管这些年来，抢救、研究、普及的工作做得不为太少，《琴曲集成》更是一大工程，然而今天的古琴，恐怕还是相当寂寞。知之者不多，爱之者似乎更是寥寥。试看面前的三种《梅庵琴谱》，第一、二两种早先印的，印刷都不坏，纸、墨、装订看上去舒服。几年前新出的一种，蜡纸刻写油印的，薄薄一册，不禁令人有琴学式微之忧了！

以往，想学琴，首先就无从弄到一张琴。如今总算有了琴厂。我看，只供应些练习琴是不够的。西方人孜孜于将古代名琴开膛破肚，解剖、化验，为的是研制优质提琴。有的已经可以隔帷乱真。我们为何不能下功夫造出上追唐宋水平的七弦琴，如像"九霄环佩""鹤鸣秋月""天风海涛"等等那样的？而且更应借助现代科技，超越前贤才是。古来不是有唐朝雷氏那些名工巧匠，许多琴人也关心此事，不止传艺、传谱而已。朱熹这理学家也监制了"大成"琴哩！即如《梅庵琴谱》，翻开来就有制琴法式介绍，还附以图样。当年借来学弹的便是一位夏君业余自制之器，可惜琴材不行。

甚至可以想象，假使借鉴外乐，壮胆革新，让古琴改弦更张（古琴的上弦是麻烦事！），脱胎换骨，哪怕被讥为"古琴不古"，又有何惧？"众器之中，琴德最优。"嵇康早就这样评价。精于琴道，以《广陵散》为绝命歌的，正是此公！我之所以说琴有特殊功能，别的乐器不能及，根据在于：它虽然靠弹拨来发音，却能在不设品、柱的指板上通过移指、滑指的办法变动其音高，从而取得完美的"圆滑奏"（legato）效果（但又不像"单弦拉戏"之类的单纯模拟唱腔与语调），向歌吟之声靠拢，有利于发挥歌唱性。再加上它能运用"散、实、泛"音不同音响的对比与衔接，变幻其音色与浓淡。而"吟、猱、绰、注"等多种指法的应用，既强化了歌唱性，又形成了特殊韵味。初听古琴，会觉得它的音响并无耀眼的光彩（竖琴则相反）；熟听，便像水墨画的"墨分五彩"，色调复杂微妙。种种特色，综合成了古琴的语言。"天书"其实是不科学的"手法文字谱"，但将这上面的文字还原为琴音的语言，发挥得好，泠泠七弦上便涌现了流动着的七宝楼台。

古人云："丝不如竹，竹不如肉。"歌唱性强的琴，正是颇有"肉"味了，当然利于以声写情。可是琴是弹拨发音的，与肉声并不相似，所以又是很器乐化的，可以创造肉声无能为力的效果。《流水》中那"猛滚""慢拂"几十个来回的效果便是一例。

曾经有过狂想：古琴曲高和寡，也许暗含着将来的潜能爆发。有朝一日，异军突起于世界乐器之林，金声玉振，大放异彩，没有可能吗？

写到此，重温了一次特异体验：初听《玉楼春晓》的感受，几十年前的印象虽不复能再生，记忆是残存着的。古琴泛音之美，美得惊人。别的乐器我看没法比。《玉楼春晓》正是用一串晶莹的泛音旋律开始的。清楚记得，当时好像珠帘卷起，悚然见到《汉宫春晓图》的一角。更不可思议的是，这图形，像是黝黑的古漆盘上金碧镂嵌而成，艳丽已极而又阴气森然。乐声犹似发自九泉之下的幽宫！

这当然是极个别的特殊体验，不见得符合作者本意。然而，"作者未必然，读者何必不然？"，对"活埋"于深宫的薄命者的同情，唐人传奇中的描绘，显然起了触发联想的作用。

骸骨迷恋，我绝无兴趣。"古调多可爱"，但不能总是古调重弹。中乐自古以来是单音音乐，是单线条旋律的平面织锦，不曾演进为多声的和声复调。我疑惑明清时羽管键琴与西乐的传入，恐怕是促进这一过程的绝好机会，而我们错过了！以单线条为材料的"织物"确已达到了高水平。即使只用一把二胡，拉一曲《二泉映月》，连异邦的小泽征尔也怆然涕下。但是"三维空间"总是比"二维空间"有更多的容量，让古琴也用和声、复调来思维，来歌吟，开拓更为广阔、深刻的意境，岂不美哉！

明末那位多才的张宗子也弹琴。《陶庵梦忆》中就有一篇《绍兴琴派》，写他们社中四人共弹一曲，"如出一手，听者骇服"。很是得意，其实，宗子有所不知，哪怕百人百琴如出一手又如何？大齐奏而已，无非放大了音量。

看过《老残游记》的，无不竞赏其"黑妞说书"。那是一段"绘声"文字，看来并非写实。倒是另一段妙文，无人道及，不知何故。那一段写老残之弟山中夜访黄龙子，听了一场"室内乐"。这写的正是多声合奏而非齐奏。在中国写乐的文字里，这恐怕还是破天荒头一次。虽然早在明清之际西方教士来华时，中国人早就应该听到西欧高度发展的复调音乐了。

总之，向来以清微淡远为宗的古老七弦琴，完全应该回到人间世，吃烟火食，与当代人心共振共鸣！真希望听到我们的《热情》《黎明》！也应该有新的《潇湘水云》，录下今人的忧患心声，也好让千百年后的爱琴者，悄然以思，瞿然而惊！

遥想我们东邻，古时从中土带回去的琴道，也曾由盛而衰。经过某些西方人的提倡，又有了复振的苗头。于是我国的音乐学院校园里，又来了习琴的东瀛学子。近年还有中国音乐家携琴访欧，讲学、演奏。这都是可欣喜的信息！交流，引起"交感"，从来是一种文化"激素"。愿为七弦琴鼓吹。盼它由冷而热，不再寂寞。

（录自《如是我闻》，上海音乐出版社，2018年版）

弦

贾平凹

　　我有一把琴，却是哑的，一根弦丝也没有了。孩提的时候，它是我的玩物，一天也不曾离过。当我进城之后，它便一直放在山地的老家，有一次墙上的钉子松了，它跌下来，琴身儿一毫未伤，弦丝儿却一根一根挣断了。从此我再没有见着它，也没有想起过它。二十年后，母亲从山地带了它来，我却突然哭了一场，爱得再也不肯释手了。

　　这天夜里，是十三日，月亮正待满圆，还缺着那么一角，却恰是到了好处。我就捧着琴到庭院，正襟危坐，要听着它的歌声。

　　四邻的人家都觉得稀奇，来院里静听，但什么声音也没有，就嗤之一笑了：

　　"画观色，琴听音；这无弦无音之琴，有什么可听的呢？"

　　我说：

　　"叩寂寞而求音，无声而声自在；今夜地上无月，光亮不是这么弥漫吗？"

"地上光亮，而月在天上，哑琴有声，弦在何处呢？"

"以情观月情满月，弦外有音弦在心。"

邻人更笑我痴，一哄而走散，去喝酒取乐了。我却笑邻人不是琴的知己，便更是听得入神入味；我才明白：哑琴虽然无弦，但歌是全蓄在肚里，它之所以断了弦丝，是特意要为我保留一本儿时的歌谱。

我果然听得出来，它是在唱我家门前的山路呢！那路是窄窄的，从山根一直往山顶上绕，不时就零乱了，像一团细绳，分分合合，合合分分。走在上边的是我吗？背高高一捆柴火，像一座小山，下边是两条细细的移动的腿。荒草偶尔就没膝深了，前无去途，后无来路，一只小儿手掌般的蝴蝶倏忽飞出来了，俊俏俏在那里展一个彩色的春天……

我果然又听得出是唱村后的那条河了。十八个湾的，湾湾有一个绿澄澄的潭。我们赤条条潜下去，睁眼看那里的水草，半人多高，全然不曾倒伏，一根一根竖立；鱼儿偶尔一动不动地发呆，像浮在空中，无依无靠；石罅里的旋涡，眼瞧着中间有一个银亮亮的空心轴儿；斗大的石头，一只手就拎起来了……

我听出在田野上又是一片吵嚷了，是我们正放着烟灯呢。三张斗纸糊成个筐形，在里面吊了火纸盘儿，蘸了煤油，放了硫磺，燃着在地上足烟，纸鼓得没有一个坑儿了，几乎不能按住，一声呼喊，八只手托起，猛地向空中一送，它就飞去了。

愈飞愈高，只看出是一颗流动的星，我们便大呼小叫，尽夜儿追着跑。天明回来，头上的帽子却发觉早跑丢了……

是沙沙又在悄声唤我吗？她是隔壁刘叔的女儿。娘曾说："长大了，让她做你的媳妇。"我们倒当真要做夫妻了，什么好吃的，她拿给我，什么好玩的，我送给她。有一次她哭了，怎么也劝不下，我倒生气了，说："要再哭，你就是多么漂亮，我将来也不要你做媳妇了！"这话让娘听见了，逢人就说趣，羞得我三天不敢出门……

邻人们又来了，他们还要耍闹我，问我听出什么歌儿了，我把这些讲给了他们，他们竟面面相觑了：

"这才奇了！你是怎么个听的？"

"用心静听。"

"多少烦事缠身，倒有这么轻闲心情？"

"愈是烦恼，愈是该要听了。"

他们就老实起来，再陪我坐下。但是，夜色沉沉，他们竟全睡了过去，一觉醒来，清露已经上来，问我又听到了什么。我讲了是奶奶又在桂树下说着的神话；荒野上捉住了流萤，用南瓜花包了，做黑夜时的灯笼；还有那迷迷离离的梦……他们依然什么也未听到。

邻人说：

"哑琴于你有歌，于我们则无，可惜我们心中没有你的那根弦呢。"

我说：

"这话错了。人人心里都有一根儿时的弦，只是你们还未找着罢了。"

邻人们都默默不语了，各自在自己心上寻找着各自的弦。差不多都已找着了吧？一时院里鸦雀无声，谁也不曾睡去，谁也不再戏言谑笑，这么一直到了夜阑。末了，站起来，说果然听到了自己儿时的歌，只恨听得迟了，又怨怼着哑琴不可弹出，不可和弦而唱，遗憾不已。

邻人遗憾，便只是遗憾，踽踽回去睡了。而我断了儿时之弦不能再续，回到房中无穷的诗文却涌在笔下；遂写下此文，一是为充实自己，二是为充实邻人，时正是1982年6月11日夜子时也。

1982年6月11日

（录自《贾平凹文集》第11卷，陕西人民出版社，1998年版）

句读·气口

汪曾祺

蒋大为唱的"在那桃花盛开的地方"断句错了。按歌词的正常的语言断续，应该是：

"在那——桃花盛开的地方。"蒋大为却处理成：

"在那桃花——盛开的地方。"这样的处理，作曲的同志有责任，而且"桃花"音调颇高，听起来很别扭，使人觉得这是一个破句。

当断不断，不当断而断，曲调和语言游离，这在歌曲中是常见的现象。汉语和外语本来就有很大差别，要求汉语的歌词和西方音乐的旋律相契合，天衣无缝，不相龃龉，实在是很难。用汉语唱西洋歌剧，常使人觉得不知所云，非常可笑，大大削弱了音乐本应产生的艺术感染的效果。解决这个问题不是简单的事，不是翻译出来了就能唱。然而问题总要解决。已经有人做了探索，取得很好的成绩，比如王洛宾。

161

和句读有密切关系的是气口。中国戏曲非常注意用气，换气、偷气。像李多奎那样能把一个长腔一口气唱到底，当中不换气，是少有的。李多奎不知道怎么会有那样长的气。裘盛戎晚年精研气口。盛戎曾跟我说："年轻时傻小子睡凉炕，怎样唱都行。我现在上了岁数了，得在用气上下功夫，——花脸一句腔得用多少气呀！"过去私塾教学，老师须在书上用朱笔圈点。凡需略停顿处，加一"瓜子点"；需较长间歇处，画一圆圈，谓之"圈断"。老师加点画圈处即是"气口"。但裘盛戎有时不照通常办法处理气口。如《智取威虎山》李勇奇的唱腔，"扫平那威虎山我一马当先"，一般都是这样处理的："扫平那威虎山我一马——当先。"盛戎说："叫我唱，我不这样唱，我唱成'一马当——先'，'当'字唱在后面，下面就没有多少气了，'当'字唱在前面，'一马当'，换气——吸气，这样才'足'。"这可以说是超级换气法。

一般说来，气口还得干净利落，报字清楚，顿挫分明，这样才能美听入耳。如果字音含糊，迟疾失当，乱七八糟，内行话叫做把唱"嚼了"或"喝了"。外国文学其实也是讲究句读气口的，马雅科夫斯基就是。京剧《探阴山》里有一个层次很多的很长的"跺"句："又只见大鬼卒、小鬼判，押定了，屈死的亡魂，项带着铁链，悲惨惨，惨悲悲，阴风儿绕，吹得我透骨寒。"如果用马雅科夫斯基的楼梯式的分行，就会是：

又只见

大鬼卒

小鬼判

押定了

屈死的亡魂

项带着铁链

悲惨惨

惨悲悲

阴风儿绕

吹得我透骨寒。

（录自《汪曾祺全集》第十卷，人民文学出版社，2019年版）

牧童短笛

刘心武

听钢琴独奏曲《牧童短笛》，总有种种如诗如画的联想。我猜贺绿汀创作此曲，既有江南水乡的儿时回忆涌动心头，也有前人从生活中提炼出的诗句丰沛着灵感。宋人雷震诗曰："牧童归去横牛背，短笛无腔信口吹。"钢琴曲便是此诗的乐化。

往事越千年，而牛耕的景象，在中国无论大江南北，还是东原西坝，到目前都依旧还是一种乡村生活的常态。再远不去说它，至少从唐人起，诗人们的灵感便常被耕牛触发，而耕牛艰辛的工作情景，似乎倒并不怎样使他们诗思如潮，他们所津津乐吟的，是耕牛从劳作中解脱出来，由牧童引归的场面。

盛唐大诗人王维，便有颇多描摹归牧的诗作。如"斜光照墟落，穷巷牛羊归"，但那画面似不够简洁，所以又有"牧童望村去，猎犬随人还"，不过这又与初唐王绩的"牧人驱犊返，猎马带禽归"太相近，有掠美之嫌，因而他又有"田父草际归，村童雨中牧"的句子，色泽淡雅而饱含氤氲的水汽，然而也还不能说达到了一个至美的境界。

宋人对牧归的景色似乎有更浓烈的诗兴。朱熹也有"田父把犁寒雨足，牧儿吹笛晚风斜"的诗句，比雷震诗意境凄婉。明人张羽似想将与此同一的画面略增添些明快的情调，因而吟成"牧雏不管蓑衣湿，一笛春风倒跨牛"。不知为什么诗人们总愿更多地表现风雨中的牧牛场面。宋刘宰又有"牛背牧儿酣午梦，不知风雨过前山"的句子，而对牧童的憨态，也是杨万里这样的杰出诗人所最感兴趣的，他有"童子柳阴眠正着，一牛吃过柳阴西"的描绘，但也许他觉得画面太平实了，意蕴便难深厚，所以又写下了"远草平中见牛背，新秧疏处有人踪"的较虚缈的句子。有时诗人们又省去牧童，如宋张舜民的"夕阳牛背无人卧，带得寒鸦两两归"，黄庭坚的"近人积水无鸥鹭，时有归牛浮鼻过"，都创造出了一种超级宁静的境界。清人汤贻汾企图用"饭罢日亭午，人牛相对眠"重现此一境界。他以为一切静止，便达于安谧的极致，其实不必，宋辛弃疾的"平冈细草鸣黄犊，斜日寒林点暮鸦"，孔平仲的"老牛粗了耕耘债，啮草坡头卧夕阳"，乃至杨万里的"童子隔溪呼伴侣，并驱水牯过溪来"，都有动态和声响，但即使是"隔溪呼伴"，都不但不令人感到喧闹，反而增添了更多的静谧与安逸。

听着钢琴曲《牧童短笛》，体味着上述种种诗情，倘条件允许，再细赏一幅比如说宋人李迪的《风雨归牧图》或阎次平的《牧牛图》（自然只能是复制品），那真是一次无上的享受，可谓灵魂的温泉浴。

上面所引诗句，大多数似乎都吟的是双角粗大而平弯向后的水牛，有的或许是不会凫水的黄牛，但总体而言都是耕牛即役牛，并非"天苍苍，野茫茫，风吹草低见牛羊"里所说的那种主要用于取乳和食肉的乳牛与肉牛。役牛既是一种能源，更是一种农用机械。但比起当今的石油和拖拉机来，它是富有灵性的，所以引出如许的诗情画意与乐思。历代艺术家之所以最爱抉取归牧的一景加以表现，我想，那是因为在那一生态环节上，最能体现出人与物、作与息、劳与逸、动与静、艰辛与欢愉、酸楚与谐谑、利他与益我、入世与出世……人间的均衡与相互交融，所以其意境历千古而仍撩人心弦、保其魅力，明代诗人蔡复一"短笛牛羊归，余光照童子"的诗句有什么创新可言？而人们照样喜欢。晚唐杜牧一句"牧童遥指杏花村"，本意在表现清明寻酒，却至今使画家们在传达诗意时都不约而同地突出耕牛与牧童。现代画家李可染（可惜近年仙逝）的《牧归图》究竟有多少幅？幅幅都仍是人们不肯轻易割舍的珍藏。夕阳归牛，牧童短笛，具有某种永恒的素质。单纯、清朗、明丽、爽洁，也许，历代的艺术家和鉴赏家，都愿将灵魂汇聚融入那样一个境界之中？

说到底，人们吟物、吟牛，配之以青草绿柳、溪水湖泊、夕阳微雨，到头来还是表达一种人内心中的呼求，那呼求并不是针对山川景物、耕牛鸥鹭的，而是针对一己以外的他人，人与人在呼求中达到和谐，是一种至高的境界。唐代大诗人王维写了那么多关于归牧的诗句，其实，他最好的两句是："野老念牧童，倚杖候荆扉。"画面上没有归牛，也没有牧童，然而，人们在野老的引颈倚杖的关切和期望之中，能够深切地体味到一种使人类代代相传下去并使人性一代代更趋美好的原始驱动力。

1992年1月

（录自《刘心武文集》第7卷，华艺出版社，1993年版）

中国音乐在中国

王安忆

　　我总以为，音乐是极端虚无的东西，没有形迹，逝者如斯。乐评呢，又有点像说梦，将无当作有。倒是有一次，在唱片社遇到一位世家遗民，指了面前一大坑碟片说：这就是"声色犬马"中的"声"。这才觉得可感一些。要不去深究，回到面上，感官的一层，乐声激起的反应，还是相当具体的。有时候，猛听到一句，头皮一麻，或者，心中突一亢奋，就是这反应了。但要说其中的理由，则又茫然起来。有一回，去一个区体育馆听克利夫兰交响乐团演出，那体育馆是临时布的音响环境，却歪打正着，出来"真"声了。又因平时多是听见音响中的金属声，触不到皮肉。那乐队出来第一句，弓毛从弦上挫过去，气流从管内通过，不禁微微一颤，性感极了。渐渐地，适应了乐器的肉声，便平静下来，终止于此了。至于那是谁人的什么曲子，曲子的内容如何，其实是无关的。

所以，放弃思想，单是以"好听不好听"来听，也能听出些东西。我比较觉得好听的，还是民歌，原因是顺耳。民歌是天音，生来如此。西南地区的民歌，是小调型的，照理，音程间是有些突兀，可音之婉转，就是这么自然而然，出不去，顺势而下。有一种空疏与单薄，却性灵得很。东北的小调大约统是以二人转打底了。"文化大革命"中，有一出节目，坐唱，《祖国处处有亲人》。说一个老大妈，去部队上看儿子，呼和浩特错到了二连浩特，幸亏一路上站站遇见好人，将她送去目的地。就是二人转的曲调。我当时所在的徐州地区文工团也排演过，后一排乐队操乐器，前一排演员，手上各系一对小板子，坐倒了，从头唱到尾，可真是热烈好听。那曲调脱口便出一般，琅琅上口。其实是说话，有韵有腔有板地说话。好听的东西，都是说话，其中有人声。二人转的说话，是最为流利、酣畅的一种，顺到有些俗和俚，可爽利之极，又有了豪气。西北的信天游、道情，江西的兴国山歌，那就是人声里的"嚎"，几乎带着动物的声了，"嚎"到"嚎"不上去了，再一节节下来，左右旁顾，一步三回头。或者是"骂"，高兴极了、欢喜极了的"骂"，连珠炮似的一个音一个音甩出去。总之，好听的声音里往往有人。大约这只是针对我的，针对我的"虚无病"。有了人，就变得实了，与感官有了接触，有肌肤之悦了。

乐器中，最有人的是唢呐。但我又不爱听"咔戏"，那是学人，有媚俗气。它原是人的延长了的喉舌，喜和悲，直逼逼地道出，是最简朴的人。胡琴则是经了教化的，略微站开一些，旁观着的人。京胡，是最为节烈忠孝，有原则和信仰，也就是有道。二胡则江湖气重一些，乡野风的，缺一点社稷理想、天下胸怀，比较注重个人。声腔有一种奇异，就像那种侠的奇相。板胡是安居乐业、小户里的人家，风范略要狭小，但却是常情，只是不如唢呐"质"，稍稍矫情那么一些些。因不是像唢呐那样原始的裸露的悲喜，而是稍微富饶，农家的小康，就要委婉一点，也就是端着一点架子了。

戏曲是经过提炼的人声。昆曲，还有南方的粤剧，梨园戏里，那种假音，上下滑行，真假相衔的关隘，不再是通常的人声，而是从人声中挤压出来，像粮食里酿酒，酿出来的，像是离远了，其实是精华，最有肉感。我不太明白的，究竟是它仿丝弦竹管，还是丝弦竹管仿它，总归，丝竹声与人声相通，都是天物，应归作一类。人的听觉视觉，都是不自觉地趋向同类，只不过，现代人的世界里，声像太满，触觉变硬了，需要强重的打击，才可有反应。只能借助科技，而将那最自然本质的声音，称为"古音"。想想，那是何等的精致，不止是竹，是竹的衣，震颤作声，是声中的最精微。京剧要比昆曲现代一步，离古音远一步，丝竹显然不足了，于是，胡琴锣镲，是皮铁器，铿锵嘹亮。我以为，其实锣鼓铙钹亦是人声一种，将肉喉亮出来的一声，是吵声、呐喊，亦不知是京剧仿它，还是它仿京剧。总之，京剧有铿锵之声，气流从声带上滚滚而去，越进越勇，直上高处，是人声的强音。到了这步，人声都变得不像人声，像乐器声。戏曲都讲吊嗓，就是要将人声吊出乐器声来。也就是人声的锻炼之声。民间小戏，也吊嗓，却吊的大本嗓，没有质变的，只是量变。这需要有实力，嗓音要好，力气也要足。这也好听，哗啦啦的，是糙声，有糟糠气。就像我们文工团里那一些从柳子戏班遗留下来的老艺人，全是这样的大本嗓。在现代歌剧里，与那些受过西洋训练的歌唱家和在一起，更显其粗糙甚至野蛮。那时候青春年少，总是喜欢光鲜的东西，听也不要听。可后来却有了改变，觉出那声音的痛快、彻底，将肉喉唱劈了，破出来的音，乡下人说的：嚎得没人腔了！就是这个声。像越剧这样在近代城市里兴旺起来的市民戏，声音要悦耳得多，不是那么强拗着，而是顺从地，依着人声的自然状。倒真是说话，却是带着些矫饰的说话，有一些俗丽。我曾问起著名越剧小生茅威涛，越剧如何发音。她一句话回答了我："和流行歌曲完全一样。"所以，大约，越剧是戏曲中的流行歌曲吧！

流行歌曲的问题是，和说话太像，太为寻常，就平白了。音乐是人声的戏剧，总是要有些奇出的地方吧！不过，流行歌有流行歌的好。倘要平白到根，平白到人之常情这一层，又见出神奇了。有一回，香港岭南大学召开张爱玲研讨会，自然要研讨到她与胡兰成的关系里，有一位蒋芸女士，论文就针对这个问题，开口便举座皆惊。她说，张爱玲不会识人，从此出发，谈到她和胡兰成。用的全是寻常之理，明辨是非，事情忽然就变得简单明白，走出云遮雾罩。好的流行歌就可能有这样的明理，上海话叫做"拎得清"。什么事情都摊开了，也不就是个子丑寅卯？

流行歌中，我最喜欢的是邓丽君。词和曲都平易随和，是一个妇女在话家常，话到一些私情，亦是里巷中人的私情。有一首歌的词是这样："我没忘记，你忘记我，连名字你都说错，证明你一切都是在骗我，看今天你怎么说。你说过两天来看我，一等就是一年多，三百六十五个日子不好过，你心里根本没有我，把我的爱情还给我。"曲子附着字音，有一种徐徐的节奏，是布衣布衫的女子，诉怨的节奏，因为谦逊，就带几分自嘲，足见气量大，可也不是没原则，过了底线，也是决绝的。并不呼天抢地，已经伤了，那就保持一点面子，也是自尊。寻常人的世故、懂事、识相、知趣，因没有资格任性。邓丽君是市井中人，没有民歌的"质"，她有许多曲子都是民歌作素材，可被她唱成了新竹枝词，亦没有京昆的富贵华丽。她就是常人常话，饱暖却不思淫欲。

流行歌，有时真能听见几句好句子。电视剧《婉君》里，主题曲起首的一句极好："有个女孩名叫婉君……"一个字音不倒，娓娓的。电视剧《咱爸咱妈》的主题曲那第一句也好："说一段往事给你听……"叙述体的，全顺着字音。当然，真正好，还是好不过民歌，民歌以及民间故事的格式，大约都来源于《诗经》。简单的体式，每一段基本相同，只略有变化："桃之夭夭，灼灼其华。之子于归，宜其室家。桃之夭夭，有蕡其实。之子于归，宜其家室。桃之夭夭，其叶蓁蓁。之子于归，宜其家人。"反复歌咏，就那么一小点变化，推进了旋律。于耳于心，都极愉悦。

这就是我这个写实派听乐的经验，一定要抓住形迹，也因此，西洋音乐使我感觉困难了。好像是，那么庞庞然的一大物，铁壁铜墙的，无可触摸。西洋的乐器，都是物质的元素，塑造功能极强，可用于制作任何形状、规模、特性的东西。于是，西洋的歌喉，也要锻炼成声音的元素，参与进塑造。我自然是仰慕它的伟大，可事实上却难以贴近。如前边所说的，"声色犬马"的"声"，感官，因无共同的生活背景作经验，不容易被激发；要用思想，就更难办了，如此抽象的一个存在，无论如何也抓不住其中的教益。有时候，也觉得巴赫好，是喜欢他的严格、规则，有些像画里的装饰画，图案布局的匀整、平衡、形式化。大约也并不是巴赫的要旨。歌剧里的重唱也觉得不错，也是因同样的理由，三、四、五、甚至六、七个声部，同时进行，你进我出，你高我低，一丝不乱。佩服它的精密，有些类似对钟表机械的敬意。贝多芬因为时时处处的有，到底是听熟了，便也觉得有一种天然、顺势而行的浑然一体，但非要将"第五"的动机解释成"命运的敲门声"，则又茫然了。总之，不得要领。也因此，对陈丹青的爱好西洋音乐，便抱了怀疑。

因陈丹青亦是写实派的，写实派的性格是现实的，注重的是感官与虚无之间，当中的一段。比感官进一步，又不到虚无之境，讲的是认识这一节，特别地要求着经验作底。经验是个人拥有的现实资料，是由感性——不是感官，感官是纯官能性，而感性则怀有理智攫取，再交于认识筛检的。我曾看陈丹青用过这么一个词——视觉经验，我以为这不是指画作的对象，还是指的，看世界的依据。

1983年底，我与陈丹青在纽约第一次见面与认识。他来到纽约已经两年，与画廊签约，已将兄弟办来美国，可说是开端良好，前途顺利。可在我面前的，却是一个沮丧的人，带着茫然、失所的表情。他不读英语，厌恶美国饮食，他坐下来就谈上海的童年往事、插队往事。他一个人关在房里死读老庄，读到哽咽不已。他珍藏在裤袋里，有一页练习簿上撕下的纸，正反两面写着细小端正的汉字，是还未出道的阿城所写的一篇小说，送给他看看，他也献宝似的拿给我看。他拿了我的两本行文幼稚的小说集，在纽约蛛网般的地铁里边读边流泪，身前身后的外邦人，谁也不知道这个亚洲面孔的青年是在为什么感伤。谁也不会明白，一个写实主义者失去他的视觉经验背景之后，巨大的怅惘。

他这一去，就是十数年不归家，其中去过一次中国台湾和中国香港，看到了那许多中国人的脸，还有类似上海金陵路的骑楼建筑，已经足够让他觉着亲切了。他那"视觉经验"稍许回来了些，可还没有完全回来。要知道，写实派对经验的要求

174

是严格与褊狭的，需要有大量的时间积累。时间像北方的土壤一样，缓慢培育着植被，年轮是紧裹着一层一层，质地坚硬严密，根部的形成决定了以后一生的长成。当他终于再回到上海，这个城市已在蜕变。还好，还有一些经验的残像，嵌在新的视觉之间。他大街小巷地走啊走的，寻访旧师旧友，努力要将经验接上茬，继续生长与发展，可要接上茬谈何容易。然而，就这些残像，也在往回拉他呢！无论怎样改变，也是看得懂的改变，深知其里，痛痒相关。之后，他几乎年年回来，直到现在，回来教书。

就是这样一个经验主义者，无论走到多远，都要回来寻找最初的成因。那是经验的根部，所有的经验都在此上面伸枝发叶。这样实打实地，什么都要眼见为实，亲闻历见。无论是从看世界的方法，还是经验的准备，我都了解不到陈丹青与西洋音乐的关系。当然，我也是一个褊狭的经验主义者，免不了以自己所见去认识别人。不过，我同样注重现实。那么回过头去追究一番，我想起来，第一次在纽约见面时，他不仅回忆童年往事，还带我去了大都会博物馆，在那里，他熟络得好像到了家。他告诉我他阅读的书目中，不仅有老庄，还有一本俄国文学，托尔斯泰的《复活》。还有，他前些日子在上海图书馆所做讲演的题目为"上海石库门弄堂里的欧洲艺术"，于是，你便可以揣摩出一些他的经验中的西洋音乐的成分。

这些西洋的经验，是在中国盒子里变过形的，就好比那一个"城隍庙里的拉斐尔"。西洋音乐是在磨秃了的唱针下面，沙啦啦地传入耳中，由于唱片陈旧和受潮，声部混沌成一团。而更多的西洋音乐，恐怕不是用耳听，而是用眼睛，从文字中阅读来的。要说，那时候，文学书籍，可说是艺术的百科全书。就像当年，陈丹青指着大都会博物馆的壁上，说：现在可看到真经了。那么，当陈丹青在纽约音乐厅里，听那交响乐团演奏，心里也是在说：现在可听到真经了！就是那些印刷品，唱片的沙沙声，还有文学作品的修辞描绘，成为我们这些缺课的艺术者的科学启蒙教育。这些教育，与其说是它们的本身，毋宁说是它传递过程的人和事，一些器物、情景、气味，这才是我们这些写实主义者真正的养料。所以，其实，陈丹青写的外国音乐，重要的是在后半句——"在外国"。他看和听见的，依然是在那虚无周围的，可感可识的生活，这才是与他的经验，也是与他的方法相关的。他度过了身处异乡的最煎熬的头几年，渐渐平静下来，将拒辞的态度收敛一些，开始回顾周围。他发现，这另一个世界其实也嵌着他的一些经验的残像——是从中国盒子里变回去的。不过，不管怎么，终是你是你，我是我，所以要强调——外国音乐在外国。

（原载2002年第12期《音乐爱好者》）

被镌刻的历史记忆
——记青岛市博物馆藏"幽涧泉"琴

林　晨

・一

　　对青岛有着一种莫名的向往，究其缘由当是小时候读到的一篇文章：《忆青岛》。梁实秋，一个愿将青岛作为久居之所却终未得偿所愿的人，用曼妙的文字书写着青岛怡人的四季、峻峭巉险的崂山、广而清浅的汇泉海滩、质朴的风土人情还有能满足"饮食之人"欲望的各类美食。

　　大学时，我的上铺就是青岛人。整整五年，她总在"食物匮乏"的时段念叨着家乡的虾酱炒鸡蛋、各种海鲜以及用塑料袋装着的青岛啤酒。十年前的秋日，我终于来到青岛：斜倚在崂山的青石上，听着潮起潮落，看着云卷云舒；在干净的街道上漫步，满目都是金黄的树叶，一阵海风吹过，露出被掩映着的红瓦屋顶，当然也将"被迫"耳熟能详的食物一一兑现。青岛之行，坐实了我对青岛的最初印象：宜居之地。是啊，对我而言，青岛是宜居之地，而非久居之所，因为这里没有我生命中最重要的一样事物：琴。

说来奇怪，青岛似乎是最不应该与古琴"绝缘"的地方。且不言青岛又称琴岛，这里的"琴"，就是特指古琴。但只明清之际，就在位于青岛东南面的崂山，琴乐就融在崂山道乐中悄悄地盛行着，也许是崂山的缘故，崂山的琴乐便如传说中的崂山道士一般，往来无迹，渺不可及，在崂山道观的历史中方能寻到一丝端倪，更遑论对青岛乃至对山东一地的音乐产生影响了。

清末民初，在离青岛百余公里处的诸城，产生了一个以王姓琴人为中心的古琴流派——诸城派。两位出自诸城的琴人，王燕卿与王露：前者成为最早进入近代高等学府教授古琴的教师，后者成为北京大学的古乐导师；前者在江南一地开创了蜚声海内外的梅庵琴派，后者曾在济南的大明湖畔创办琴社，传授古琴。在近代琴史中占据着重要地位的琴派、琴人，就这样离青岛很近，离青岛很远。而自1926年起就在青岛定居的诗人王统照，在北京期间便与王露往来甚密，王露逝世后，王统照曾写长诗以资悼念。而来到青岛之后的他似乎就再未写过与古琴、与琴人相关的诗作，唯一发出"寂寥云天万古心"的慨叹依旧是为了老友王露……

在青岛不长的历史中，有诗酒唱和，有时政慨叹，有一切与文士往来相关的足迹，缺席的，只有被誉为"文人音乐"代表的古琴。

· 二

由于山东古琴艺术悠久的历史，特别是在清代以及近现代的兴盛，山东的藏琴一直为琴人所关注：中国国家博物馆馆藏的"九霄环佩"最初便出自山东昌潍地区；中央音乐学院所藏的"太古遗音"曾是济南琴家詹澂秋的藏琴，而现藏于济南山东博物馆的唐代古琴"宝袭"更是琴人心中的重器，但这一切似乎都出现在离青岛方圆数百公里的地方，离青岛很近？离青岛很远？

今年，由于国家文物局的支持，我们开始对全国博物馆藏琴进行普查。4月，我与董建国、金蔚一行对青岛市博物馆馆藏古琴进行了为期两天的调研、测量和拍摄。在之前的资料收集过程中，我几乎找不到与青岛市博物馆藏琴的相关记载。出版于1998年的《中国古琴珍萃》选录了全国博物馆以及私人的藏琴，却无一张出自青岛市博物馆。而在《中国音乐文物大系·山东卷》中我也只看到了一张来自青岛市博物馆古琴的资料，寥寥数语，颇有敷衍之嫌。

时值初春，青岛的风很大，因着靠海，便多了些北京所没有的湿润。同行的董建国在青岛当了六年的兵，一路上，我们说着青岛的绿树红顶、新鲜的海鲜和啤酒、近代在青岛寓居的诗人与作家，当然还有目前北京人最关注的主题——空气，话题中依旧没有古琴，准确地说，没有青岛的古琴。

来到位于崂山区梅岭路27号青岛市博物馆新馆的门口，从里面迎来了一位女士，干净爽利的装扮，脸上带着温暖的笑容，语速快而不躁，瞬间便让人产生了好感，一如青岛这个地方，总是莫名地让人亲近。董建国告诉我，这是青岛市博物馆馆长助理兼文物保护管理部主任赵好，之前的联系多有赖于她的协助，方能如此顺利。在各个博物馆看惯了"青白眼"的我，对于突如其来的热情，竟有了些许受宠若惊的感觉。

在去鉴赏室的途中，我看到三三两两背着琴囊的"观众"，问起，方知是来"国韵学堂"古琴公益培训班学琴的。"你们这有古琴公益培训班？"我不禁脱口而出，赵好似乎并未在意我这略为不太礼貌的用词，依旧介绍着青岛市博物馆的情况，数分钟之后，我终于勾勒出青岛市博物馆藏琴的概况。

青岛市博物馆共有十一张藏琴，都是明清时期的古琴。这些琴大都是1952年至1965年间，博物馆的筹建委员会从民间收购而来。从保存至今的相关单据中可以看到，收购价格十分低廉：多为十元，最多也不过二百元，与当今动辄上百万的古琴价格形成了鲜明的对比。之前音乐研究所的吴钊和王子初都曾来此调查过藏琴，也许因为不是唐宋重器，也不是著名的明代

"四王琴"，故而没有写专文加以介绍。这些年来，古琴一直被深藏于库房之中，只有一张曾公开展出过。幸而博物馆自2013年文化遗产日起在网上公布了该馆的国家三级以上文物名录，加之古琴艺术近年来颇为风靡，学琴、制琴之人日益增多，方才引起重视。同年，博物馆与青岛当地琴人蔺学杰合作，对馆藏古琴进行了不影响文物信息的修整，并用修复后的古琴进行演奏，赋予了它们真正的生命力。

· 三

二十世纪三十年代，王统照、老舍、臧克家等一批寓居青岛的自由知识分子，在山麓中野炊、喝酒、品评时政并弄出个《避暑录话》，一时间，口诛笔伐，着实让一向平静的青岛热闹了起来。而与此同时，逊清的遗老与昌邑的乡贤们依旧寄情山水，以一种隔绝于世的姿态抗拒着世事的变化，这里面有京师大学堂总监督刘廷琛，有清朝内阁学士王垿。没有人知道，准确地说，是没有人在意他们说了什么、做了什么，除了那张藏于青岛市博物馆中的"幽涧泉"。

"'幽涧泉'琴，桐木斫，通体髹黑漆。鹿角灰胎，无断。长方形池沼。琴首上窄下宽，镶嵌长方形玉饰。蚌徽，紫檀岳山，枣木焦尾，略呈云形，枣木雁足，红木琴轸。护轸缺一。"以上是我在简单地观察后写下的文字。从这些说明来看，这实是一张不起眼的古琴。是什么原因使我将目光停留在这样一张古琴身上？是它灰暗的色泽与我疲惫的气息有了共鸣，还是它背后刻满的铭文使我有了再次玩味的兴致？我想也许还是后者吧，毕竟多年的习惯，使我对文字有种必须阅读的"强迫症"。

"幽涧泉"的琴铭近两百字，密密麻麻地刻在琴背之上。仔细读来，可分为三个部分。一为刘廷琛的题记：

> 龙池右上方刻行书填朱"幽涧泉"琴名，其下署"孝胥仁兄属题，庚午仲春刘廷琛并记"，并篆书小印"廷琛私印"。
>
> 其左刻行书琴铭："往读书匡山，爱听泉，谓为天然琴韵。及读太白《幽涧泉》诗，穆然意远，深会真妙。黄君孝胥善鼓琴，知余好之也，辄操琴登潜楼，为鼓三四操。余每见孝胥抱琴至则心开，非知音也，聊慰听泉之思。因题之如此。"

刘廷琛，字幼云，号潜楼，光绪二十年进士，辛亥革命后移居青岛。根据以上的记述，刘廷琛爱在匡山听泉。此处的匡山想必是位于济南西北方的匡山，是李白也登临过的匡山。据说匡山有松涛，有怪石，那里的泉水定然形成潺潺的小溪，盘绕于松根之下，穿梭于怪石之间。泉声清脆，时高时低，若有若无，所以他才能忆念起李白的《幽涧泉》，在匡山的青石之上，松涛之中。而黄孝胥的琴音又该是何等的精妙，是否也如诗中所描述的那样，发情于妙指，令听者"泪淋浪以沾襟"？

第二部分的文字骤少，只寥寥四字："清泉洗心。"下署"寄叟"，并"王垿"小方印。王垿，字爵生、觉生，号杏村、杏坊，晚号昌阳寄叟。山东莱阳人，是光绪十五年己丑科进士。1912年后定居青岛。"清泉洗心"四字似乎十分常见，章丘的隆泉寺中有，苏州的留园中亦有。总觉得写下这四字的人都有个疲惫的灵魂，而王垿的一生也印证了我这个想法。他的父兄皆为进士，因此胶东的王氏家族有着"一门三翰林，父子九登科"的美誉。当王垿从无名的翰林院庶吉士，升至内阁大学士兼礼部侍郎，其间只用了十四年的时间，他的仕途不可谓不顺利，直到辛亥革命的爆发。1912年，王垿欲回莱阳，因天津兵变，路途受阻，又听闻莱阳哗变，只能转而定居青岛。复因思念故里，又将居所称为"寄庐"。"清泉洗心"，涤荡的是他故园难归的思乡之情和故国难觅的绝望与无奈。

第三部分是就此琴主人黄孝胥的题记：

池右刻行楷"足以极视听之娱，信可乐也。时辛未春初"及"恩涛"小方印。池下刻篆书琴铭："心远体清，义深德奥。时一思之，可以寄敖（傲）。"并"孝胥"填朱小印。其下篆书填朱长方印"致中和"。凤沼左右刻隶书琴铭："即墨李宣三君博雅善琴，知余好之，乃于己巳年春以此见惠。式雅音清，良品可贵，爰述数言，以志幸遇。辛未春黄恩涛。"后钤"恩涛"小印。其下篆书填朱方印"寄傲庐主人珍玩"。

黄孝胥，字恩涛，其斋号寄傲庐。所谓寄傲者，寄托旷放高傲情怀之意。而能让黄孝胥寄托情怀之物为何？是司空图之"苟惭白首而待聘，不若沧洲而寄傲"，还是陆游之"尽道官身属太仓，未妨寄傲向林塘"？"心远体清，义深德奥。时一思之，可以寄敖（傲）"，也许对黄孝胥而言，无需沧洲，无需林塘，能寄傲者，唯琴而已。

而赠琴的李宣三，名崇德，字宣三，其斋号醉月山房，生长在一个家境殷实的环境中。李宣三性喜交友，在二十世纪二三十年代的墨水河畔，喜爱书法、丹青之士，经常聚于"醉月山房"，把酒临风，翰墨飘香。1929年春，不知李宣三是否就是在"醉月山房"中将琴赠予了黄孝胥，方有了这段文人间交游的风雅韵事，方有了古琴背后长达百余字的镌刻？青岛远不是我曾以为的那样是古琴缺席的地方，它在民间留有着琴事往来的足迹，只是被我们自以为是的"知识"所掩盖了。

我曾亲手触摸过唐宋的名琴，并为之精美的制作、绚烂的断纹、浑厚的音质所叹服。但眼前的琴：时代晚近，没有断纹，制作平平，甚至还有一些耸肩、不低头的毛病。但这张普通得不能再普通的古琴，却促使我重新审视自己对琴器、乐器乃至生命所应有的态度。作为乐器，"幽涧泉"无甚吸引人之处，但如将它视为一个独立个体，关注其背后拥有者的生命历程、隐而不显的深层思想以及隐藏于"器"与"人"背后的"人"与"人"的关系，那么它的价值便不容忽视了。

青岛之行，收获不大，因为没有看到我们俗常意义上的好琴；青岛之行，收获很大，因为我终于有机会放下自己的"傲慢"，真正将眼光投向琴器本身，安静地凝听他们的故事，分享他们特有的记忆。

古琴之外，青岛市博物馆还藏有一本名为《琴学管见》的琴谱，其编者就是将琴赠予黄孝胥的李宣三。李宣三的琴、李宣三的谱，就这样出人意料地在青岛市博物馆相遇了。如同《琴曲集成·琴学管见》提要中所说的那样："我们常在不甚知名或有一定问题的琴谱中，发现远年稀见的古琴文献或琴曲。"我们也常在琴史中不甚知名的地方，发现常年被忽视的古琴文献和器物，这些资料远年就在那里，离我们很近，离我们很远。

（原载2014年第6期《品味经典》）

源于古老的相遇

林　晨

· 一

　　大约二十年前，我在北京海淀剧院第一次看到汉唐乐府的演出——《艳歌行》，极为震撼。宛若勾栏的舞台，鲜丽优雅的服装，台上的乐师、舞者一启唇、一抬手无不体现着一种从容舒缓的气质。那瞬间的惊艳之感，时至今日依旧清晰。只是那时，我终是无法想象有一天我也会穿上这样的服装，化着宋元之前盛行的汉式白妆，与汉唐乐府共谱一曲《嫦娥奔月》。

　　今年春末，田青老师在"非遗演出季"的筹备会上提出古琴要与南音、汉唐乐府合作。一周后，在充满着园林气息的苏州昆剧院，我第一次见到了汉唐乐府的创办人陈美娥以及团长陈伦颔。陈美娥不高，眉眼细细弯弯，颇有些唐代仕女图上人物的韵致。头发编成辫子在脑后用一个小小的玉簪盘起，无一丝散乱，以至初见她的我整日都在琢磨她是如何打理得如此齐整而熨帖。

与她说起古琴与南音的合作时，她点头道："这当然能合作，我们之前就有过。一会儿你到我房间我给你看。"一小时后我不但看到了汉唐乐府与台北市立国乐团演出的《嫦娥奔月》，还约定了之后讨论合作细节。

数日后，我便带着古琴在北京的"静心莲"再次见到了陈美娥和伦颉。坐定之后，我们直入主题。我习惯性地问："有《嫦娥奔月》的总谱吗？"伦颉摇头。"有谱子吗？"伦颉拿出一份谱子，说只有南音工乂谱，如果要简谱或五线谱的话，就得找人翻译。

我看着手中的谱子，突然明白何为看"天书"的感觉。陈美娥强调，南音在传统中只用工乂谱，而汉唐乐府的成员也只看工乂谱。对于古琴与南音合作的方向，陈美娥更是干脆，一句"南音一字不能动，剩下的你随便发挥就好"，让我顿时木然。

在这之后的三个小时，陈美娥边说边唱。我如同进行田野采风一般，打开录音机，一边学习工乂谱，一边录下她演唱的谱子。陈美娥介绍，传统的南音工乂谱采用竖排记谱，自左至右由谱字（音高）、指骨符号（南琶指法）、撩拍符号（节奏）三部分组成。

黄翔鹏先生曾经这样形容陈美娥的演唱："她的歌声，不像是'唱'出来的，而像是来自幽静之中，既有声而愈形其静，流自天际，却伴随着一种精神境界的闲雅。"坐在陈美娥的身边，见她怀抱南琶，浅吟低唱，即使唱的是简单的谱子，但气息、润腔、情感无不呈现得淋漓尽致。

最难得的是贯穿始终的那一种从容，这种从容，让我看到古琴与南音合作的希望。最后，陈美娥一句："南音从来都是背谱！我对你有信心！"再次让我木然，到了嘴边关于人选的话题便再也说不出口了。事后我对陈美娥提起这段初识的感受，她大笑，说叶锦添就这样形容她："你让人无法拒绝。"

· 二

"两个（中国）最古老乐种的首次对话"，这是我在策划文案上写下的一句话。我理想中的"对话"，不是简单形式上的结合，而是寻求二者间的连接点——这连接点不仅特指他们都是绵延数千年、被誉为"中国古代音乐活化石"的乐种，更是沉淀于数千年历史之中的中国传统的音乐语汇。

《嫦娥奔月》是陈美娥在四年前与台北市立国乐团合作《盘之古》中的一段：嫦娥恐惧生老病死，终日郁郁寡欢。后羿为娇妻向西王母求请长生不老之药，得丸两粒，服一粒将长生不老，服两粒将羽化升天。嫦娥一见，心生欢喜，悉数服下。

翩然欲飞时，念及夫妻恩爱，更觉自私害后羿不得长生，以至天人永隔。然大错已铸，乘风而上，飘至月宫，广寒清寂，悔恨莫及。根据这故事，陈美娥用三段音乐，以《思乡怨》写嫦娥的犹豫与抉择，以《叩皇天》中的《大典词》写嫦娥飘摇直上月宫的情景，以《慢尾》写嫦娥的悔恨莫及。

我反复琢磨汉唐乐府与台北市立国乐团合作的那版《嫦娥奔月》，发现古琴与南音的结合十分生硬，甚至呈现出一种"对垒"之势。但古琴在中低音区上的片段不但与南音相融合，更使南音在清丽、柔曼之余，增添了沉厚、温润的感觉。有感于此，我没有使用正调，反而用慢三弦，使所有的技法都在古琴中低音区呈现。

确定调性之后，具体如何编配便成了难题。想起学习民族音乐学时，老师不断强调"跳进"的概念，决定不再纠结于编配的问题，静下心来一句句跟着录音学唱。在近一周的时间中，我没有将谱子记成简谱，更没有在古琴上试奏，只是单纯地唱着，打着板，每一个气口、每一个润腔都尽可能地贴近。就在这一遍遍地学唱中，我逐渐发现古琴与南音这两个极富个性的乐种之间的共性：注重气息。而且，南音的润腔与古琴的吟、猱和走手音颇为相似。

有了感受之后，我开始尝试在琴上弹奏。由于《思乡怨》的旋律本就符合古琴的语言逻辑，因此古琴在第一段作为旋律声部的呈现基本属于对原谱"移植"性的改编。我按照古琴传统的思维逻辑，泛起，入拍，利用散音、泛音、按音的结合呈现旋律，以古琴特有的吟、猱、绰、注适度模仿南音的润腔。当我将第一段录制出来后，一听，效果很好！古琴丰富的音色不但得到充分体现，而且保留了南音那极富特色的韵味。

《思乡怨》共五段，但究其根源，就是两个乐句不断变化重复而成。对于之后四段相近的音乐，古琴如何在融合的基础上，体现它自身的特质，便成为最大的难题。我找中国音乐学院的同窗贾志振一起商量。通过对乐曲的仔细分析后，我们按照乐曲的结构特点，从第二段至第四段，古琴部分逐层递进，直至尾声泛止。每一段在使用泛音和散音弹出骨干音之外，都从南音的乐句中衍生出几句"古琴化"的旋律，利用"对位"和"卡农"的手法呈现出一种"对话"的效果。

而段落中变化重复的乐句，古琴则采用不同的指法加以区别，从而赋予其层次感。我们希望呈现的是，在遵循传统合乐"你简我繁，你繁我简"的合作规范外，利用西方的作曲技法在共同气韵的基础上，进行一种深层次的"对话"。

《叩皇天·大典词》由一个乐段由慢至快、由简至繁，加花重复七遍而成。此时古琴以泛音、撮、滚拂等技法仿鼓之击鼓边、压奏、滚奏的效果，左手则根据《大典词》的律动，将骨干音变为短小的旋律衬托于下，随着舞者由缓至疾的舞步，仿佛嫦娥乘风直上月宫，初时苹叶微风，翩翩而起，越青萍，过山谷；继而风云涌动，长绸飘举，若游龙乘云而翔；最终风停尘息，一派清冷孤寂。

· 三

正式演出前三天，我与汉唐乐府开始合排。在国家图书馆"国图讲坛"的录播厅，我见到了汉唐乐府的成员，第一感觉就是"瘦小"，站在她们中间，我第一次有了"壮实"的自觉。开始，我问吹箫的庄琼虹是什么调，她愣了一下，说："这没准，看心情吧。"我听完有些蒙，但有了"没谱"的经验，也就没有太大惊小怪。让她吹个筒音，我便开始调弦。

陈美娥并没如我想象一般让我演奏一遍，只是让我跟着找感觉。之后她一边打着拍板，唱着谱，控制着南琶的节奏，一边调整着舞者的动作。我就这样被"撇"在一旁，慢慢地跟着。跟了两遍，发现录像中的乐器音色与现实完全不一样。南琶的音色清亮，与古琴很合。可是二弦的音色着实尖细，与古琴合奏时仿佛生生地将板胡和古琴凑在了一起，有种南辕北辙的感觉。

最难的是，所根据的录像和现实差距很远，来北京的只是由拍板、南琶、二弦、三弦、洞箫五种组成的"上四管"，所有在录像中听到的打击乐、低音乐器都没有，这就意味着必须增加古琴演奏的部分，才能维持整个作品的平衡。以当时的编配演奏，古琴在其中不像"对话"，更像是"滥竽充数"。

许是初次见面，我与汉唐乐府的成员聊得不多，偶尔的数语，大部分都在重复一句话：你要弹大声些，声音太小，什么都听不见。我也一次次地保证，有了音响之后就会好。快结束时，陈美娥考虑乐队。由于是和古琴"对话"，她提出古琴和二弦开始，之后琵琶、三弦、箫依次加入。有了之前四个多小时的感受，我提出二弦与古琴音色不合，是否可以换南琶，陈美娥欣然应允。

第二天，我们开始了第二次合排。经过一晚上的调整，古琴在第二、第三段也做出改变，增加了"对话"的曲调。由于当日乐器的"心情"不甚好，以致比前一日低了近小二度。

陈美娥坐在我身边，将整个作品听了一遍，就觉得古琴的部分不够，特别是《叩皇天》和尾声。她说："你一定要多用古琴的技法，比如滚拂。"陈美娥一边说着，一边用手比划着："她们有四个乐器，你不'使劲'，就听不到你了。"我听完摇头，跟她解释我们这样编配的缘由：由于《叩皇天》由一个重复七遍的乐段组成，如果一开始就使用滚拂，到了最后的高潮将无合适的技法可用，而且如果自始至终都是高潮，也就意味着没有高潮。泛音虽然现在听不到，但是有了音响之后，泛音会很清楚地听到。我时而说着，时而唱着，时而在琴上演示着，陈美娥此时就静静地听，最终同意了我的观点。但对于尾声，我表示依然找不到方向。

"尾声属于'艳'，所有的乐器都由缓至急再至缓，在它们慢下来的时候，就是古琴的空间，我希望听到古琴的声音。如今你跟着他们就什么都听不到了。"陈美娥用手打着板，向我演示"尾声"内在的律动，从中我似乎感觉到了什么，却只是一闪而过，什么也抓不住了。这种感觉一直延续到演出那日上午才找到具体的解决方式。

最终，我们根据陈美娥的提示，在"尾声"的部分进入古琴的"入慢"，延续之前的思路，从"尾声"的骨干音和律动中衍生出另一个"古琴化"的旋律，利用古琴广陵派跌宕的技法，在南音进入衰减时进入，而在下一句的初始结束。古琴与南音此起彼伏，你进我退，你退我进，达到了陈美娥一直强调的"无间乐"的效果。

在最终的演出中，我也学会了"看心情"，四天的演奏相似，却不尽相同，每一次根据现场状况做出相应的改变，这对于从音乐学院毕业的我而言，当真是一种全新的体验。

作家出版社的一位老编辑在听完音乐会后这样写道："古琴始终在其中协和着，那么自然地融入到南音'上四管'小家族中，不争奇，不斗艳，也不躲闪犹豫，而是坦然大方地展示着它古雅雍容的本色，在南音相对高亮的音色里，补充进一抹沉稳醇厚，使本来古朴的南音多了一层润泽，就像一株老树沐浴了一场春雨。"

· 四

记得最初给一个朋友看汉唐乐府的录像，他看完后就说："人家本来挺好，不会你一加入，不但毁了南音，还毁了古琴吧。"虽是笑谈，但在编配中我一直想起这句话，也以此为诫。

古琴与南音自古至今都没有合作过，这一次当属首次（台北的那一次是和台北市立国乐团合作，有其他乐器的加入）。在没有前例可循的情况下，以什么方式、什么态度进行合作变得至为重要。在与汉唐乐府的合作中，经常会听到我和陈美娥这样的对话："我们南音是这样的""不行，这不是古琴的语言。"

演出结束后，我和陈美娥终于可以坐下来，静下心来"对话"了。说起这次合作，我们都觉得，这次尝试最后能得到大多数听众的认可，有赖于我们对于传统音乐的深入理解以及合作者彼此的尊重。我一直笑言我是被陈美娥"逼"出来的，事实也是如此。由于她的坚持，我没有习惯性地去记谱，用理论去编配，而是通过学唱去感受、体会，进而从中转化成古琴的语言。

中国两个最古老乐种的对话便这样结束了，或者，他们之间的对话才刚开始。如今，当我们在感慨传统的缺失与异化，当我们用各种方式试图贴近传统、再续传统之时，这种来源于古老的相遇，也许正是弥补传统断裂的一种有意义的尝试，如田青先生所言："回归，也是一种发展。"

（原载2015年第7期《中华文化画报》）

今夕何夕？有缘千年古琴

资中筠

　　昨晚我应邀参加了一次古琴雅集。原以为只是一场普通的古琴演奏晚会，却成为毕生难得一遇的古典美的享受，而且大开眼界。

　　这次雅集，名为"十琴存古"，是为纪念著名古琴家管平湖先生诞辰一百二十周年的系列活动之一，在一间名为"君馨阁"的茶室举办。桌椅、装饰当然都是传统中式，典雅而朴素。主办单位有一长串，不外乎有关传统文化和古琴音乐的组织，我无法一一复述。主办人中我唯一认识的是著名作曲家王立平先生，他的作品和名字众人皆知，不必介绍，弘扬民族音乐也是他多年来致力的领域之一。令我惊讶的是，他进得门来，与朋友一一寒暄后，首先带领大家参观十张古琴：宋琴五，元琴一，明琴四，齐齐躺在一张木床上，中间还有一张是当代名家制作的琴，若不经指出也难分辨。更重要的是，这几张琴不是作为古董供参观的，而是要轮流上场供演奏的。真正的千年古琴在这里发声，而且还有十张之多，这种机遇竟无意中落到了我头上，何等幸运！

据王立平先生说，他本人在音乐生涯中最多遇到过五张古琴同时出现，如今十张同时出现，在他也还是第一次，所以一再强调，这次机会实在太宝贵了。我一个行外之人，忽然逢此盛会，倍感荣幸。后来知道，这张放琴的木床也有来历：名为"福山寿海，天地同春"，是月洞式门罩花梨架子床，为晚明家具珍品，清庆亲王府旧藏，是王府的婚床，其价值相当于五张宋琴之和。

我不免好奇，问这些琴是哪里的，原来都是私人收藏，为支持这次活动而临时出借，全国各地天南地北都有，有的主人自己抱琴坐飞机送过来，演奏结束后将立即收回。这千年、百年的珍品历尽兴亡、沧桑，转辗易手、保护、收藏，定有许多传奇故事。不知是否有人挖掘出来，整理成书。单是这次雅集，藏家慨然出借这无价之宝，一定也有不少动人的情节。我非业界人士，主办方、演奏者与藏家想必也是惺惺相惜，有特殊的渊源。

主要演奏者是青年古琴演奏家乔珊女士，她身材瘦长、面貌清雅，抱琴而立，或是坐着弹奏，都可以入画。主持人陈逸墨先生介绍说她是管平湖先生的再传弟子。除了两首曲子由另外两人弹奏外，她包揽了全部曲目，其中有几首伴以吟唱。每弹一首，就换一张琴。十张古琴中只有两张明朝的琴因干裂需要修复而未出场，反倒是五张宋琴全部完好，适宜弹奏。

开头第一首是李白的《关山月》，琴是北宋的，名"落花流水"。每张琴都有名字，但是我没记住。这首曲同时伴以吟唱，尽管是女声，却低沉浑厚，一声"明月出天山"，立即把人带进那种遥远苍凉的意境。其他伴以吟唱的几首是：陆游的《钗头凤》，蔡文姬的《胡笳十八拍》（第一拍），《阳关三叠》（歌词中的一节）。最后当主持人报出《阳关三叠》时，我精神为之一振。因为刚好张肖虎先生改编的《阳关三叠》钢琴曲是我终生弹奏的"保留节目"，这回聆听古琴弹古曲，别有一番体会。

乔珊女士弹奏的还有《流水》。《高山流水》本是一支曲子，后来《高山》和《流水》分成了两首单独的乐曲。我印象较深的是《广陵散》，此曲有不止一个版本，据说她这次弹的是管平湖版。事实上这是我第一次当面见证有人完整地弹奏。此曲用的是那张当代人制作的琴，据介绍是钢丝弦，我感到音色比较亮，听起来更加铿锵有力。听着琴声，未免发思古之幽情。嵇康临刑弹完《广陵散》之后毁琴，说："《广陵散》于今绝矣！"实际上曲并未绝，还是传了下来——是否还是当年原调，当然已不可考——但是那一代人的风骨，而今安在？真的"于今绝矣"！曲目中唯一的今人作曲是王立平先生为1987年版《红楼梦》电视剧作的《葬花吟》，现在也可列入经典了。

此外，主持人也是古琴家陈逸墨先生弹奏《樵歌》。一位这次慨然借琴的收藏家的女儿着古装，在自家的宋琴上演奏阮籍的《酒狂》。

我对此道是外行，与这个圈子也很陌生。这回是一次惊喜，也是一次学习。原来我不知道还存在这样一群古琴爱好者，热心、执着地探索、保存、发扬这一几近失传的国之瑰宝！我知道现在有不少年轻人学习古筝，也成为一种时尚，音乐会上时有古筝演奏的节目，有时一些集会活动乃至茶馆、酒楼也有古筝演奏助兴。但是古琴不同，音色没有那么华丽、明亮，而是内敛、缓慢，甚至有些沉闷。弹者和听者必须在非常安静的环境中屏息、静心，然后进入境界。古人弹琴是在雅室之内，与二三知己，一壶茶、一炉香，互相倾诉，体会琴声所表达的心曲或弦外之音。它本不属于表演艺术。但是现在已开始进入当众表演，还常有古琴演奏会。在这浮躁、熙攘的时代，竟然还能有一席之地，实属难能可贵。此次雅集，听众估计也就二三十人，已经显得比较热闹，达不到那种静谧的境界。特别是有人不断照相，杂以"咔嚓"之声，颇煞风景。不过对我说来，已是难得的幸会。曲终人散时，人们纷纷互相合影。我却赶紧请人为我与那几张千年古琴合影留念。会前见到十张，会后只有八张，另外两张琴想必完成任务后立即"回家"了。

（原载2017年第11期《书屋》）

大匠必以规矩

——记张建华斫琴

王　风

　　1999年，蒙俪松居主人保荐，我得以随郑珉中先生习琴。有此奇缘，其因果自是一言难尽。当年极力忘却前此十年所学，从入门曲开始，声声追随，于郑先生指法，亦步亦趋，冀能由此上溯，以窥管平湖先生心法。

　　珉中先生是古琴鉴定大家，我随侍左右，自然时时得见古器。先生见我每要究根问底，也就随口解说指点。前辈大鉴家有个观点：欲辨真伪，先明制作。如王世襄先生于古家具，亲自拆装，修复时为老木匠当助手，于葫芦器亦亲自制作。更别提书画鉴定大家均能染翰操觚，陶瓷鉴定每要调查窑口。我初到郑先生门下习琴，所弹即先生手制仿俪松居所藏伏羲式唐"大圣遗音"。琴极沉重。先生言，抗战结束时，日本人回国，甩卖用品，他以廉价购得一床日本筝，随后改制成七弦琴，因材料不是完全合适，有些地方多上了些灰胎，"重了好几斤！"语毕大笑。

古琴制作，自二十世纪五十年代至八十年代末，作为一个手工艺行当，基本断绝，前后几四十年。待我随郑先生学琴时，恢复也就十年出头。除个别以外，当时的斫琴师，基本没有师承，只能自己摸索。以郑先生的学识位望，自然成为最重要的求教对象。而先生历览各代古琴，于其升降沉浮、利弊得失，透解通明。他对当代古琴制作，有着很强的责任感，曾跟我说过：每一代都斫琴，我们这个时代也应该做出好琴。

因而，郑先生府上，经常可见各地斫琴师，背负制作的琴器，登门以求解说。我跟郑先生习琴的头几年，原先耳闻的斫琴师几乎全见过。每当这样的场合，我自然也愿意听听先生的议论，尤其是指出的可改进之处，因那每每是关键。先生是北京老派的礼数，说话委婉客气，好处不吝称赞，而点到问题，则都是商量甚至求询的语气。

听得多了，我渐渐发现，不少人来，其实是"讨赞语"的。对于点出的问题，总要申辩理由，可想终会错过。这也让我私下叹惜。不过也有比较特别的，就是张建华。他于郑先生所言总是要追问，我偶尔插话，他也不回应，只盯着郑先生，看先生对我说的是否认可。问清楚了，闷头想一阵，就走了。过一段时间，再次来时，则是根据郑先生建议重新改过的，来请教做得对不对，效果如何。

我跟郑先生说："张建华是要学的。"先生心里也清楚，因而愿意尽量为他解说。建华与我自然也熟悉起来，不知何时起，渐渐随我每周同出入于郑先生琴室。我与先生对弹，他就在旁边听着，聊天他就加入。郑先生对于琴器的思考，经常需要实际验证，但家里条件实在有限，就借助张建华代为实践。我当然也不可能有专门的工作室可以试着斫琴修琴，遂时不时到张建华的作坊，请他做这做那。

2002年，姜抗生先生来京，带来一床朋友送他的旧器。这所谓"一床"，也只能说说而已，那琴中部被原主人锯去一大段，残存头尾两截。以郑先生见闻之广，还没见过这种情况，史籍记载中也没有这样的例子。按理说这琴是没法要了，不过原器相当不错，郑先生遂建议请建华来试着"复原"——因这已不能叫"修"了。其后数周，不断讨论方案，关键在于琴需张弦受力，如今等于已被"腰斩"，故格外复杂。当然最后经张建华之手，取得了远超意料的成功。郑先生非常高兴。后来姜抗生写了《残琴记》，张建华写了《续琴记》，并让我为之修饰文字。郑先生合此二文为《古琴二记》，刊于《文物天地》2004年第6期。先生加了个短序，其中言及：

> 琴友姜抗生得其友人赵继芳所赠锯断古琴，并受赵君所托设法修复，令其再生，因携来北京嘱友人制琴家张君建华设法修复。数月后一张完完整整刻有"致远制"腹款

的琴，居然从建华所负之琴囊中取出，不仅琴之外观完全恢复，且音声琳琅，三准一致，不因补配琴材而按音有所差别。抗生张以钢弦，定正调，日日抚弄，并随其来往于北京、香港，虽两地的潮湿干燥不同，四时的气候条件各异，而修补拼接之琴，却无丝毫变化，可以说这张残断之琴，真的起死回生了。这是修琴有史以来，前无古人的创举。

先生在同时期的另一篇文章，刊于《收藏家》同年第5期的《在盛传无形文化遗产喧阗声中略谈琴器的修复》，详叙此事并再作评价："这是使古琴起死回生的首例，是古琴修复史上的奇迹，是自北宋修复古琴以来的创举。"

复原了这床琴之后，张建华对古琴的发音原理似乎有了"顿悟"。2003年秋天试斫数琴，选了其中一床送郑先生试弹。先生抚弄之后大为惊讶，以为新琴之中得未曾有。遂让建华将其他几床带来，再选一床，因顾虑建华不肯收款，遂托言代朋友购买，实则还是自留。《古琴二记》序记其事云：

> 建华修此琴后，因得窥前人之法，新制四琴音韵剧变，余择其优者二，具透润圆匀的特点，因分别刻"碧天秋月""碧天清响"于龙池之上，篆书"南风"大印于池下，日抚双碧，至为欣快……

此二琴之取名，均来自郑宅壁上所悬溥雪斋先生的一副联："墨研清露月，琴响碧天秋。"此后数年间，我与郑先生对弹，每用此二琴，先生弹"碧天秋月"，我弹"碧天清响"。

《在盛传无形文化遗产喧阗声中略谈琴器的修复》一文，郑先生历数文献与今存实物中旧器修复的记载，从宋代一直谈到当下。这篇文章除了总结各时代修琴的历史之外，还有一个背景。2003年，古琴被联合国列入"人类口头和非物质文化遗产代表作"名录，这是一件皆大欢喜的事情，不过郑先生却另有隐忧。古琴成为"非遗"，等于是一个巨大的广告。原先老辈担心古琴后继无人，"非遗"之后，则恐成浮华的名利场了。故文章标题婉言"喧阗声中"。不幸的是，如今古琴界的现实，被郑先生言中了。

这十多年来的所谓"传统文化热"，其实是传统文化的断裂缺失，所造成的极度饥渴，也因而形成饥不择食的状态。由于爱好者普遍的不具备分辨高下美丑的能力，因而从事者也就失去了学习和提高的动力。靠着玄乎的胡侃往往就能大行其道，以为大雅，实则大多俗不可耐，反而挤压了认真工作的空间。

具体到古琴斫制这个行当，现在的好处是斫琴师都有不错的收入，可以衣食无忧。坏处是器物形制的雅俗高下几乎无人可以分辨，似乎吹牛就能发财。其实历代斫琴，除了少量文人偶一为之的遣兴之作，大部分都是职业工匠养家糊口的手艺。唐代的雷威、宋代的马希仁、元明之交的朱致远，均堪称一代大匠，但斫琴对他们就是职业，不是附庸风雅的用具。他们的水平，今人还远远难望项背，而之所以有那样的高水平，除了工艺的天分外，还决定于那个时代的审美与音乐水平。当今这个时代，恰恰需要首先向遗存的优秀琴器，扎扎实实地"临帖"，以得古人心法，然后才谈得上所谓创新、发展。可惜的是，目前最缺乏的恰恰是这种精神，这是一个静不下心的时代。

张建华斫琴，自然也是以之为养家之具，另外是他自己觉得乐趣。而难得的是他没什么"雄心壮志"。也有人劝：市场这么好，多雇些人，多买机器，扩大生产。他倒是老北京人的做派："我不受那个累。"自己一个人，能做多少算多少，"有个乐儿"。也正因这份"保守"，反而能够不急功近利。

我曾给过他一些建议，比如历代的古琴器制作，水平有高有低，也有投机取巧、坑蒙拐骗的，需要分辨。诸如假断纹、瓦灰胎，能取一时之效，但不足为法，做些试验，明白关节即可。他也确实除早期偶尔一试外，就不再做了。再如要坚持琴器是手工制作，不能随便引入机器，不能使用化学涂料和粘合剂，这些也是他一向坚持的。他选择斫琴这个行当，本来就是因为喜欢手工。

因为用心，几十年做下来，建华对琴器的美感有了深刻的修养。古代琴器，水平自有高低，也不乏丑不堪言的。我曾挑选历代代表作以为模范，经过多年摸索，诸如盛中唐、南北宋、明代各时期的风格，都已经能够了然于胸。这需要对各代各家工艺手法登堂入室的感知，绝非简单靠量尺寸模仿可得。有了对各个时代深入肌理的感觉，才能最终成就自己的格局。孟子曰："大匠诲人，必以规矩，学者亦必以规矩。"对"规矩"的学习和坚守，由"形"而"神"，才是匠作的正道，建华庶几得之。

至于琴器发音原理，珉中先生年轻时得管先生指点，加之自己几十年探究，曾为建华详为讲解。对于张建华，先生是深有期待的。《在盛传无形文化遗产喧阗声中略谈琴器的修复》一文，便是以他作结：

> 张建华修复这张元朱致远款的断纹琴后，对古人的斫琴之法有所了解，从而使新制的琴更上了一个台阶，所作的"碧天秋月"与"碧天清响"二琴的琴音出现了透、润、静、圆、匀、清的特点。古人要求好琴要九德俱全，那九德就是"奇、古、透、润、静、圆、匀、清、芳"，芳者即令人爱玩不置之意，倘建华制琴再取得一些"奇古"之异，再制三百张琴，为后世留下一批"九德俱全"的古琴，才真是为发扬我国这项"人类无形文化遗产"的莫大贡献。

这篇文章是十多年前写的，即以建华每年区区数十床的制作而论，如今也已经"再制三百张琴"了。不过我发现，所谓"奇古"，与"透、润、静、圆、匀、清"不同，是决定于时间的。张建华十年前所制琴，偶尔得见，已有"奇古"之感，这得之于材料最终的彻底稳定。随着时间的推移，声音会越来越好，张建华所斫琴，即从这点来看，我觉得是正道。

钱锺书曾言，学问乃"二三素心人商量培养之事"。其实匠作一门，也是如此。这个时代，做什么都需要定力，最终时间会说话。建华其"素心人"欤，也因此我愿意写这篇文章。

（录自北京保利国际拍卖有限公司官网）

辑四 西乐东渐

音乐・文学・哲学

——读《十九世纪西方音乐文化史》

赵鑫珊

有一次，一位开始对舒曼和门德尔松乐曲着了迷的复旦大学数学系学生突然问我："你能用一个简洁的数学公式说明一下什么是十九世纪西方浪漫派音乐吗？"

我琢磨了好一阵子，然后回答他说："这个公式大概就是M=L+P，其中 M（Music）代表由一长串无语销魂、令人荡气回肠的旋律与和声运动所组成的浪漫派音乐，L（Literature）代表整个十九世纪西方浪漫派文学，P（Philosophy）代表那个时代的浪漫主义哲学思潮。"

我觉得用这个公式去说明十九世纪德国浪漫派音乐的实质尤为贴切。其实，德国浪漫派音乐就是旋律化、节奏化与和声运动化了的十九世纪德国浪漫主义文学运动加上那个时代德国人的浪漫主义哲学思维体系及其理想性。在那个世纪，人类精神通过哲学、音乐、诗歌、绘画和自然探索（甚至还有宗教）已经浪漫化了。如果没有文学情绪和哲理沉思为其深厚的文化背景和丰富的内容，那么，德国浪漫派音乐的旋律、节奏和和声运动就只能是一个没有思想感情的浅薄空壳。

笔者一向以为，音乐决不是一串孤立的音符，而是一种文化现象。要了解、把握某个时代和某个民族的音乐，就必须把它放在那个时代的整个文化背景中去做有机的、多维的（立体）考察。同任何大哲学家和大诗人一样，任何大音乐家都不能单独地（在严格意义上）有他自己的绝对的完全意义。如果把十九世纪西方整个文化看成是一个复杂的、统一的大系统，那么，音乐、文学、绘画、哲学和科学便是构成它的五个主要的子系统。为了全面把握其中任何一个子系统（如音乐），我们就有必要考察它同其他子系统的相互作用和影响。

近日来，当我读完了美国音乐史家朗格（二十世纪五十年代曾任国际音乐学协会主席）的名著《十九世纪西方音乐文化史》，便愈加坚定了我的上述主张，并深受其鼓舞。事实上，这本书的最大特色恰恰就是充满了一种文化研究的整体精神。作者朗格总是把十九世纪西方音乐、文学和哲学看成是一个"三位一体"的整体来加以对照和论述。这里我仅想谈谈以下三个问题。

· 关于浪漫派的定义

这个问题，朗格在许多段落有不少精辟的阐述。我同意他的这一说法：浪漫精神是一切时代和一切地区都会有的一种普遍现象。"青春的活力、渴望和陶醉"是浪漫派音乐的三大特点。

记得十八世纪法国著名思想家兼作家伏尔泰说过，上天赐给人两样东西——希望和梦——来减轻他在尘世的苦难。伏尔泰的话是对的。因为希望和梦都是浪漫派艺术的要素，也是生命意志的兴奋剂、生命的陶然和生命的沉醉。我觉得伏尔泰的这句名言正好说中了十九世纪西方浪漫派音乐大师——舒伯特、韦伯、舒曼、肖邦、李斯特、门德尔松、柏辽兹、勃拉姆斯、瓦格纳、比才和威尔第等人的命运。这些艺术家似乎都有这样一个共同的特点：心灵过度丰富、敏锐且多愁善感。这是一些善于在五线谱纸上和琴弦间醒着做梦的音响诗人。舒曼就是这样一个代表人物。在他的甜美的旋律中，我觉得总是掺和着一种隐痛纤悲，掺和着天涯倦客的愁神苦思。即便是一丝春雨，或秋天里的铮然一叶，也能在他的心中勾起一缕缕淡淡的情思，泛涌起对往事的追忆。有时候，他那如歌似的钢琴旋律中，也会透露出一派秋天里的春光，可是好景不长，西风残照，北风乍起，你又会在他的琴键间听到落木萧萧声和莱茵河日夜流去的慨叹。

的确，正如朗格所说，对于浪漫派音乐家，现实世界"是太狭窄，太一律，太平常了"，于是在他们心中便弥漫了一种渴望无限的情绪。从广义来说，所谓浪漫派，我觉得就是寻找精神故乡、渴望精神家园和精神寻觅归宿这样一种浪漫哲学情绪。浪漫派音乐即是一种哲学情绪，十九世纪西方的音乐、文学、绘画和某些哲学思潮，以至于科学活动的一些背景，大都弥漫了同一浪漫情绪。

十九世纪德国浪漫派哲人谢林就给自己的精神哲学命名为"精神浪游归记"。费尔巴哈则大声疾呼"只有回到大自然，才是幸福的源泉"，因为大自然是人类的精神家园。二十世纪法国和英国的风景画大师们也是一群怀着乡愁的冲动到处去寻找精神故乡的艺术家。至于德国的浪漫派诗人和英国的湖畔诗人就更不必说了。即便是当时的自然科学家，也有这种诗人的"怀乡病"。十九世纪英国著名地质学家莱伊尔在《地质学原理》一书中便自白了他研究这门学科的心理动机："使已死的东西复活，其愉快并不下于创造。"在他看来，我们虽然只是地球表面上的匆匆过客，但我们的思想却可以突破时空界限，推测到人类目光所不能企及的世界，追溯到人类肇生以前所发生的故事，在所有的陆地上、海洋里和高空中自由地"浪游"。

啊，又是浪游！这浪游，正是一种寻找精神家园和精神归宿的自然哲学。我以为，达尔文的进化论以及他对人类起源的探讨，在某种意义上也可以说是在这种心理和哲学背景下的一种寻根活动。

如果有人要我给十九世纪西方浪漫主义音乐运动下一个定义，我就想试着回答说：那是一批怀着一种乡愁的作曲家企图在音响世界中去寻找精神故乡的优美冲动。我多少有些自信这个定义是对朗格有关浪漫派音乐界说的一点小小的补充，而且它还指出了音乐同哲学的共同背景。

我的听觉和我的内心感受多次告诉我：舒伯特的《美丽的磨坊女郎》《冬之旅》和《天鹅之歌》这三部著名的声乐套曲以及《未完成交响曲》的主题思想，就是怀着一种乡愁的冲动到处去寻找精神家园。即便是在勃拉姆斯和舒伯特的《摇篮曲》中，也充满了这种情绪。"人生思幼日"，龚自珍这句话原是不错的。其实，对童梦的追忆，也是寻找精神家园的一个扣人心弦的组成部分。

在广泛使用微型电脑和机器人的现时代，为什么十九世纪西方浪漫派乐曲反而更能令我们陶醉，使我们从中得到美的享受呢？原因之一，是它在你我心中唤起了一种家园感。当地球生态环境（人类最重要的家园和真正的故乡）受到严重威胁，"远道之人心思归"的情怀便在我们心中油然而生，与日俱增。这时，舒伯特的《春天的信念》和门德尔松的《春之歌》于我们，就会像一汪清泉，蓦地注入灼热沙漠似的心田，给我们以安慰和温存。

· 瓦格纳其人及其音乐

在德国浪漫派作曲家当中，集音乐、文学和哲学于一身者，当推瓦格纳。作者朗格用了将近两节来论述他的音乐世界决不是没有道理的。

中国听众和读者对瓦格纳的音乐较为陌生，朗格的介绍无疑会有助于我们填补这个空白。在第一百八十九页，朗格说了一句剔肤见骨的话："一切浪漫主义的哲学都是艺术的，它们对艺术比对科学有着更强烈的憧憬。"的确，如果说艺术和科学代表着两个极端，那么哲学则是介乎于艺术和科学之间的一种精神活动（其中有的哲学流派更靠近艺术这一端，有的则靠近科学那一端）。朗格在字里行间隐隐约约提出了一条相互关联之链：叔本华→瓦格纳→尼采。就是说，叔本华的哲学影响了瓦格纳，瓦格纳的音乐又影响了尼采的哲学思考，从而构成了一个较复杂的音乐和哲学的大系统。遗憾的是，朗格并没有站在哲学的高度将这个关系之链予以充分地展开和揭示，因为他并不是一个哲学家。

瓦格纳既是歌剧作曲家、诗人和剧作家，又是文艺理论家。在西方音乐史上，他是唯一一位自行编剧、作词、谱曲兼舞台设计的难得全才。早在中学时代，他即酷爱莎士比亚、歌德和席勒的作品，对霍夫曼的小说，他也推崇备至。十五岁，他开始创作悲剧《洛伊巴德》；十九岁，撰写他的第一部歌剧《婚礼》

的脚本。后来他确信，只有依靠他自己，才能为他的任何一部歌剧成功地写出脚本。此外他还发表了许多有创见的论文，如论德国民族歌剧、论指挥、论演员和歌唱家以及论宗教与艺术等。

如果说，十九世纪西方浪漫派音乐与文学的交融和浑然一体标志了前者登上了它的顶峰，那么，舒伯特、舒曼和勃拉姆斯的艺术歌曲以及瓦格纳的浪漫主义歌剧这些声乐的新形式便是它的代表作。

音乐、文学和哲学这三个子系统一旦像白杨树叶上面的三颗露珠结合在一起（不管它们是按什么顺序和方式进行排列组合的），就会构成一个崭新的、金碧辉煌的大系统。我觉得这里似乎还存在这样一条定律：大系统的等级高于各个子系统等级的叠加之和。

如果说，十九世纪德国浪漫派作曲家是在寻求一种世界观，并且企图用旋律语言去陈述它，那么，最为典型者莫过于瓦格纳。

关于瓦格纳其人，朗格还提到了这位才华横溢的作曲家同玛蒂尔德的爱情，但只是一笔带过。其实，像贝多芬、舒曼、肖邦和柴可夫斯基一样，在瓦格纳的音乐创作中，爱情也占有重要地位。因为西方许多音乐作品在很大程度上都带有作曲家的自传性质。明娜、玛蒂尔德和柯西玛是瓦格纳一生中热恋过的三个女性，其中玛蒂尔德对他的创作影响最大。多年后，他仍旧满怀深情依依回顾往日的梦："她永远是我唯一的爱，随着岁月的流逝，我愈来愈感觉到了这一点。那是我一生中的顶点。"

的确，在《特里斯坦与伊索尔德》和《女武神》这两部歌剧中，都是玛蒂尔德那若明若暗、忽隐忽现的情影和风姿在晃动。

1870年，瓦格纳同柯西玛结为合法夫妻。新的爱情，新的生命，带来了新的艺术创造力。《齐格菲特田园诗》便是在爱神的鼓舞和光彩照耀下，从瓦格纳的肺腑中流淌出来的旋律。圣诞节那天正巧是柯西玛的生日，瓦格纳为了表达对她的伉俪之情，并感激她为他生了个儿子，于是在这天早晨，他率领一个小小的乐队，站在柯西玛卧室外的楼梯上为她演奏了这首曲子，以便用美妙的乐曲将尚在梦乡中的爱人唤醒。

· 俄罗斯音乐

像西方许多学者一样，朗格对十九世纪俄国文学、音乐和绘画所取得的成就还是肯定的（爱因斯坦便极力推崇陀思妥耶夫斯基）。但对柴可夫斯基在世界音乐文化中的崇高地位，朗格却采取了不够公正的态度，说："柴可夫斯基不属于音乐大师的行列，称之为'近代俄国贝多芬'是无稽之谈。"其实，我们只要列举柴氏的《第一钢琴协奏曲》和《悲怆交响曲》便足以动摇朗格的评价。不过他还是承认这一事实："俄国从来就没有一个大音乐家比柴可夫斯基更具彻底的国际性。"的确，在当今世界各国音乐会的曲目中，柴氏的作品始终占有一席显赫的地位。

朗格说，从柴氏音乐中所流露出来的悲哀是彻底俄罗斯式的，"是眼泪汪汪的感伤主义"。是的，朗格的感觉是对的。我想，也许用"甜美的忧伤"去形容柴氏的乐曲恐怕会更确切些吧。因为光甜美不忧伤，难免浅薄；光忧伤不甜美，又缺乏魅力。今天，柴氏音乐在世界乐坛上之所以同莫扎特和贝多芬的作品平起平坐，平分秋色，恰在于它体现了"甜美的忧伤"这一最高美学原则。在某种意义上，它也是孔子的"乐而不淫，哀而不伤"这句东方古老箴言的折光，其结果就是化成一缕淡淡的、当时俄罗斯大地所特有的春风秋雨中的哀愁。柴氏音乐给我们的感觉不正是这样吗？就连《天鹅湖》的基调也流露出带着一种潮湿的凉意和寂静的甜丝丝的哀怨。那是柴氏"忧愁不平气，一寓笔所骋"的咏叹。

（录自《哲学与人类文化》，上海人民出版社，1988年版）

音乐王国的西西弗斯
——写在《贝多芬之魂》出版之前

赵鑫珊

> 哲学的目标是寻求基本原理的基础，头脑是需要借助于哲学才能达到崇高境界的。
>
> ——贝多芬同女友贝蒂娜的谈话

被当代美国小提琴大师斯特恩（Isaac Stern）誉为当今最伟大的大提琴家马友友（美籍华裔）拉了二十几年的巴赫组曲，如今对巴赫的音乐依然不时有新的发现，赋予新的理解。

为什么会如此呢？对巴赫的一首曲子难道也会不断有新的发现和理解吗？要知道，天地人间只有少数几样东西需要人类对它们不断作新的发现，赋予新的理解。德国古典音乐正在这几样东西之列。因为它们都是人类灵魂的披露和人类本身的再现。德国古典音乐是旋律化了的德国古典文学和德国古典哲学总的汇合和交融，我们对巴赫、亨德尔、海顿、莫扎特和贝多芬音乐的新发现、新理解，就是对人类本身、对我们自己灵魂的广度和深度的新发现、新理解和新的惊异。

在整个西方音乐史上，贝多芬大概是谈论哲学最多的一位作曲家。当然，他所谈论的哲学是一种广义的文化哲学，即对人、社会和大自然以及这三者的内在关系的紧张而深沉的思索。

当贝多芬用德语陈述自己的哲学见解的时候，他充其量是一个三流（甚至还不能入流）的哲学家。可是，当他一旦改用旋律语言在钢琴、大小提琴和铜管乐器上陈述自己的哲学思想和世界观的时候，全世界都要毕恭毕敬地倾听他那雷鸣闪电般的英雄绝唱。

在这个世界上，有些人只有外在的生活：衣、食、住、行，生、老、病、死。

有的人（如伟大的科学家、艺术家和哲学家）除了外在的生活，还有波澜壮阔的内在生活。然而正是这看不见的内在生活，正是他们的思想感情，正是他们的灵魂、胸臆和意志，才造就了他们，使他们形骸不存而精神不朽，使他们"其人虽已殁，千载有余情"。

贝多芬当列在这万古不朽者的名单之首。

贝多芬的一生算得上是幸福的吗？近年来，当我听完他的乐曲，看完他的书信和有关传记，我就常常会这样问自己。

这个问题可不容易回答，因为它涉及人生哲学的最微妙处。

而哲学问题的答案往往是模棱两可的。也许，哲学只有不断提出问题而没有最后的答案。

论外在生活，贝多芬的一生当然算不上幸福。耳聋、经常处在孤独之中、多次失恋（终生没有点燃起家室的炉火）和其他种种的疾病、烦恼、痛苦缠身，还有经济拮据、生活上的窘迫，哪有幸福可言？

那么，他的内在（精神）生活呢？

我想起了古希腊有关西西弗斯的神话。

西西弗斯被众神判决推运一块巨石至山顶。由于巨石本身的重量，到了山顶总要滚下山脚，于是西西弗斯又得把石块推上山去，如此反复，永无止境，没有尽头。众神认为，让西西弗斯服这永恒的劳役是最严酷的惩罚。作为一种哲学比喻和象征，西西弗斯的命运仿佛就是人类的命运。贝多芬和歌德的命运，还有康德和黑格尔的命运，都是西西弗斯式的，而且都很典型。

1824年1月27日，歌德对爱克曼说：

> 人们通常把我看成是一个最幸运的人，我自己也没有什么可抱怨的，对我的一生所经历的途程也并不挑剔。我这一生基本上只是辛苦地工作。我可以说，我活了七十五岁，没有哪一个月过的是真正的舒服生活。就好像推一块石头上山，石头不停地滚下来又推上去。我的年表将是这

番话的很清楚的说明。

歌德呕心沥血，不停创作，辛劳的一生，是典型西西弗斯式的一生。但是他并不抱怨。他饱尝了创作的甘苦。

贝多芬的一生又何尝不是如此？贝多芬生平活动年表也清楚地说明了这一点。

从十二岁起，贝多芬就开始服西西弗斯式的永恒劳役，推命运的"巨石"上山。1782年至1784年，即从十二至十四岁，少年贝多芬便创作了三首钢琴奏鸣曲、两首钢琴回旋曲和一部钢琴协奏曲（另外还有其他许多作品）。十五岁那年，贝多芬还写了三首钢琴四重奏（即C大调、降E大调和D大调）。从1800年至1801年，即从三十至三十一岁，贝多芬一口气竟创作了二十一首乐曲。其中包括著名的《第三钢琴协奏曲》！

他只活了短短的五十七个春秋，却创作了九首交响曲、五首钢琴协奏曲、一首小提琴协奏曲、三十二首钢琴奏鸣曲、十六首弦乐四重奏和五首大提琴奏鸣曲等三百多个大大小小的作品（包括从简单的歌曲到不朽的歌剧）。

用西西弗斯式的语言来说，贝多芬一生反复推运"巨石"上山，共计三百多次。每当一部作品完成，"巨石"滚下山脚，他又鼓起那超人的、压倒命运的勇气，操起那永恒的劳役，接着再往山顶上推，创作另一首乐曲。

他一生的所作所为，那一串大大小小的坚决的选择和果敢的行动，本身就是一部《英雄交响曲》，而且还是一首未完成的英雄交响曲。在他撒手离开人世的时候，留下了一大堆谁也辨认不清的手稿：《第十交响曲》《D大调钢琴协奏曲》和《巴赫序曲》等。

贝多芬所留下的哪里是一堆手稿啊，那分明是留下了无限、发散的追求空间。这在我看来，便是构成幸福人生一个最重要的环节。

是的，幸福的人生应死在无限的希望、追求和眷恋之中，悲哀的死是面向天边的落日，幸福的死则是朝着冉冉升起的太阳——在这种意义上，贝多芬是幸福的。这是一种高层次的幸福。它来自烦忧、孤独、悲愤和搏斗。

西西弗斯是古希腊神话中的英雄。贝多芬则是人类文化艺术史上的英雄。他们对自己（对人类）命运的哲学内涵都有清醒的意识，并为此感到极度的烦忧和痛苦。然而他们都以大无畏的英雄气概和战胜命运的坚强意志面对人生"沉重的十字架"，正视那严峻而冷酷的"巨石"，不断地把它推上山顶。

当代法国著名文学家加缪在散文《西西弗斯的神话》中表述了这样一种独特的见解："对自己（对人类）苦难处境的清醒意识给西西弗斯带来了痛苦，同时也造就了他的胜利，因为在他的心目中绝没有任何命运是不能被藐视并战胜的。顶顶重要的是，不要对上帝有任何期待，面对严酷的命运要有清醒的意识，要对它表示蔑视和对抗。"而且"征服顶峰的斗争本身，足以充实人的心灵。应该设想，西西弗斯是幸福的"。

贝多芬又何尝不是这样？应该设想，贝多芬也是幸福的。贝多芬不期待什么上帝（尽管他经常呼唤上帝）。面对严酷的命运，他深信"天助自助者"。

贝多芬的一生就是用超人的意志来满足自己，并鼓舞千百万人，去唤醒他们昏睡的头脑，点燃他们内心世界的熊熊之火。他的音乐，就是对荒诞命运的挑战、报复和抗衡。

在推巨石上山服永恒劳役的过程中，贝多芬仿佛是借用西西弗斯的口吻说出了这样一句著名的箴言：

> ……音乐是比一切智慧、一切哲学更高的启示……谁能渗透我的音乐含义，谁便能超脱常人难以振拔的一切苦难。（1810年，贝多芬第一次同贝蒂娜的谈话）

最后，若用爱因斯坦的人生观来衡量和判断，那么，贝多芬的一生也是够幸福的。爱因斯坦认为，一个人的生命只有当它用来使一切有生命的东西都生活得更高尚、更优美的时候，它才有意义。

贝多芬本人也持有这种幸福观：

> 你可不要做那种专为自己而活着的人，你要为他人而活着：只为自己无幸福可言，要在你的内心世界，在你的

艺术中去寻找更多的幸福……

　　今天，由于电子技术高度发达，收录机普及，地球上有多少人因为可以随时听到贝多芬的音乐，才使他们的生活过得更充实、更高尚和更优美啊！

　　呈现在读者面前的这本《贝多芬之魂》并不是一部关于这位作曲家的流水账式的外在生活传记。笔者的写作意图并不重在贝多芬的生平细节上浓墨重笔，而仅仅是在一些关键性的事实（生平与创作）的基础上，努力揭示贝多芬的精神进展轨迹，他的心路历程，他那西西弗斯式的意志、勇气和人生的崇高使命感，以及他的音乐哲学体系同与之相对应的德国古典文化其他几条近似于平行的曲线（如康德、黑格尔的哲学体系曲线和歌德、席勒的文学所画出的曲线）的相互关系。试图揭示这些内在的相互关系，正是本书副标题"德国古典'文化群落'中的贝多芬音乐"的含义和"主旋律"。

　　其实，贝多芬一生的内在生活，他的心路历程所画出的曲线，本身就是一部宏伟、悲壮的"交响曲"。它也有"主题"，有"副题"，有主题之间的较量、斗争、否定、变化和发展，还有突如其来的"转调"，也有对故乡波恩、青少年时代的如烟往事的"再现"。

　　贝多芬的音乐曲线只不过是他的内在生活和心路历程曲线的回声、映象和投影。

我们这些现代人的灵魂和内心世界同贝多芬音乐发生共鸣，其实也是两条曲线的共振和大致上的重叠。或者换言之，贝多芬只不过是用千变万化的音响在一种广阔的文化背景上更优美、更深沉地表达了人类整个心胸的起伏和波动。

有两种传记：关于一个人外在生活的传记，关于一个人内在生活的传记。普朗克和爱因斯坦都写过有关自己的科学自传，那是很典型的陈述内在生活的思想传记。罗素和波普，还有卡尔纳普所写的哲学思想自传，也是属于揭示自己内在生活的传记。

在《科学自传》中，普朗克开宗明义地指出：

> 我决心献身于我的科学，并且从青年时代起就使我热衷于它的，正是出于下面这一绝非不说自明的事实：我们的思维规律和我们从外部世界获得印象的过程的规律性，是完全一致的，所以人们就有可能通过纯思维去洞悉那些规律性。在这个事实中，具有重要意义的是，外部世界乃是一种独立于我们的绝对东西，而去寻找那些适合于这种绝对东西的规律，这在我看来就是科学生涯最美好的使命了。

那么，在贝多芬的心目中，什么是艺术生涯最美好的使命呢？《贝多芬之魂》这本书也将努力揭示这一点。

凡是笔者在本书中说错了或说得不够确切的地方，都将由贝多芬的乐曲一一加以纠正和补充。贝多芬音乐是第一性的原始标准，是最高裁判，是校正一切试图用普通语言文字对贝多芬及其音乐艺术世界进行界说的"标准米"原件。

普通日常语言文字的终点，恰好是旋律语言的起点。

我想起了当代西方最有影响的哲学家之一维特根斯坦在《逻辑哲学论》中写下了这样一句著名的格言：

凡是不可以言说的，对它就必须沉默。

维特根斯坦是一位单簧管吹奏者，一生酷爱德国古典音乐，具有非凡的音乐记忆和识谱能力。在他的哲学著作中有许多涉及理解音乐性质的喻示。

所谓哲学思考，在他看来，就是弄清楚普通语言的界限：究竟什么东西是我们能说的，什么东西是不能（无法）用普通语言加以说清楚的。

贝多芬音乐的功能正在于超越普通语言的界限，打破人类在说普通语言时的沉默。像莫扎特一样，贝多芬总是习惯在钢琴的琴键上，通过音响和旋律，陈述人类意志本身那惊心动魄的隐蔽的故事，表达自己内心深处的思想感情，或自言自语，或同别人进行推心置腹的交谈。

例如，当贝多芬的好友（著名的女钢琴家）多罗蒂娅·艾特曼失去了最小一个孩子的时候，起初贝多芬并没有去她府上安慰她。只是后来他才邀请她来他家做客。当她一走进来，贝多芬便坐到钢琴旁边，并且对她说：

现在让我们通过音响彼此来进行交谈吧。

就这样，贝多芬连续弹奏了一个多小时。

许多年后，多罗蒂娅·艾特曼在回忆中非常激动地把这个故事告诉门德尔松："他把一切的一切都这样告诉了我，我最后得到了安慰。"

这无疑是一个很能说明问题的动人心弦的故事。将近三十年，贝多芬的音乐不也是把一切的一切都娓娓动听地告诉了我，使我得到了许多高于哲学智慧的启示和甘美的慰藉？

巴赫、亨德尔、海顿、莫扎特和贝多芬的音乐何以会有这种奇妙的功能呢？从青年时代起，我就在思考这个问题。今天，我的须发已开始变白，我还是百思不得其解。我意识到了其中确有一些不能言说的神秘性。我想起了十九世纪英国著名文艺批评家拉斯金的一段话：

每一部伟大作品的精华部分，总是无法把它解释得很清楚的。因为它好，所以它好。

是的，大自然和人生，科学、艺术和哲学，都有其内在的、不可究诘的神秘性。正是这种神秘性激起了人类历久不衰的探索热情。关于这种热情，爱因斯坦在《关于广义引力论》一文中写道：

> 存在着求理解的热情，正像存在着对音乐的热情一样。……要是没有这种热情，就不会有数学，也不会有自然科学。

当然也不会有贝多芬音乐，不会有力求深深地去感受、去理解贝多芬音乐艺术世界的含义的《贝多芬之魂》这本书。

——哦，演奏不完，听不完，说不完的贝多芬音乐！

（原载1986年第12期《读书》）

寻找导游人
——读助人读乐的书

辛丰年

新到的《音乐艺术》上有几张古老的照片，"五四"以后蔡元培、萧友梅创办的北大音乐传习所同人合影。看那些人都一身长袍马褂，想他们都是最早致力于介绍西方严肃音乐的人，顿然有一种微妙的历史感。遥想那些穿戴旧时衣冠的乐人，手持西方乐器，演奏贝多芬"大乐"（交响乐），为数不多的听众凝神静听着前所未闻的音乐，真可以说是乐外有乐了！

似乎也听到了鲁迅的怒斥："竟删美育，此种豚犬！"

所以，看这些照片不但绝不感到滑稽，倒是觉得庄严，并且"忽然感激"了（借《水浒传》中写武松的精彩笔墨）！感激"好事者"荒原上种树的精神。

但如果只是办音乐学校，成立管弦乐队，广大潜在的爱乐者也不一定会成为乐迷。因此我也难忘另一些做"乐普"工作的前人写的书。不是他们启蒙、导游，说不定一辈子做个乐盲。

丰子恺的《音乐入门》等谈乐的书，如今上大图书馆书库里只怕也难找了。他便是一位好导游。他写的这类书，此刻不用细想便举得出十种来，虽然书架上一本也不见了。其中有些内容甚至词句还没淡忘。

除了他的《世界大音乐家与名曲》，早先能看到的谈"名曲"的书只有王光祈的《西洋名曲解说》了，看了很不过瘾。他三言两语便把一首作品打发了，文字又淡而无味。可能这位"少年中国学会"的健者身在异域，要做学术研究，要准备博士论文，挤不出多少时间编书。

但我还是忘不了他百忙中编的那一套书。其中关于翻译古琴谱的一书，破了我琴谱难识的顾虑。关于管弦乐器、曲式等问题的几本，看了也增长知识。《东西乐制之研究》虽是学术性的、挤满了枯燥的乐律数字，却也令我肃然起敬于音乐的科学性，并非好听而已。

可怜当年的小城里的乐迷，连纸上听乐的眼界也像井底之蛙。比如，总想见识一下管弦乐总谱而不可得。丰子恺《音乐的听法》中插了一张缩得小小的谱例——《命运》末章第一页，它是我对总谱的唯一的一点感性知识，却也更叫人向往复杂的管弦乐。解放后印了不少总谱，一种普及的袖珍总谱，便宜到一元可以买好几本。丰子恺书中那一页总谱的影子，仍然珍藏于记忆之中。

说这些老乐迷的艰难，是想说明自己对导游人的感激，书对于"乐普"能起的作用。

伊林和房龙写的科普读物，首先是以其对知识也对求知人的满腔热忱感染我。我想，"乐普"读物固然要介绍知识，介绍得像伊林、房龙那样有味道，也应该有一种奇文共赏的热忱。

柏辽兹的《配器法》，并不是为业余爱好者编写的。但是读读很有意思，觉得他是怀着深深的感情在谈论，他自己被那些乐器的效果陶醉了。他把作曲的热情也倾注到书中了。也许正是因为这个，此书是同他写的乐曲一起，编号为"作品第二号"的吧！

柯普兰的《怎样欣赏音乐》，我一读再读。并不只是因为他讲得深入浅出。这位重要的现代作曲家不惜把功夫用在一本为凡人说法的启蒙小书上，态度又那么诚挚。他也是一位可信赖的导游人！

如何才能深入佳境，对于游客和导游都不是一个容易解决的问题。

即使在古典音乐的西方老家，直接间接"助读"的书也是极多，也考虑过别的办法。在《克罗士先生》一书中，德彪西说到一种用幻灯配合欣赏的主张。指挥家斯托科夫斯基乐于配合华特·迪斯尼去摄制音乐动画《幻想曲》，似乎也为了"助读"。今天的广播、电视中也专门有这种节目。效果如何呢？

萧伯纳很讨厌学究气的乐曲分析，说是犹如讲莎剧而逐字逐句抠文法修辞似的煞风景。对于并不想吃音乐这碗饭的听众，枯燥的分析也真像拆散七宝楼台。但像柯普兰或是托维（他的《交响音乐分析》第二册有中译本）那样的解析，洋溢着自己激赏和与人共赏的热情，读了即使一时不理解，也推动你去倾听。这同冷冰冰的解剖不一样。

借诗意的形象、辞藻来描摹刻画，用在标题乐上大体合适。过度运用这种导游法，反而可能使人难知乐中真味。有点像学外语总要在心里翻成中国话。

后来渐渐悟到，狭隘地从"名曲解说"中求解不行，必须打开眼界与思路。于是读音乐史，读乐人传记，读与读乐有关的种种资料。

朗格的《十九世纪西方音乐文化史》把音乐同其他文化艺术现象揉在一起夹叙夹议，读了大有"到此始觉眼界宽"之感。已熟悉的许多作品像是添上了新的和声与光彩。

读乐人的自叙、书信、谈话录，听他们用我所理解的语言谈话，再听他们的作品，他们的音乐语言似乎也好懂一些了。读《肖斯塔科维奇回忆录》便有此感。

霍夫曼谈钢琴演奏，梅纽因谈小提琴演奏，康德拉申谈指挥乐队，看了不只是长知识而已，听音乐时你会感到，除了那个作曲者，还有诠释者在同你交流。

可惜这种种读物我们出版的还嫌太少，外文的买不到，买不起，又难借到。为了解渴，我曾借了一部《牛津音乐指南》

来读。这种百科词典原来只是备查的吧，可是一读便放不下。读了其中大部分条目，读乐之兴也愈浓了。后来终于买到它第十版的影印本，重读一遍，又增新知。对那位独力编成这部超过一千页的大书的斯科尔斯，真觉得是爱乐者的良友了（书名中"指南"一词，英文原也作朋友解）！

《柯林斯音乐百科词典》，我也从"A"到"Z"浏览了一遍。有不少条目写得短而精，经得起一读再读。这两部书里并不介绍什么名曲，然而我觉得所得并不比翻阅一部"名曲介绍大全"差。

其实，可以丰富我们音乐知识的资料，来源不仅是书本。唱片封套上印的作品介绍，往往有质量很高的文章。

就连小小的盒式录音带也附上用小字缩印的文字说明。曾见一盒磁带，录的是莫扎特的两首乐曲，颇为珍奇。一首乐曲是为"玻璃琴"而作。另一首是为自动管风琴写的赋格曲。看了所附说明，人们不但知道了从前有过这两种乐器，也可以想见这位音乐奇才兴趣之广博。

今天的爱乐者耳福不浅，有广播、电视、录音机、立体声激光唱片等等可以利用，可以纵情享受听觉的盛宴。而当年为我们导游的缘缘堂主人，他为了想听俄罗斯民族乐派作品的演奏，也不得不从他留学所在的日本某地赶到另一个大城市去听！

但是在音乐欣赏条件更为优越的西方，《音乐欣赏》的编者约·马乞列斯却慨叹道，由于唱片、广播之泛滥，反而造成了人们不会听音乐，音乐来得太容易了！所以他认为，今天的人们忽视了倾听音乐的艺术，而倾听，本身就是一种艺术。

中国今天的爱乐者不会再满足于《音乐入门》那样的读物了吧，但他们总还是指望有人导游。

自古以来，我们的诗话那么多，读不胜读。许多普通人爱上唐诗宋词，恐怕并非那些诗话的影响，而只是"熟读唐诗三百首"。说诗要像闻一多说唐诗那样有魅力很难。说乐显然更难，似乎没人写过"乐话"。

柯普兰真是个讲实话的人！他诚心诚意为我们听众写了那本"导游册子"（还写了许多书，可惜没译过来），却又从序言到结束再三叮嘱道："读这样一本书并不能加深对这门艺术的理解。""什么也代替不了倾听音乐……除非你下定决心倾听比过去多得多的音乐，否则读这本书可能是白费时间。"

凭自己的体验，我深信他的话有理。最重要的是去倾听音乐的本文，而首先要认定，正如他所强调的：严肃音乐不是安乐椅，而是触动你、激励你甚至折磨你的！

（原载1990年第7期《读书》）

留得天籁在人间

——弹不好莫扎特有感

资中筠

弹钢琴是我的唯一业余爱好。从十岁开始断断续续弹了半个世纪。所谓"断",中间一断就是二十多年,连琴也丢失了;这"续",和我国一切事物一样,还得归功于改革开放,才有条件和兴致重新买琴,像童话《睡美人》里停了几十年重新摆动的时钟一样,续上了音乐的发条,对此道的爱好却是老而弥笃。也就是在我的音乐生活进入晚境时,对莫扎特的感情日深,尽管许多曲子都是青少年时弹过的,似乎到现在才解其中味。无独有偶,1991年12月莫扎特逝世两百周年,几个清华老同学、老乐友也相约凑热闹,在我家聚会。几把小提琴加一架钢琴,轮流合奏彼此平时练得较多的莫扎特的几首钢琴与小提琴奏鸣曲,自得其乐。某君感叹道,人到渐入老境时适宜弹(拉)莫扎特,话一出口就引起大家共鸣。但是又都觉得对于业余者来说，莫扎特太难了，不在于技巧，恰恰就在于这味道难以表达。莫扎特英年早逝．自己从未老过，他的作品又都是那么明朗、清澈，绝无老气横秋或迟暮之思——至少那几首奏鸣曲是如此。那么这种不约而同的感觉是从何而来呢？要把这难以言喻的感觉形诸文字并不比演奏出他作品的味道来更容易。

难以掌握的是那既含蓄、典雅又玲珑剔透的风格——主旋律都是最简单的，随口可以哼得出来，和声是最古典规范的，似乎没有什么令人望而生畏的高难度的技巧要求，但是每一个音符都水清见底，容不得半点含混。我弹莫扎特时常感到像与一个天真无邪的孩子对话，他对你无限信赖，把心事向你娓娓道来，期待你的全部理解和同情，因此弹错一个音符就有欺骗了孩子、辜负了他的信任之感；又像是面对一片洁白晶莹的冰雪，每弹错一点如同滴上一个污点，玷污了这无瑕的圣洁。很少有大起大落的强弱对比，却差不多每一句都有渐强渐弱的曲线，而且连音、断音、附点、休止……要求极为细腻、考究，不能蒙混过关；很少有可以炫耀技巧、博得彩声的华彩篇章，却要求演奏如行云，如流水，无丝毫滞碍。作曲家给人的感觉不是在"作"曲，而是心声的自然流淌，那么演奏者也应该不是有意识地在弹奏，而是摆脱了任何技巧负担和技术性的考虑，凭感觉让音乐自然流出来。但是这又是建筑在严格的规范和分寸感之上的，缓、急、轻、重，抑、扬、顿、挫，处处要求适度，略一夸张就嫌媚俗，稍有不及则又平淡无味，简直是添一分嫌肥，减一分嫌瘦。少不更事、血气方刚时无法体会其微妙之处，及至有了一点体会，技巧修养不到炉火纯青的地步势难掌握，凭这点业余的功力如何办得到？

莫扎特短暂的一生曾享受过辉煌的荣光，但更多的是坎坷和忧患。他以旷世之才、病弱之身，不得不经常仆仆于德、奥、意、法之间，觅食于王公、主教之门，却知音难逢，常遭白眼甚至凌辱，也饱受同行的妒忌和排挤，历尽世态炎凉和不公，最后在贫病交加中耗尽心力。他逝世前一年给他妻子的信中曾写道："如果人们能看透我的心，我几乎要感到羞耻——一切都是冷的，冰冰凉。"他告别世界的那个天寒地冻的风雪之夜大概正象征着他所感觉的这个世界的冷酷。但是这种感觉并没有带进他的音乐。论者说莫扎特性格充满矛盾："既宽厚又尖刻，既天真又世故，时而兴致盎然，时而陷入深深的忧郁。"我觉得他的音乐所表现的更多是这几对矛盾的前者而不是后者，大约因为前者是他的本性，后者是后来的生活强加给他的。我们听到的是惠风和畅，清泉汩汩，绝少哀怨凄苦之音。在那里是一片纯真，与浑浊的俗世无缘。似乎作曲家心中充满对生命的热爱和期待，有那么多美妙绝伦的旋律，那么多变化多端的和声，容不下人世间的种种邪恶和争斗。跟着他进入这美妙的境界，也就可以忘俗，可以忘忧，甚至可以忘年。

莫扎特的父亲曾批评他好走极端，"总是非过即不及，从不取中间"，这大概是指处世，与他音乐的风格又正好相反：

虽说是天真无邪，却又淡雅、蕴藉，所以不能浅尝。他没有贝多芬的满腔悲愤的怒吼，或是那热情奔放、一泻千里的气势，也不大有浪漫主义时期的作品那种多愁善感、如泣如诉的抒情篇章。也许是历尽人间愁苦，不再"为赋新词强说愁"，那种"哀而不伤，乐而不淫"的优雅、从容却与东方的审美观有相通之处。曾听一位长者说过他端详弘一法师的书法有时会感动得落泪。我不懂书法，看弘一法师的字时只觉得端庄清癯，与时下已经用滥了的"龙飞凤舞""遒劲""潇洒"之类的词不相干，在扑面而来的书卷气之中是淡泊、宁静、安详，用心看去可以消除杂念，但是如何能让人感动落泪呢？及至有一天我在弹莫扎特的《降 B 大调钢琴与小提琴奏鸣曲》时忽有所悟。这是我情有独钟，几十年来经常弹而又总也弹不好的一首曲子。我对此曲的偏爱固然有主观因素，因为大学时代就弹过，常引起锦瑟华年之思，但是客观地说，这首奏鸣曲的确美不胜收，三个乐章都臻于完美境界，各有极优美的主旋律、标准规范的结构和节奏，却又通篇浑然一体，功力贯穿到最后一个音符，使我每次不到终曲不罢手。（我觉得，即使是乐圣之作，并不一定每一首奏鸣曲所有的乐章都同样精彩，往往后面的乐章实现不了第一乐章所诱发的期待，使人有虎头蛇尾之感，所以有些有名的奏鸣曲脍炙人口的也就是一两个乐章。）这与弘一法师的书法似乎风马牛不相及。为何有此联想，我也说不清。倒还不是因为出家前的李叔同在他多方面的才华之中也以音乐家闻名，而且还写了至今传唱的动人心弦的歌曲如"长亭外，古道边……"。这位稀世的才子在俗时又曾是激情满怀的革新家，由于对理想的执着追求，对生活、对自己奉行的原则极度认真而常有惊世骇俗之举。最后遁入空门的真正原因连他最亲密的朋友也不甚明了，但总是非常之人行非常之事吧。我隐约觉得这是和他超常的天赋和极为强烈而无处寄托的精神追求相一致的。我从莫扎特这首奏鸣曲中所感受到的正是那深藏于端庄、宁静、安详之中的至情至性。特别是第二乐章，那回肠荡气的主旋律在钢琴和小提琴对答中浅吟低唱，包含着多少对爱的追求、对美的向往！同时又是那样的不露锋芒，留有余地。风格还是莫扎特特有的澄澈晶莹、顺乎天然、全无斧凿痕、烟火气。当然莫扎特与弘一法师没有可比性，我所悟到的是这种恬淡到极致的激情有时确有催人泪下的力量。

那音乐又常使人想起中欧一带明媚秀丽的湖光山色。一方水土养一方人物，也养一方艺术。中国的烟霞泉石、奇峰险崖、苍松翠竹产生了国之瑰宝——神韵独具的水墨山水画。欧洲，特别是中欧的旖旎风光却孕育出了人类文化中的一枝奇葩——西洋古典音乐。我有幸在音乐之都维也纳住过几年，也游历了周围一些国土如德、匈、瑞士、捷克等，深感那一带的风光有它独特的和谐、妩媚。春、夏、秋、冬四时分明，而又少酷暑、严寒，到处是绿草如茵、青山绿水，也有常年积雪的山巅，却少怪石嶙峋的崇山峻岭，更无穷山恶水，或粗犷辽阔的草原、沙漠。乡间的欧式小桥、流水、人家与我国江南的风格迥异，那掩映于绿树丛中的精致的农舍常使人想起《格林童话》。莫扎特的故乡萨尔茨堡就是一处风景胜地，其实那山水林木并无奇特之处，但是错落有致，有一种说不出的清新的美，令人心旷神怡，既得幽谷之趣又不是远离人间的旷野荒郊。不知怎地，遨游其中，心中就会响起那些熟悉的曲调，觉得与大自然如此和谐一致。降生于此，钟天地之灵秀而为神童也是很自然的。关于莫扎特的电影已有不少，近年来一部美国电影 Amadeus 是比较有名的。一开始出场的少年莫扎特是一个不时粗声狂笑、疯闹着追女孩子搞恶作剧的顽童，而且常在大庭广众之中失态，离我心目中那个天真烂漫、清秀优雅的形象远矣，实在难以接受。但是再看下去，却感到这部电影表现莫扎特的超凡的天才确有独到之处。天才往往带点神经质，不能以常人视之。电影的精彩处在于表现莫扎特一坐到钢琴前立即与琴连成一体的神态，乐曲自然而然从手指间流淌出来，平凡的素材经他略一加工就点石成金。对于这个音乐神童来说，作曲就相当于普通儿童玩心爱的游戏，从中得到无限乐趣，一旦投入，忘乎所以，又像是他生来心中就孕育着无数美好的乐曲，等待着破壳而出。他完全是听从心声而弹而作。电影中那个一心想置莫扎特于死地的宫廷乐师本也是个相当杰出的音乐家，但是他一见莫扎特就敏感地意识到，在这耀眼的天才的光芒照射下自己只能永远黯然无光。这说明他有眼力，也可谓知音。只不过这慧眼引向了邪恶的妒火中烧……不论这故事的生活依据如何，电影成功地表现了莫扎特后期在种种世俗的压力下心力交瘁而谱曲不懈，实际是把生命一点一滴化作音乐，"春蚕到死丝方尽"，留得天籁在人间。

中国和希腊神话中都有"谪仙"之说——某位神仙触怒了天帝被谪到人间受苦，待劫数满后再召回。天上若果真曾有乐仙被谪到下界，莫扎特其庶几欤？

1995年2月

（录自《学海岸边》，辽宁教育出版社，1995年版）

太庙只是一个符号

刘雪枫

　　在太庙上演的《图兰朵》不是普契尼的《图兰朵》，而是张艺谋的《图兰朵》。不是只有我这样称谓它，而是大多数媒体都这样说。在中国香港的巩俐也这样说：听说他的《图兰朵》很好看，可惜我不能分身前往云云。

　　去年在佛罗伦萨的《图兰朵》也很好看，但也仅仅是好看而已。曾力等人的布景与服装很有想象力，在国内他们可不敢如此大胆，因为站在他们身后的专家太多了，更何况像《图兰朵》这样的戏最怕历史学家的参与，当然，让文学家也离得越远越好。不过这话是我说的，曾力们可并不这样想，在北京的版本里，他们生怕有人指责他们不懂中国传统文化，心甘情愿地用叠床架屋般的中国意象将自己禁锢起来，这当然谁也怨不了。

　　卡拉扬生前未能实现的梦想，却让梅塔轻而易举地变为现实。前后虽然只相隔不到二十年，但意义完全不同，这真是现代文化的悲剧。卡拉扬一心要将《图兰朵》拍成能够流传下去的实景电影，就像他在金字塔前拍成的《阿依达》一样。而梅塔此举只不过让他的一系列"不同凡响的演出盛事"又多了一个曲目。他选中张艺谋执导是整个事件成功的关键，艺术上的后果当然没有机会被考虑。

我曾经为《图兰朵》未能获准在故宫太和殿前上演感到万分遗憾，看过在太庙的演出以后，我倒觉得它亦完全可以放到颐和园、圆明园或天坛等地去演。太庙作为西方人眼中的中国符号，其意义并不在太庙本身，真实存在的巍峨的大殿才是发挥戏剧功能的所在。美中不足的是，在《图兰朵》之前，它已经被"键盘王子"雅尼僭用过一次，东方古老的符号已不再具有神秘感了。

但是太庙自有太庙的气度，这是出席首演之夜的观众无法回避的现实。虽然经过扩声的音乐的音量很大，戏剧的场面也热闹非凡，人们眼花缭乱，目不暇接，似乎无法注意太庙的存在，但是它偏偏就在那里存在着。谁能感觉不到它的肃穆、它的静谧、它的雄浑和它的神秘呢？无端的惊扰没有激起它任何反应，它在夜空下威严地矗立，轮廓分明，寂然无语。这就是说，它绝对与这个夜晚的一切光怪陆离毫不相干。

既然太庙与《图兰朵》毫不相干，那么《图兰朵》又与我们有什么相干呢？一个阿拉伯式的荒诞故事加一支从马路上听来的江南小调是普契尼全部创作的基础。普契尼将晚年最美好的心意寄托在柳儿这一角色身上，而恰恰似柳儿这样的女性，在中国古代文学作品中是根本见不到的。普契尼也没有刻意追究图兰朵公主所处的时代背景，这没有任何戏剧上的意义。所以，自《图兰朵》1926年首演以来，各种导演的版本五花八门，但并没有谁郑重其事地讨论过舞台美术设计要体现什么朝代的风格，在西方人的眼里，风格只有一个，那就是中国风格。以近年泽费莱里导演、莱文指挥的大都会版为例，我觉得他们对中国古代的文化是经过消化才接受的，这里没有中国问题专家把关，也无历史学者顾问，不是请不到，而是没有必要。所以它不可避免地让我们看了之后感到有些滑稽。为什么呢？服装上有些不伦不类，从春秋战国一直到清朝的被一勺烩了。大臣们上朝时右手持折扇，左手挎美女，美女们手中还举着小巧精致的阳伞，图兰朵出场时的穿戴活脱一个京剧穆桂英的形象。但是你却不能说这不是中国的古代，文本上的误读并不存在，只因视觉上的效果太中国味了，尤其是极富间离感的布景设计和充满想象的舞台空间竟使我确信历史上曾经存在过这样一幅画卷，转瞬即逝的美丽在恐怖诡秘的气氛中显得格外引人注目。

即使西方人通过《图兰朵》的故事，并不真切地认同了所谓传奇时代的中国，但是这不会影响他们对普契尼音乐艺术上的认同。他们将二十世纪最后一个版本交给中国人处理，看重的仅仅是太庙与张艺谋这两个符号，却并非有着让我们从中国本位出发来重新认同《图兰朵》作为"中国歌剧"的意味。可悲的是我们不仅一本正经地将时代设定为明朝,用历史剧的创作理念来保证场景、服装和道具的真实,而且竟意图将全部中国的文化高度浓缩在这方寸之间,太庙的巨大符号加各种徒具表层概念的图解,甚至如"龙""凤""斩""奠"等直白的汉字赤裸登场,殊不知它们严重消解了所有来自艺术、戏剧和历史意义上的想象,从而使伟大普契尼的不朽歌剧演变为街头的活报剧。《图兰朵》没有产生对中国的误读,而我们却实在误读了《图兰朵》。也许设计者们和祖宾·梅塔因此过了一把瘾(这是很令人艳羡的生活方式),当然我也不排除他们时刻都能感受到的背上的重压,但是对太庙隔靴搔痒式的唐突,花言巧语引诱老外千里迢迢慷慨解囊,以传媒的力量掀起举国的关注与讨论,魏明伦的川剧《中国公主杜兰朵》也趁机粉墨登场,这一切究竟要获得一种什么样的结果,恐怕只有天知道。

我的一位性情焦躁的朋友在走出太庙之后神情轻松地伸了一个很淋漓尽致的懒腰,他一言以蔽之曰:这分明是张艺谋给大家安排的一次自助餐,所有的食客都可以在此各取所需。斯言若真有理,那么太庙连一个符号也够不上了,我的以上可怜的思考亦权当白费。

(原载1998年第12期《读书》)

肖斯塔科维奇与《第七交响曲》（《高潮》节选）

余　华

　　肖斯塔科维奇在1941年完成了作品编号60的《第七交响曲》。这一年，希特勒的德国以三十二个步兵师、四个摩托化师、四个坦克师和一个骑兵旅，还有六千门大炮、四千五百门迫击炮和一千多架飞机猛烈进攻列宁格勒（圣彼得堡旧称）。希特勒决心在这一年秋天结束之前，将这座城市从地球上抹掉。也是这一年，肖斯塔科维奇在列宁格勒战火的背景下度过了三十五岁生日，他的一位朋友拿来了一瓶藏在地下的伏特加酒，另外的朋友带来了黑面包皮，而他自己只能拿出一些土豆。饥饿和死亡、悲伤和恐惧形成了巨大的阴影，笼罩着他的生日和生日以后的岁月。于是，他在"生活艰难，无限悲伤，无数眼泪"中，写下了第三乐章阴暗的柔板，那是"对大自然的回忆和陶醉"的柔板，凄凉的弦乐在柔板里随时升起，使回忆和陶醉时断时续，战争和苦难的现实以噩梦的方式折磨着他的内心和他的呼吸，使他优美的抒情里时常出现恐怖的节奏和奇怪的音符。

事实上，这是肖斯塔科维奇由来已久的不安，远在战争开始之前，他的噩梦已经开始了。这位来自彼得格勒音乐学院的年轻的天才，十九岁时就应有尽有了。他的毕业作品《第一交响曲》深得尼古拉·马尔科的喜爱，就是这位俄罗斯的指挥家在列宁格勒将其首演，然后立刻出现在托斯卡尼尼和瓦尔特等人的节目单上。音乐是世界的语言，不会因为漫长的翻译而推迟肖斯塔科维奇世界声誉的迅速来到，可是他的年龄仍然刻板和缓慢地进展着，他太年轻了，不知道世界性的声誉对于一个作曲家意味着什么，他仍然以自己年龄应有的方式生活着，生机勃勃和调皮捣蛋。直到1936年，斯大林听到了他的歌剧《姆钦斯克县的麦克白夫人》后，公开发表了一篇严厉指责的评论。斯大林的声音意味着什么？意味着整个国家都会胆战心惊，当这样的声音从那两片小胡子下面发出时，三十岁的肖斯塔科维奇还在睡梦里干着甜蜜的勾当，次日清晨当他醒来以后，已经不是用一身冷汗可以解释他的处境了。然后，肖斯塔科维奇立刻成熟了。他的命运就像盾牌一样，似乎专门是为了对付打击而来。他在对待荣誉的时候似乎没心没肺，可是对待厄运他从不松懈。在此后四十年的岁月里，肖斯塔科维奇老谋深算，面对一次一次汹涌而来的批判，他都能够身心投入地加入到对自己的批判中去，他在批判自己的时候毫不留情，如同火上浇油，他似乎比别人更乐意置自己于死地，令那些批判者无话可说，只能再给他一条悔过自新的生路。然而在心里，肖斯塔科维奇从来就没有悔过自新的时刻，一旦化险为夷他就重蹈覆辙，似乎是好了伤疤立刻就忘了疼痛，其实他根本就没有伤疤，他只是将颜料涂在自己身上，让虚构的累累伤痕惟妙惟肖，他在这方面的高超技巧比起他作曲的才华毫不逊色，从而使他躲过了一次又一次的劫难，完成了命运赋予他的一百四十七首音乐作品。

尽管从表面上看，比起布尔加科夫，比起帕斯捷尔纳克，比起同时代的其他艺术家凄惨的命运，肖斯塔科维奇似乎过着幸福的生活，起码他衣食不愁，而且住着宽敞的房子，他可以将一个室内乐团请到家中客厅来练习自己的作品，可是在心里，肖斯塔科维奇同样也在经历着艰难的一生。当穆拉文斯基认为肖斯塔科维奇试图在作品里表达出欢欣的声音时，肖斯塔科维奇说："哪里有什么欢欣可言？"

肖斯塔科维奇在生命结束的前一年，在他完成的他第十五首，也是最后一首弦乐四重奏里，人们听到了什么？第一乐章漫长的和令人窒息的旋律意味着什么？将一个只有几秒的简单乐句拉长到十二分钟，已经超过作曲家技巧的长度，达到了人生的长度。

肖斯塔科维奇的经历是一位音乐家应该具有的经历，他的忠诚和才华都给予了音乐，而对他所处的时代和所处的政治，他并不在乎，所以他人云亦云，苟且偷生。不过人的良知始终陪伴着他，而且一次次地带着他来到那些被迫害致死的朋友墓前，他沉默地伫立着，他的伤心也在沉默，他不知道接下去的坟墓是否属于他，他对自己能否继续蒙混过关越来越没有把握，幸运的是他最终还是蒙混过去了，直到真正的死亡来临。与别人不同，这位戴着深度近视眼镜的作曲家将自己的坎坷之路留在了内心深处，而将宽厚的笑容给予了现实，将沉思的形象给予了摄影照片。

因此当希特勒德国的疯狂进攻开始后，已经噩梦缠身的肖斯塔科维奇又得到了新的噩梦，而且这一次的噩梦像白昼一样的明亮和实实在在，饥饿、寒冷和每时每刻都在出现的死亡如同杂乱的脚步，在他身旁周而复始地走来走去。后来，他在《见证》里这样说：战争的到来使苏联人意外地获得了一种悲伤的权利。这句话一箭双雕，在表达了一个民族痛苦的后面，肖斯塔科维奇暗示了某一种自由的到来，或者说"意外地获得了一种权利"。显然，专制已经剥夺了人们悲伤的权利，人们活着只能笑逐颜开，即使是哭泣也必须是笑出了眼泪。对此，身为作曲家的肖斯塔科维奇有着更为隐晦的不安，然而战争改变了一切，在饥饿和寒冷的摧残里，在死亡威胁的脚步声里，肖斯塔科维奇意外地得到了悲伤的借口，他终于可以安全地在自己的作品中表达悲伤，表达来自战争的悲伤，同时也是和平的悲伤；表达个人的悲伤，也是人们共有的悲伤；表达人们由来已久的悲伤，也是人们将要世代相传的悲伤。而且，无人可以指责他。

这可能是肖斯塔科维奇写作《第七交响曲》的根本理由，

写作的灵感似乎来自《圣经·诗篇》里悲喜之间的不断转换，这样的转换有时是在瞬间完成，有时则是漫长和遥远的旅程。肖斯塔科维奇在战前已经开始了这样的构想，并且写完了第一乐章，接着战争开始了，肖斯塔科维奇继续自己的写作，并且在血腥和残酷的列宁格勒战役中完成了这一首《第七交响曲》。然后，他发现一个时代找上门来了，1942年3月5日，《第七交响曲》在后方城市古比雪夫首演后，立刻成为了这个正在遭受耻辱的民族的抗击之声，另外一个标题《列宁格勒交响曲》也立刻覆盖了原有的标题《第七交响曲》。

这几乎是一切叙述作品的命运，它们需要获得某一个时代的青睐，才能使自己得到成功的位置，然后一劳永逸地坐下去。尽管它们被创造出来的理由可以与任何时代无关，有时候仅仅是书呆子们一时的冲动，或者由一个转瞬即逝的事件引发出来，然而叙述作品自身开放的品质又可以使任何一个时代与之相关，就像叙述作品需要某个时代的帮助才能获得成功，一个时代也同样需要在叙述作品中找到使其合法化的位置。肖斯塔科维奇知道自己写下了什么，他写下的仅仅是个人的感情和个人的关怀，写下了某些来自《圣经·诗篇》的灵感，写下了压抑的内心和田园般的回忆，写下了激昂和悲壮、苦难和忍受，当然也写下了战争……于是，1942年的苏联人民认为自己听到浴血抗战的声音，《第七交响曲》成为了反法西斯之歌。而完成于战前的第一乐章中的插部，那个巨大的令人不安的插部成为了侵略者脚步的诠释。

尽管肖斯塔科维奇知道这个插部来源于更为久远的不安，不过现实的诠释也同样有力。肖斯塔科维奇顺水推舟，认为自己确实写下了抗战的《列宁格勒交响曲》，以此献给"我们的反法西斯战斗，献给我们未来的胜利，献给我出生的城市"。他明智的态度是因为他精通音乐作品的价值所在，那就是能够迎合不同时代的诠释，随着时代的改变而不断变奏下去。在古比雪夫的首演之后，《第七交响曲》来到了命运的凯旋门，乐曲的总谱被拍摄成微型胶卷，由军用飞机穿越层层炮火运往了美国。同年的7月19日，托斯卡尼尼在纽约指挥了《第七交响曲》，作为世界人民反法西斯的大合唱，广播电台向全世界做了实况转播。很多年过去后，那些活着的二战老兵，仍然会为它的第一乐章激动不已。肖斯塔科维奇死于1975年，生于1906年。

（录自《音乐影响了我的写作》，上海文艺出版社，2004年版）

冬夜听古尔德

马慧元

对我来说，听古尔德的欲望如某种电脑病毒，一直潜伏在身体里，平常跟我相安无事，专等种种条件合适时发作。当天气、温度、心情、生活压力等等恰好到达预定的参数值的时候，我知道该听古尔德了。偏不在炎热的夏天听凉爽的古尔德，而要在严冬的时候，让他给骇人的苦寒再添一分孤迥，这时候我就知道寒冷的尽头是什么了，就会从心底捧出最后一把温暖。把巴赫《平均律》或《赋格的艺术》放进音响，手插在裤袋里在屋里溜达着，听到得意处，不禁拔出手，在空中打个清脆的响指。

小城拉勒米给人的记忆永远是严冬和雪。在这个下着鹅毛雪的岁末的夜晚，隐隐从窗内看到院里的黄草被雪无情地掩埋，一股莫名的忧郁和盼望就涌上心头，人在凄惶的压迫下渐渐竟然有几分心力交瘁。也许是古尔德快来了。那就听听他的巴赫

《哥德堡变奏曲》吧。CD 封面上的他，依然是个清瘦的小帅哥，只穿着衬衫，从遥远的北方赶来，绕过我们门口的风铃，金光闪闪的圣诞树和背对背坐着的雪白玩具熊，绕过人间所有的温柔和繁华，带着冷风坐下来。

不要问为什么他一脸冰霜，也不要问他为什么不停低唱。还有谁比他更像天使。

古尔德弹得真快，居然连反复都取消掉。我连翻谱都来不及。一股子带点"蛮气"的青春劲道劈头盖脸咆哮而来，好像驱使千军万马追赶着远不见踪影的巴赫。"月浪冲天天宇湿，凉蟾落尽疏星入。"主题孤单清冷，空若无物。不过，它的每一个小节都被后面的变奏照耀呼应，间或有卡农幽灵般往来，旋律在其中长成山峰、海浪、田园。那主题一过，第一变奏就显出热烈之相，简直是凶狠的敲击，低声部倒是绕着主题嘈嘈切切，人的注意力却不禁要追着火爆的高音跑。话说古尔德自小弹管风琴，还在教堂弹过赞美诗，自然通晓"呼吸"的秘密。如今他在钢琴上的分句往往不脱管风琴奏法的痕迹，剔透疏朗，像玲珑的奇峰。从线条的角度看，三个声部恭让怡然，以从容不迫的句读引导着听觉在山容水意间兜转。常常，由左右手大指铺就的中声部吟啸行止之际，右手四五指轻唱着牧歌，而左手低声部则如管风琴的脚键盘，远远低吟着主题。远远地，远远地。孤独的赤子就这样执拗地拓出一个世界。怪不得古尔德后来只爱录音室，它由于静谧虚空而广大得令人惊骇。在塞满了人的音乐厅里，也许不足铺开巴赫的天空，也无法享受那一番寒意吧。但闻北斗声回环，不见长河水清浅。巴赫哪管我们在其中困惑、迷失，只顾一股脑地变着魔术。作为尾声的第三十变奏是我的心爱，它多么华丽饱满，秋风扫落叶一般，以自信和热烈漫卷滚滚红尘。巴赫虽然是我心中的浪漫之魂，但他的表现手法毕竟不能张致到怪诞和轻佻。这个第三十变奏就算是巴赫的疯狂时刻了，他在其中玩弄了一点堆砌，一点炫耀，那音乐犹如一棵挂满果子的树，果实自然缤纷好看，而树干依然修伟。我总是在它之后就戛然结束音乐，不要听主题在结尾的重复。那雪影离离的悄寂时刻，难免让人神伤。从头到尾，我脑子里常出现这样的画面：远看，古尔德的双手兴奋地弹跳着，一副渺目烟视的任性样子，像是以骄傲和疯狂回应着浪漫的巴赫；近看，他的眼神却专注得痴情，为一个抽象的黑白世界默然而忠诚地以心相许。而《哥德堡变奏曲》的主题既然在头尾出现，这音乐是可以循环下去的，从阿尔法到欧米加。孤独的古尔德躬着身，秘密地为我们推动着永动机一样的巴赫。

不听后面的创意曲了。音乐止住，门上的风铃声叮当透进来，房门口挂着的彩灯把雪照成微黄，寂寞的黑狗卧在炉火旁的沙发上不动。我一向害怕雪里行车和雪中严寒，可雪至少有一个好处，就是让我们听到了琉璃世界里的古尔德，繁星般的旋律在屋顶上树枝上的银光里四处开花，成为雪中的火焰。巴赫写《哥德堡变奏曲》本来是供某大公催眠的，这意思甚好。

不过这变奏曲其实是举着小榔头敲遍人的神经，倒可能让人兴奋无措。下次再听你的暮年的《哥德堡变奏曲》好不好。今晚我们接着听《英国组曲》。

此时的他其实已经老了，CD封面上依旧是一张不笑的脸。这个古尔德跟那个古尔德隔雪相望。"古尔德牌"分句仍在，让足够的"空气"把句子支撑成立体；仍然喜欢"不倒翁"式的节奏，把小节的第一拍敲得很响，好像冲锋陷阵着要撞破节拍的藩篱，可是马上又戛然收紧脚步。他少时的刚勇亦在，但多了些沉静和宽柔。《英国组曲》的技术难度比《哥德堡变奏曲》低得多，连孩子都可以弹。不过谁能像他，从巴赫一组组排得整整齐齐的十六分音符中捉到万种风情。萨拉班德、小步舞曲、库郎特，这些刻在琴童记忆里的名字此刻如冰晶般闪着诡谲的光芒，照着我们眼睛里的疑惑。在《马太受难曲》里低首悲吟的巴赫，在钢琴管风琴里亦典雅而克制的巴赫，也有这般飞扬、高蹈的时刻吗？

没有人这样弹巴赫，除了古尔德。他是一个热爱严寒的人，不会害怕我们这边的深雪。想听古尔德的时候，我真的可以把别的都放下，准备好足够的寂寞等他。寒冷的尽头是寂寞，那寂寞伸到多远？那个沿着寂寞走向天堂的人，早已与人间烟火和解。在这圣诞将至的时刻，他的孤独亦是尘世里的一段繁华。

（原载2003年第9期《音乐爱好者》）

圣诞节的李斯特

马慧元

又是一年圣诞。这两天居然没有下雪，院里只是残雪。所以，空气中安静得连下雪的声音都没有。路上有塑料袋在风里翩翩起舞，树枝在天空的蓝背景里晃。一切都像在上演一部默片。圣诞节里其实是应该听巴赫或者亨德尔的，我却一定要跟热闹的李斯特共度，索性撕碎这片宁静。

浪漫主义时期，人的爱痛悲欢都因为可以毫无顾忌地展开而显得格外亮和硬——即使是肖邦，表现手法虽然可称得上温柔敦厚、风致楚楚，而那袒露心灵的勇气还是跟古典派的引而不发一刀两断了。更不用说在钢琴上颐指气使的李斯特。看看乐谱就知道，这人坐在钢琴跟前，当真是要发疯。谁都知道他的钢琴曲充满喧嚣，以至于他暗暗潜伏的内省和苦涩都被"浮华"的恶名掩盖，在世人那里无论如何"升华"不起来。不过，对于能在钢琴上折腾的家伙，我怎么也没法反感——这手指功夫无论如何不是闹着玩的，让我们这种技术永远过不了关的人仰视——哪怕过耳一遍就丢开。听听人家手指上闪烁的一片繁华，虽然如"鲜花着锦，烈火烹油"般不堪，到底能落个大痛快。比如那首著名的《钟》，曾经让我无数次脊背发凉，不知今生今世还有何物能让人如此决意忘却伤生哀世，安享这般琴上昙花。

真是好久没听过李斯特了，于是被狠狠地刺中，简直要"闻鸡起舞"。我这里比较痛快的录音包括布伦德尔录的一套诸位大师选集中的一张"李斯特"，主要都是《匈牙利狂想曲》。此外阿格里齐录过的一张CD中，有《匈牙利狂想曲》第六号，当真是无比大气又精准，让人不着迷也不行。倒茶！先在这淋漓的八度进行中快意一场再说。如此的感官愉悦无须经过大脑，只要对光对色稍有知觉，就会在这斑斓之声里醉生梦死。而我的快意，比起现场的听众，或者演奏者自己，还不知要逊色几分呢。狂想曲里，炫技虽然难免，可是每一首都奔涌着萧森之气，实在不能算浅薄之作。寒气扰扰间，又有红烛昏沉。唉，李斯特这个一辈子在荣华和名声里打滚的家伙，骨子里却是如此苍凉，苍凉到脆弱和颤抖，"白头吟望苦低垂"。

激动过后，又找来别人的录音来听。很多大师都录过他的《匈牙利狂想曲》。比如帕德雷夫斯基，纸带录音的效果居然像模像样。那个时代，好像这种浪漫派炫技曲目大行其道。这组曲子中最著名的有第二、第六、第十二、第十五等等，听上去味道其实差不多，都是大刀阔斧的摧枯拉朽在先，然后一些波希米亚味道十足的旋律散章醉醺醺地在寒光中浮现，最后灿烂的乐思汇成悲声，居然一片法相庄严。其中双手八度颤音俯拾即是，沉重的和弦更是在旋律中漫成泌之洋洋，实在是考验琴手肩膀手臂的好材料。虽然各首狂想曲结构大体一致，没什么新想法，可偶然听听，那音乐还是如同凶猛的刀剑，砍杀出一个凛凛新世界，最后偃旗息鼓，容人在颓唐中做梦。不过，如果听得太多，弄不好会觉得这里面的大喜大悲简直有按照配方炮制之嫌，从引子开始，一、二、三，开始感动吧！然而这迎耳而来的巨大声音既然与感官干柴烈火般相投，我们注定要接受。

注定要接受。可是也不难想象，李斯特这样颖慧殊常之人，注定不会自满于这些浮华之作。在欧洲的游历对他影响甚深。钢琴曲集《旅游岁月》就是充满奇思和冥想之作。此外还有大量宗教音乐，清唱剧《基督耶稣》《圣伊丽莎白传奇》、应答圣歌《七大圣事》以及《匈牙利加冕弥撒》等等。这些不太出名的作品，其实更接近他的内心。

可惜人们顶多是看到他"炫技"之名下的巨大创造力，而那朴素安静的一面少有人知。那个时期有了拿破仑、歌德、雨果、巴尔扎克、德拉克洛瓦，真是个快乐鲜亮的美丽新世界。海涅说他是"那个时代的疯狂、英俊、可畏、怪异、幼稚的孩子"，是法国浪漫主义之子，也是它的英雄和囚徒。他的生活也几乎是当时"浪漫骑士"的典型：出身寒微然而敢对权贵横眉，自小遭遇无数阻挠，然而还是凭借天才生生脱颖而出——

当然这要感谢那个繁华的欧洲，那时据说不大有人饿死，音乐家受苦的不多（虽然舒伯特、莫扎特留下了一些悲伤的故事，但主要与个人气质相关，在那个时代并无代表性）。除了弹琴作曲，他兼弄指挥，倒是在音乐会上风头出尽，被称为"钢琴上的唐璜"，却也埋下作品被贴上"炫技"标签的种子。早年追求贵族女儿卡罗琳未果（不过他几乎终身跟这个女人藕断丝连），留下的伤心印记使骄傲的他几乎终身再不敢追求女性。婚姻坎坷不说，女儿鬼使神差地嫁给了另一"恶魔"瓦格纳——一个"在每个树丛下都能看到敌人"的凉薄家伙。李斯特却是天性磊落慷慨，一向善举累累，曾经多次对尚未得志的瓦格纳伸出援手。直到有一天，瓦格纳感到"不需要任何人了，包括李斯特"。这当然都是书上的记载。天才之间的种种纠葛，也许难以用常理度之，更何况家事缠绕进音乐理想间的争执，难免落个热闹。不过晚年李斯特望亲情而几乎不能得则是事实。浪漫派另两个代表人物肖邦和舒曼，一个早逝，一个发疯，李斯特却活到七十六岁，最后的日子在修道院度过，也许会感到"寿则多辱""浮生只欠一死"吧。那时他的浪漫主义早已淡入历史。这个人，简直是那悲剧的力士参孙。

多说无益。李斯特的故事其实数卷难书，他自己交游既广，自然留下无数"一个十九世纪最有才华、最有趣"的人的故事，连他写给朋友们的洋洋洒洒的书信都是激动人心的读物，倾诉着对文化和信仰的巨大热情。他的笔下常跑野马，让人读若干行便可辨认出"李斯特体"。他的庞大芜杂的音乐也不是几日之内可以听尽的。我现在只是挑些浅的听听，顺便怀念这个圣徒（大家说他是"披着圣袍的梅菲斯特"，可在我看来，他虽然浑身充满人性的弱点，可仍不失为一个真挚的圣徒），也温习一下久违的浪漫主义。这里居然还有李斯特根据太尔博格作品改编的瓦格纳的《汤豪塞》序曲呢，十五分钟长，已经经年未听过了。呵呵，太尔博格，又一个亢奋的炫技能手，生前也是浪漫轶事不绝，而与李斯特不同的是，这人身后彻底岑寂。

不太能想象，那些成天弹李斯特的大钢琴家和小天才们是怎么感受他。对我来说，李斯特的音乐听多了要伤心，首先因为他的暴烈容易把人折磨得一触即发，不屑克制；再者，这人其实是颗苦涩的青果，命运和乐思都展现出人世的残酷，让人不禁唏嘘。而且由于浪漫时期距今不远，大量文字音乐资料留存于世，我们居然躲也躲不开，只好在这一群人的放声歌哭里陪着轻轻饮泣。"人生若只如初见"——李斯特的这些音乐最适合初见。唉，说到底，我还是听早期和古典音乐的人，只是浪漫派的李斯特由于身形太过巍峨而无法忽视——他的音乐偶然现身，可以当作圣诞节里一支鲜红的蜡烛，光焰冉冉向天。

（原载2004年第2期《音乐爱好者》）

瓦格纳的拜罗伊特

刘雪枫

　　拜罗伊特，德国东部的一座小城，位于弗兰肯丘陵和波希米亚森林之间。每年夏天，宁静的城市突然热闹非凡，成为全球音乐文化界瞩目的中心。政客们也在此纷纷亮相，在剧院内外随处可见国家首脑和政党魁首，拜罗伊特的影响，已经远远超出了音乐和戏剧的范畴。也许透过拜罗伊特瓦格纳歌剧节日会演嬗变的历史，我们可以理解今日拜罗伊特事业何以兴旺，何以成为音乐和戏剧的朝圣之地，何以成为争议不断的意识形态舞台。

　　当瓦格纳还在德累斯顿担任乐队指挥时，他就梦想能有一座自己的剧院。最初的想法是因为旧式剧院总是定期换演不同的剧目，这不仅使戏剧起不到教化作用，引导德国大众"进入更崇高、更深邃的情绪中"，而且对演员和乐队都是不负责任的浪费。《尼伯龙根的指环》的创作过程使瓦格纳关于剧院建设的思想日益成熟，他准备选择一个合适的地点，最好在莱茵河畔，建造一座专门上演《尼伯龙根的指环》的剧院，它必须是木质结构，演员要最好的，观众也一定是对瓦格纳的作品真正有兴趣的。像古代希腊一样，观赏戏剧是免费的。在一段时间内演出几轮之后，剧院要被拆除烧毁，《众神的黄昏》结局的大火要让它真正在舞台上发生。

　　1871年4月6日，瓦格纳和科西玛前往德国东部小城拜罗伊特。这个正好位于慕尼黑和柏林中间的宁静小城不仅有乡土风情和地理上的优势，而且还有一个当时德国最好的宫廷剧院——采邑侯爵剧院，它不仅有超大型的舞台，而且音响效果极佳，这是腓特烈大帝之妹威廉明娜的丈夫弗利德里克侯爵为他热爱艺术的妻子于1747年建造的。然而当瓦格纳看到这座歌剧院时，它已经在技术设备上陈旧不堪，根本无法满足《尼伯龙根的指环》需要的巨大布景切换和回旋能力。但是，一直追求铺张豪华和热情奔放的瓦格纳最终还是与慢条斯理、朴实无华的拜罗伊特结下不解之缘，他决心在这里建一座全新的剧院，用来上演他的旷世巨作《尼伯龙根的指环》。几个星期之后，瓦格纳在莱比锡向公众宣布：1873年夏季将在新建成的拜罗伊特节日剧院举行第一届瓦格纳歌剧节日会演，上演《尼伯龙根的指环》全剧。他在给朋友的信中说："拜罗伊特的环境完全符合我的希望，我终于决心住在这里，然后在此实现自己伟大的计划。"

离开拜罗伊特之后，瓦格纳和科西玛前往柏林，意欲争取到德国皇帝和首相对节日剧院计划的支持，但未得到明确答复。于是，瓦格纳决定采用募集私人资金的计划。他新聘用的"事业经理人"、才华横溢的年轻钢琴家卡尔·陶西格提出一个大胆设想：向公众发售一千张每张三百塔勒的"保证顾客"赞助卡以筹集资金。十分不幸的是，年仅十九岁的陶西格数月后便意外身亡，该计划由另一位狂热的瓦格纳崇拜者埃米尔·赫克尔进一步发展实施。赫克尔首先在自己的家乡曼海姆成立了第一个"瓦格纳协会"，这可以让财力不足的赞助人得以合资购买赞助卡。紧接着，许多城市的瓦格纳迷纷纷行动成立各地分会，很快便筹集到相当于总预算三分之一的三十万马克。与此同时，拜罗伊特的议员们也以瓦格纳在此兴建剧院为荣，慷慨大方地通过了无偿赠送土地的决议。

1872年5月22日，这一天是瓦格纳的生日。在拜罗伊特的一座"绿色小丘"上，举行了节日剧院的奠基礼。

瓦格纳发表了预定的演说，他说，即将建成的剧院将要把每个字、每个声音和每个动作的完整含义，精确地传达给观众，要在当时的可能艺术范畴内，让观众欣赏到最完美的戏剧艺术范例。"我们奠下了一块基石，要建立起我们德国最崇高的、向往里尚不可能的巨厦。"

第一届拜罗伊特节日会演于1876年8月13日正式开幕，德国皇帝威廉一世出席了《尼伯龙根的指环》第一轮演出，在座的还有巴西皇帝佩德罗二世、符腾堡国王和其他大公、王子，这正如瓦格纳所说："第一次皇帝和王公迁就艺术家。"当年总共上演三轮《尼伯龙根的指环》，前来观看的人包括李斯特、柴可夫斯基、格里格、圣－桑、尼采等。柴可夫斯基在看过《尼伯龙根的指环》完整演出后说：每个相信艺术具有促进文明力量的人都会从拜罗伊特得到一个令人耳目一新的印象，因为这个伟大的艺术事业由于它的内在价值和影响将在艺术史上建起一座里程碑。肯定地说，在拜罗伊特，一件我们子孙都要纪念的事业完成了。

在长达十五个小时的音乐戏剧表演中，瓦格纳尝试着描述出感情和智慧世界里的全部经验，他将德国神话和北欧的英雄冒险故事通过他的天才化作无比美妙的声音，深入人的灵魂禁地，暴露了人类深受压抑的天性。拜罗伊特的胜利为德意志民族的天才树立了纪念碑，这块碑石的一半是瓦格纳的乐剧，一半是上演这些乐剧的庙堂，它是已经结束、不可改变和永世长存的现实，它已经为所有来拜罗伊特的人们规定了成百上千的清规戒律、教条深化、哲学道德和冷酷无情的创作铁律。

对于第一次坐到节日剧院观赏《尼伯龙根的指环》的瓦格纳迷们来说，这次经历是无法忘怀的。瓦格纳的剧场设计初衷就是让观众联想到古希腊露天剧场或者古罗马的圆形竞技场，观众席只有一层，呈扇形平缓上升，保证了每个座位都有相同的视野，舞台歌手的声音可以直接进入每位观众的耳朵。遵照瓦格纳的要求，乐池比一般的要大得多，而且将下陷进一步扩大到舞台底下，从而被舞台边缘覆盖，这使得乐队的声音带有一种神秘遥远的感觉。这个特点，加上双框架舞台前景和不断缩进的直角墙体，造成所谓"神秘的深渊"。另外，在指挥上方靠近观众席的一边也加上一个拱形大盖子，它的作用是把乐队的一部分声音反射到舞台上与人声混合，然后再传到观众席上。这就是瓦格纳希望的演员与观众之间的联系，"观众会有一种与舞台上事件相距遥远的感觉，但一切又离得如此之近，看得如此清晰"。没有人知道音乐起自何方，真实世界和理想世界就这样被分割开来。

1882年7月26日，瓦格纳专门为拜罗伊特节日剧院创作的"舞台节日祭祀剧"《帕西法尔》的首演为第二届节日会演开幕，各地汇聚而来的瓦格纳迷重新欢聚一堂。《帕西法尔》总共演出十六场，到了8月29日的最后一场，瓦格纳在第三幕换景时从指挥赫尔曼·莱维手中接过指挥棒，亲自指挥到终场。观众发现以后，疯狂地鼓掌欢呼，一再要求瓦格纳上台接受祝贺，瓦格纳始终没有满足观众的心愿，他站在乐池的指挥台上，对歌手、乐手和全体工作人员致以衷心的谢意："你们已经成就了一切，在舞台上面的是完美的戏剧艺术，而在这下面的则是绵绵不断的交响乐。"

1883年2月，瓦格纳去世仅仅几天，他的遗孀科西玛便宣布将不惜一切代价，如期举行当年的节日会演，继续上演《帕西法尔》。正是在这次会演期间，李斯特也不幸逝世于拜罗伊特，《帕西法尔》成了瓦格纳和李斯特共同的安魂曲。

科西玛毅然接过了瓦格纳统治拜罗伊特的权杖。从1886年起，科西玛自任节日会演总指导，在上演《尼伯龙根的指环》和《帕西法尔》之外，又将《特里斯坦与伊索尔德》和《纽伦堡的名歌手》引入节日剧院舞台，并获得艺术上的极大成功。1889年的拜罗伊特更是盛况空前，三大指挥莫特尔、里希特和莱维共襄盛举，分别指挥《特里斯坦与伊索尔德》《纽伦堡的名歌手》和《帕西法尔》的演出，王公贵族、达官贵人、时尚名流云集于此，拜罗伊特成了欧洲最受瞩目的社交场所。由于刚加冕的威廉二世皇帝的出席，拜罗伊特节日会演第一次成为国家大事，这正是瓦格纳生前所热切盼望的。尼采的预言终于得到实现："德国人已经为自己创造了可以崇拜的偶像——瓦格纳。"

科西玛是狂热地崇拜瓦格纳的始作俑者。她称自己的丈夫是"德国精神的救世主"，对她来说，《帕西法尔》是基督教最神圣的作品，她认为自己有责任像传教士一样为之工作。她在给指挥家莫特尔的信中说："现在伟大的城堡就在我们的阵地上，我们要把我们的救世主从人类给予他的种种侮辱中解救出来。只有那些完全忠诚的并且是因为需要而信服的人才能被召唤到这间上帝的殿堂中。"这封信证实了一种宗教信念在拜罗伊特的确立。

在科西玛的影响下，原本用来为瓦格纳协会成员交流信息的《拜罗伊特报》逐渐蜕变为保守的、国家主义的，实际上是反犹太的、具有"理查德·瓦格纳精神的德国杂志"，杂志的作者将瓦格纳比作以德意志、反犹太和民族意识为基础的宗教信念的创始人，从理论上为"国家社会主义"铺就了道路，使拜罗伊特成为沙文主义和民族意识形态的大本营。正像克鲁伯家族对德国近代军事工业至关重要一样，拜罗伊特成就了近代德国的文化事业。

随着《唐豪瑟》和《罗恩格林》被科西玛相继搬上拜罗伊特的舞台，节日会演的规模与影响力日益扩大，前来观看的人数急剧增长，公众与评论家也变得更加国际化。每年夏天，拜罗伊特都吸引了全世界的目光，它成为超越音乐和戏剧的朝圣者的信仰殿堂，而这一切都是科西玛的功劳。

进入二十世纪以后，拜罗伊特事业日益繁荣，节日剧院和旺弗利德的价值都增长数倍，每年节日会演的利润也达到好几百万马克。与此同时，瓦格纳和科西玛的儿子西格弗里德逐渐成长为一位优秀的指挥和舞台导演，他指挥并担任舞台和灯光设计的《漂泊的荷兰人》赢得普遍的赞誉，为拜罗伊特的瓦格纳歌剧演出打上了鲜明的新世纪印记。

第一次世界大战爆发前夕，拜罗伊特变得分外热闹，帝国主义分子和资产阶级新贵，以及所谓的艺术探索者和情感饥饿者都云集这里。随着1913年《帕西法尔》专有演出权利的终止，一场激烈的有关国家主义、种族主义的大争论也在节日会演期间展开。拜罗伊特和瓦格纳的作品第一次被加上"优等民族""德国主义"和"庄严仪式"等概念，瓦格纳的遗产被作为保守主义的革命力量加以支持和推广。

由于战后的经济危机和通货膨胀，拜罗伊特节日会演宣布破产。为了挽救旺弗利德别墅和家庭，西格弗里德像他的父亲一样，频繁地指挥巡回音乐来获取微薄的收入。1921年，许多瓦格纳协会联合起来共同创建了"拜罗伊特德意志节日会演基金会"，筹措了大笔资金，紧接着来自美国的捐献也发生了重大作用。在全德国上下的一片呼吁声中，拜罗伊特节日会演在1924年重新开幕，上演了新版《纽伦堡的名歌手》。在这种特殊的背景下，节日会演具有了国家主义的意义，当《纽伦堡的名歌手》终场汉斯·萨克斯演讲之后，全场竟唱起德国国歌。拜罗伊特终于从审美的艺术活动蜕变为国家政治活动，它比瓦格纳生前所预期的结局走得更远了。

西格弗里德的遗孀温妮弗雷德主持下的拜罗伊特与纳粹德国走得越来越近，节日会演得到来自希特勒本人及第三帝国的强有力的支持，希特勒甚至疯狂地构想出要在拜罗伊特的"绿色山丘"上建造一座"瓦格纳卫城"，他亲自委托帝国建筑师鲁道夫·梅威斯设计出一个怪异的蓝图，这是一座巨大的结构复杂的建筑，中间是舞台和观众席都被大大扩展了的节日剧院，两翼分别是博物馆、图书馆、演讲厅、研究院、音乐学院和餐厅。是战争的爆发阻止了这个疯狂计划的实施，不仅如此，节日会演能否继续举行都成了问题。

1940年，希特勒直接插手了拜罗伊特事务，他把节日会演命名为"战时的节日"，不再面向公众开放，而只为那些被指定为"元首的客人"服务。第三帝国把拜罗伊特节日剧院作为激励纳粹官兵、鼓舞士气的宗教殿堂，作为荣誉和奖赏，从前线回来和即将奔赴前线的官兵以及从事战争工业的工人都被用"帝国音乐专列"送到拜罗伊特免费观看《尼伯龙根的指环》和《纽伦堡的名歌手》，以进行所谓的民族主义与爱国主义的教育。更加不可思议的是，希特勒的特种精锐部队居然还参加了合唱队登台演唱，他们还在节日剧院的各个入场口用军乐吹奏瓦格纳的音乐。这是拜罗伊特演出史上最荒谬也是最耻辱的一页，事实证明，完全被纳粹党所控制的拜罗伊特，已经跌入道德衰落的最低谷。而温妮弗雷德与希特勒长期以来所保持的亲密联系，使得瓦格纳家族在这历史的黑暗时期遭受玷污，她难辞其咎。

按希特勒和温妮弗雷德的本意，1945年的"战时的节日"还要继续举办，但是很快盟军的飞机轰炸了这座城市，旺弗利德别墅被毁掉大半，但节日剧院得以保全。温妮弗雷德利用拜罗伊特陷入混乱前的宝贵时间将一些贵重的物品包括瓦格纳的书信、绘画等资料转移到安全的地方。在举城大溃逃中，节日剧院的大门被冲开，演出服装和道具被洗劫一空。据目击者说，长达数英里的难民人群都穿着瓦格纳各个歌剧中的戏装，场面煞是壮观奇特，时光像是倒流回中世纪传奇时代。

战争结束以后，"非纳粹化"法庭宣布了温妮弗雷德与第三帝国联系紧密并获取利益的罪行，拜罗伊特节日会演被无限期地宣布停止。然而到了1949年，事情开始有了转机。时任美占区电台总编辑的德国著名文化学者汉斯·麦耶开始撰文为瓦格纳和拜罗伊特辩护，积极响应他的还有著名作家托马斯·曼等。当温妮弗雷德及时出面宣布她不再参与拜罗伊特节日会演事务，并希望她的两个儿子维兰德和沃尔夫冈出面重建并继续领导节日会演时，巴伐利亚州政府立即为瓦格纳家族的资金解冻，并作出了支持家族事业继续发展的明确决定。

1951年7月30日，由克纳佩尔茨布什指挥的《帕西法尔》重开了新生的拜罗伊特节日会演，而在此之前的7月29日，富特文格勒指挥的贝多芬《第九交响曲》已经驱散了笼罩在拜罗伊特上空的阴霾，这也是他在战后拜罗伊特的唯一登场。

除了《帕西法尔》之外，克纳佩尔茨布什还和卡拉扬指挥了《尼伯龙根的指环》的演出。才华横溢的维兰德以崭新的富有个性且具有象征主义特征的舞台设计，彻底摈弃了传统的历史主义和自然主义理念，给观众留下了很大的想象空间并且取得了强烈的戏剧效果。他向公众展示出一个"全新的"、被净化了的瓦格纳歌剧的舞台形象。突然之间，瓦格纳好像与日耳曼民族及德国政治无关了，展现在人们面前的是他的人性，他的激情以及他美丽的音乐。

维兰德1966年去世，他为他的兄弟沃尔夫冈留下了全部的遗产以及办好节日会演的责任。后者有着务实的头脑，在组织能力和商务运作方面具有极高的天资，当他在柏林国家歌剧院工作的时候，已经学习了作为戏剧导演的技艺。在接下来的几十年岁月里，沃尔夫冈不仅保证了节日会演的稳定财政来源，而且还亲自指导了包括《尼伯龙根的指环》在内的多部瓦格纳作品，其中尤以《帕西法尔》《纽伦堡的名歌手》倍受赞誉。

2006年，拜罗伊特节日会演进入第一百三十个年头，在总共举办的九十五届当中，共上演《尼伯龙根的指环》制作十二个，《帕西法尔》制作八个，《特里斯坦与伊索尔德》制作十一个，《纽伦堡的名歌手》十个，《唐豪瑟》制作七个，《罗恩格林》制作八个，《漂泊的荷兰人》制作九个。

（原载2006年第3期《读书》）

水仙女

田艺苗

传说中的歌声，因为不能亲耳听闻，在世代想象中变得更美。

很多作曲家都写过标题为"水妖"的乐曲，印象派大师德彪西写过，拉威尔也写过，最著名的是斯拉夫作曲家德沃夏克的"水妖"。德沃夏克写了两部大型的"水妖"音乐，一部管弦乐《水妖》，还有一部是他最著名的歌剧——《水仙女》。他留大胡子，外貌粗犷，却迷恋这个温柔如水的民间传说。写这两部"水妖"的时候，德沃夏克已近六十岁。一部《自新大陆交响曲》早已令他名噪新大陆。到了晚年，他从美国返乡，定居布拉格，沉浸在故乡的神秘传说中。

《水仙女》的成名是因为其中的一支歌——《月亮颂》。

这大约是迄今为止最动人的"塞壬之歌"。

月亮，留下吧，留一会儿吧。

告诉我，我爱人在哪里？

告诉他，在梦中想念我，

哪管它只有一刹那。

在远方的月亮，请你照耀他！

告诉他，我在这里等待他。

　　我看的是美国女高音芮妮·弗莱明的版本。舞台上，倒悬着一个洁白的房间，双人床，水晶吊灯，幕墙上倒映蔚蓝水波。水仙女露莎卡在竖琴声里醒来。此刻情窦初开，水中望月。她是希腊神话中泰坦神俄刻阿诺斯和泰西丝的三千个女儿之一——最美丽的宁芙女神。

　　《水仙女》的故事与《海的女儿》大同小异，只是最后的结局是王子忏悔，死在了她怀中，让她重新做回一个水仙。剧本是由捷克诗人、戏剧家杰罗斯拉夫·克瓦皮尔根据民间神话改编。在他的原作中，因王子背叛而伤心的水仙女坐在柳条枝上哭泣，央求女巫解除魔咒。这个情节无比童话。但经改编的《水仙女》已是那个亘古常新的寓言。

　　狩猎的王子，看见森林中的洁白尤物，他激烈地恳求：

　　我知道你是魔法之物，

终究会离开，

并消散在雾里，

我的仙女，

请不要走。

请不要走。

舞台顶上的双人床下降，水仙女已经停泊在华丽的皇宫。

人间的日子其实寂寞。王子抱怨：你的拥抱这样冰冷。

睡梦中，舞蹈队涌进了皇宫。女舞者与男舞者立刻找到了对方，他们跳舞、搏斗，男舞者剥去她们的洁白舞裙，露出林中女巫的性感黑裙。原来人间女子都有仙与巫的一面，才能在爱宠与诱惑间巧妙周旋。纯洁的水仙女，她的错是她的清纯，她的水的本性。

并不是舍弃嗓音，获得爱情，就能够变成人。

诅咒不可消除，水仙女被拽入黑暗深渊，王子也难逃宿命，病魔缠身。最后，穿过生死，他们再度相爱。水仙女也终于能够再度开口歌唱，她唱的是熟悉的《月亮颂》，这歌声不再虚空。

对于一支歌，歌剧再美都是仓促。清纯的水仙女，只适合活在男子最初的梦中。

作曲家都说，最美的他还没有写出来。其实最美的歌永远在想象里。

而所有的水妖故事，其实都是人类的故事。

岩井俊二说：人鱼唤起的是记忆，人类对水的太古记忆。在四百万年前，在一片寒冷的深蓝色拥抱中，每个人都有孩子般梦幻的眼神，每个人都是人鱼。

（原载2015年第4期《歌唱世界》）

巴赫的神秘：可听 vs 不可听

杨燕迪

　　旅法钢琴家朱晓玫去年回国巡演巴赫的《哥德堡变奏曲》一时成为乐坛热议话题。据朱晓玫自己说，她琢磨、体会、思考、弹奏此曲，持续不断已有近三十年之久。这自然让人联想起一些有关巴赫此曲演奏史的传奇。格伦·古尔德（1932—1982），这位与巴赫作品几乎构成等同关系的著名加拿大钢琴家，其生前公开发行的第一张唱片和最后一张唱片，碰巧都是这首《哥德堡变奏曲》——好似冥冥中的天意，巴赫的这首变奏曲杰作，象征着古尔德演奏生命的开始和结束。另一位同样以演奏巴赫著称的美国钢琴家罗莎琳·图雷克（1913—2003），除多次举行《哥德堡变奏曲》的专场独奏之外，曾前后录制过七个不同的演奏版本——《哥德堡变奏曲》似已成为图雷克的终身挚友，经历她生命中的所有欣喜哀愁，陪伴她走完九十年的漫漫旅途。

　　这不禁勾起人的好奇：这究竟是怎样一首乐曲，为何能有如此深邃而神秘的感召力？作为巴赫最伟大的创作结晶之一，它究竟体现了巴赫音乐中怎样一种非凡的品质？

说来也有点神秘——有关此曲创作的史实背景资料不仅十分稀少，而且极不可靠。甚至"哥德堡"这个名称也是某种误传。（传闻巴赫是写给当时一位名叫哥德堡的古钢琴家专用，哥德堡会在府上的贵族王公晚间睡不着觉时弹奏，以治疗王公的失眠！——这一传说后被证明并不"靠谱"。）其实，这首巴赫晚年（1742年初版）的杰作为何写作，为谁写作，实际意图是什么，巴赫自己想要听到的音响效果是什么，后人基本一概不知。

这倒不是巴赫作品流传后人的例外，而是常态。巴赫的很多作品都是这种不知来历、不明初衷的"无头案"——因为巴赫在当时并非"名家"，他也没有什么"名人"意识，写作音乐大多是为了"应景应时"，无人特别关注这些作品的身份和来头。巴赫上升为令世人顶礼膜拜的"伟人"，那是他身后多年以后才发生的事情。而且，巴赫依照当时的写谱习惯，谱面上除了清晰的音符本身，其他信息一概阙如。许多对于实现真正的声音效果极为关键的音乐规定，如速度、力度、表情性格、连音和断音处理等，巴赫的乐谱中都没有明确的意向指示。

这似乎迫使后人只能直面音乐本身，无需为那些外在于音乐的背景知识烦心。毕竟，巴赫非常"好听"——尤其是"听"这首《哥德堡变奏曲》，全曲以一首沉静的"咏叹调"开场，随后跟随三十个变奏，每一变奏都极有性格、极其动听，或喜或悲，或疾或迟，时而缓行，时而跳跃，似历经生命旅程的所有曲折，最后又以开场的"咏叹调"收尾，周而复始，象征意味深长。以"好听"的角度衡量，《哥德堡变奏曲》从不令人失望。无怪乎自古尔德二十世纪五十年代的《哥德堡变奏曲》唱片录音"一炮打红"之后，此曲至今一直是音乐演出和唱片市场中的"宠儿"。据不完全统计，这首变奏曲的不同唱片录音迄今已有上百种之多。而朱晓玫前段时间在国内的"火爆"再度证明，《哥德堡变奏曲》仅凭自身一首曲目——当然要有精彩的演绎——便足以牢牢吸引整场观众。

但仅凭"听"来了解《哥德堡变奏曲》的听者可能不知道，《哥德堡变奏曲》具有远远超越"听"这一维度的神秘——甚至，"听"本身在这里也被赋予特别的神秘意味。不错，《哥德堡变奏曲》是为"听"的。但是，在《哥德堡变奏曲》中，究竟是听什么？是听好听的旋律吗？恐怕不是。因为那个一开场的咏叹调的旋律固然非常动听，但在其后的变奏中却再没有出现。原来《哥德堡变奏曲》变奏的基础不是高声部的旋律，而是低音部的线条（及其暗示的和声结构）——但在音乐的实际进行中，低音部我们一般却难于听到，除非通过演奏家的刻意强调。与这一问题紧密相关的是，《哥德堡变奏曲》作为典型的复调音乐，同时有两个、三个甚至四个声部在平行运动。我们的听觉注意力究竟是在上声部，中声部，还是在低声部？有无可能同时注意这几个声部的不同运行情况？高明的演奏家往往会施与援手，刻意凸显某个声部的独立性格和表现力，让听者有某种依靠和指引。但在更多的时候，听者必须主动地在大脑中做出听觉选择——在这种时候，"听"这种看似感官性的活动其实已经上升为高度的智力活动。

不妨说，以《哥德堡变奏曲》为代表的巴赫音乐，其实带有强烈的"智性"（intellectual）维度。而这种智性，在很多时候甚至与听本身并无多少关联。《哥德堡变奏曲》中一个众所周知的形式结构设计是，每三个变奏的最后一个变奏是"卡农"（音乐中的技术术语，特指声部之间的严格模仿），而"卡农"的模仿音程度数依次为一、二、三、四、五、六、七、八、九度。因而，《哥德堡变奏曲》的第三变奏是同度卡农，第六变奏是二度卡农，第九变奏是三度卡农……以此类推。这是非常理性而严谨的人工设计秩序，其本身具有某种数学美感。但这个秩序是不可听的，或者说难于被听觉感知到。它作为某种内在的组织程序，深埋在表层的音乐进行之下，听者无法直接听到（或者说在理性分析之后才会对之有明确意识），但它却是作曲家的创作指路牌。最能直接感到这一智性秩序的人当然是演奏家，但他却不是完全通过听觉，更多是通过手指的触觉：手指的运动会立即告诉演奏家，声部模仿的当下进行情况究竟怎样——是常态模仿，还是倒影模仿；时差多少，间距多远。

原来音乐确乎在"可听"的层面之外尚有"不可听"的维度！巴赫的音乐，尤其在《哥德堡变奏曲》中，这种基于感性又超越感性的神秘特质体现得尤为明显。考虑到巴赫当时的思想、神学背景，这种"不可听"的智性特质一定与上帝—宇宙信仰观有深切的关联。《哥德堡变奏曲》当然是动人的音乐，听者即便对此曲的内在组织奥秘和作曲技术一概无知，他（她）也可以仅凭自己的音乐积累和人生经验，享受此曲的全部过程并从中深受感动。但话说回来，如果仅听（音响）不看（乐谱），就无法领会此曲中某些更深层面的奥秘。换一个更高的视角看，此曲的某种智性特征干脆是不可听的——更准确地说，每一次听都只能听到它的一个部分，而不可能同时听到它的全部。《哥德堡变奏曲》之所以能够如此长时间地吸引众多优秀的演奏家（以及无数听者），一而再、再而三地从中发现新的音乐意义和新的人生启示，其原因之一可能正是由于此曲所昭示的这种"可听"与"不可听"的神秘辩证特质。

我有时想，如《哥德堡变奏曲》这样深邃的音乐杰作，更好的欣赏方式倒不是单纯的聆听，而是在观察乐谱并一边演奏、一边分析的过程中冥想和沉思。最伟大的艺术品，往往不仅让人感动，而且邀请我们"思"与"想"。如《哥德堡变奏曲》第25变奏这样刻画人类悲恸的伟大音乐，看似一首即兴随意的动人哀歌，但其实却是在严密的智性掌控之中，因此它才既是主观的，又是全然客观的。这是巴赫特有的半音性风格达至最饱和的时刻，音响上甚至靠近了二十世纪的十二音音乐，不协和的半音进行一声声刺来，直入心扉，听来非常"前卫"，而其内声部的模仿又一丝不苟，极为洗练和严谨。朱晓玫女士说这段音乐中总让她想起《圣经》中彼得三次背弃耶稣随后又痛悔不已的悲戚，而我却觉得，这是巴赫晚年集所有的生命经验和音乐功力为一体，为最具质量的人性所塑造的一个完美、不朽的音乐对等物——不仅针对人类的普遍痛苦，也是针对我们每一个人的个体悲伤。

2015年1月31日写于沪上书乐斋

（原载2015年2月10日《文汇报》）

编辑凡例

一、以忠实于选文原作、整旧如旧为编辑原则，对选文写作时使用的专有名词、外文译名，以及作者写作时的语言和特色予以保留。

二、原文注释如旧，编者所作注释，均以"编者注"标明，以示与原文注释的区别。

三、原文偶有文字错讹脱衍之处，一律按现行出版规范予以改正，不再以其他符号标示。

四、文章中数字、标点符号用法，在不损害原文语义的情况下，做必要的规范。

图书在版编目（CIP）数据

闻乐观风 / 陈平原，李静编 . 一长沙：湖南人民出版社，2023.6
ISBN 978-7-5561-3179-2

Ⅰ . ①闻… Ⅱ . ①陈… ②李… Ⅲ . ①散文集－中国 Ⅳ . ①I26

中国国家版本馆CIP数据核字（2023）第040005号

闻乐观风
WENYUE GUANFENG

编　者：陈平原　李　静
出版统筹：陈　实
监　制：傅钦伟
选题策划：北京领读文化
产品经理：领　读－孙　浩
责任编辑：陈　实　张玉洁
责任校对：谢　喆
装帧设计：广　岛 · UNLOOK
unlook-guangdao.com

出版发行：湖南人民出版社有限责任公司［ http://www.hnppp.com ］
地　　址：长沙市营盘东路3号　　邮编：410005　　电话：0731-82683313

印　　刷：湖南天闻新华印务有限公司
版　　次：2023年6月第1版　　　　　　印　　次：2023年6月第1次印刷
开　　本：880 mm × 1230 mm　　1/32　　印　　张：9.75
字　　数：188千字
书　　号：ISBN 978-7-5561-3179-2
定　　价：50.00元

营销电话：0731-82683348（如发现印装质量问题请与出版社调换）